La malédiction d'un aristocrate

CHRISTINE MERRILL

La malédiction d'un aristocrate

Traduction française de
MARINE DEPRET

Les Historiques

HARLEQUIN

Collection : LES HISTORIQUES

Titre original :
VOWS TO SAVE HER REPUTATION

HARPERCOLLINS FRANCE
83-85, boulevard Vincent-Auriol, 75646 PARIS CEDEX 13
Service Clients — www.harlequin.fr
ISBN 978-2-2804-9064-1 — ISSN 1159-5981

Édité par HarperCollins France.
Composition et mise en pages Nord Compo.
Imprimé en juin 2024 par CPI Black Print (Barcelone)
en utilisant 100% d'électricité renouvelable.
Dépôt légal : juillet 2024.

FSC
www.fsc.org
MIXTE
Papier issu de sources responsables
FSC® C159065

Pour limiter l'empreinte environnementale de ses livres, HarperCollins France s'engage à n'utiliser que du papier fabriqué à partir de bois provenant de forêts gérées durablement et de manière responsable.

1

Emma Harris contemplait non sans envie, à travers la fenêtre du salon du matin, le parc baigné de soleil du domaine de son père. C'était une journée idéale pour flâner entre les parterres colorés. Oh ! comme il serait agréable de s'asseoir au pied d'un arbre pour terminer la lecture de son roman ! Emma aurait aussi pu emporter son carnet de croquis et gribouiller de médiocres esquisses au fusain des petits animaux détalant sur les pelouses. Il existait tant de façons plaisantes et édifiantes d'occuper les heures qui la séparaient du déjeuner...

Tout bien considéré, Emma aurait même été heureuse de rester debout toute la matinée, les bras ballants, sous une pluie battante, plutôt que d'être coincée ici avec sa mère. Mrs Harris lui imposait cet interrogatoire quotidien dans le vain espoir d'enfin transformer son enfant en fille prodigue dont sa famille serait fière.

— Lord Weatherly, psalmodia la matrone, les yeux rivés sur une feuille de papier qu'elle tenait à la main.

— Baron, répondit automatiquement Emma.

— Situation matrimoniale ?

— Quarante-cinq ans, jamais marié, soupira Emma.

Et probablement avait-il une excellente raison d'avoir

évité la gent féminine aussi longtemps. Cela n'avait sans doute rien à voir avec son manque de charme ; Emma doutait fort qu'un homme avec un titre de baron soit un jour considéré comme trop laid pour être approché. Non, ce devait être un problème de tempérament. Emma avait déjà rencontré plusieurs des noms figurant sur la précieuse liste de sa mère, et certains d'entre eux paraissaient presque détester les femmes.

— Ses passe-temps ? l'interrogea la matrone.

Emma eut beau se triturer les méninges, impossible de se rappeler. Dans ce genre de situation, le plus sûr était encore de s'en remettre à la chance.

— L'horlogerie ?

— L'horticulture, la corrigea Mrs Harris en fronçant les sourcils d'un air désapprobateur.

— Je confonds tout le temps les deux, tenta Emma.

— Ces activités n'ont rien en commun à l'exception de leur première syllabe, s'indigna sa mère. Ce n'est pas de la confusion, mais la preuve évidente que vous n'avez pas étudié les informations que j'ai glanées pour vous. Franchement, ma chère, nous ne parviendrons jamais à vous trouver un époux convenable si vous n'y mettez pas un peu du vôtre.

Peut-être se trompait-elle, mais Emma avait la quasi-certitude que les autres jeunes ladies en quête d'un mari n'étaient pas contraintes de mémoriser les noms et descriptions des célibataires les plus éligibles.

— Ne pourrais-je simplement rencontrer ces hommes naturellement et apprendre à les connaître au fil du temps ?

— Vous le pourriez si votre père avait lui aussi un titre de noblesse, rétorqua la matrone. Mais dans ce cas, bien sûr, vous connaîtriez déjà tous les meilleurs partis. Vous auriez des coupons pour les bals d'Almack, et votre introduction dans la haute société serait assurée. Mais votre père possède une manufacture de bas de soie. Puisque vous jouissez d'une fortune plutôt que de sang noble, nous escomptons que vous travailliez dur pour combler le fossé artificiel que la société a creusé entre vous et l'époux que vous méritez.

Comme toujours, sa mère semblait persuadée qu'être riche donnait à leur famille le droit d'aspirer aux mêmes privilèges que la noblesse.

— Je pourrais aussi épouser un homme d'affaires, rappela Emma en s'efforçant de ne pas paraître trop optimiste.

En vérité, elle ne tenait pas plus que cela à se marier. La dernière chose dont elle avait besoin était de vivre sous la houlette d'un étranger qui passerait son temps à corriger ses défauts d'une façon encore plus pénible que ne le faisait sa propre famille. Mais Mrs Harris semblait férocement déterminée à la marier cette année, et avec un aristocrate.

— Nous ne vous avons pas eue pour vous voir épouser un bourgeois, rétorqua sa mère, comme s'il était possible de concevoir une fille spécifiquement pour la réussite matrimoniale. Nous n'aurions jamais gâché tant d'argent pour vous éduquer, dans ce cas. Nous tenons à ce que vous vous éleviez dans ce monde.

C'était absurde. Emma ne s'élèverait jamais par le mariage. Elle serait toujours la fille trop grande et maladroite d'un fabricant de bas de soie. Certes, en épousant un noble, elle deviendrait Lady Quelque-chose au lieu de n'être que la quelconque Miss Harris. Et d'après son père, quand on souhaitait vendre un produit, l'emballage comptait bien plus que son contenu.

Les apparences étaient donc l'unique préoccupation de

Mrs Harris, qui replongea dans sa liste avant de tourner vers Emma un sourcil arqué.

— Vous ne trouverez pas de mari du tout si vous ne prenez même pas la peine d'apprendre qui est célibataire et qui ne l'est pas, afin de tisser des relations avec les bonnes personnes lorsque vous les rencontrerez. À présent, parlez-moi de Lord Braxton.

Enfin une question facile !

— Fiancé ! déclara Emma d'un ton triomphant. L'annonce est parue cette semaine dans le *Times*.

Sa mère marmonna une parole fort peu séante, puis se saisit d'une plume et raya le nom de sa liste.

— J'avais placé tant d'espoirs en lui.

À cette idée, Emma faillit être prise de nausée. L'homme en question était âgé de plus de soixante ans et avait déjà enterré trois épouses.

— C'est malheureux, répondit-elle, dans l'intention d'amadouer la matrone.

— C'est bien pire que cela, contra cette dernière. C'est notre troisième perte ce mois-ci.

Mrs Harris parlait de ces hommes comme s'ils lui appartenaient, à la manière d'une volée de coqs indisciplinés qui ne cesseraient de fuguer avant qu'elle n'ait pu les plumer et les rôtir pour le dîner.

— Il y aura d'autres saisons, lui rappela Emma en croisant les doigts.

— Pour vous ?

Sa mère lui lança un regard dubitatif des plus décourageant.

— Votre principal avantage est votre jeunesse. Vous êtes également... robuste.

C'était un adjectif très masculin, mais Mrs Harris le

considérait probablement comme un terme charitable pour décrire une demoiselle de presque six pieds.

— Et peu d'hommes toléreront d'avoir une épouse plus grande qu'eux.

Puis elle reprit le maigre compliment qu'elle lui avait concédé en ajoutant :

— Et vous avez beau être jeune, cela ne durera pas éternellement, ma chère.

— Mère, je n'ai que vingt et un ans.

— Vous en aurez donc vingt-deux l'année prochaine, répondit la matrone d'un ton aussi grave que si cela avait signifié sa mort imminente. Il reste encore une poignée de noms. Parlez-moi de Sir Robert Gascoyne.

— Trente-deux ans, veuf. C'est un baronet. Frère de Jack Gascoyne, héros de guerre. Il possède un domaine à moins de deux milles d'ici.

— Et ? l'interrogea sa mère.

— Il n'y a pas grand-chose à dire de plus. Cet homme est quasiment un ermite.

— Sa demeure est la plus belle du comté, lui rappela la matrone. Huit hectares de terre et un manoir avec près d'une vingtaine de chambres. Imaginez les fêtes que vous pourriez organiser là-bas, si vous l'épousiez.

— À condition qu'il demande ma main, la corrigea Emma. Ce qui me semble peu probable, étant donné que nous n'avons toujours pas eu l'occasion de le rencontrer dans les salles d'assemblée publiques que nous avons fréquentées. Il n'a participé à aucun bal londonien et ne reçoit personne chez lui, non plus. Sans compter que nous n'avons pas croisé un seul membre de la noblesse qui puisse prétendre le connaître personnellement.

— Des défauts qui se lisseront une fois qu'il aura convolé, insista Mrs Harris. Vous pourrez organiser un bal et inviter toute la bonne société. En retour, l'étiquette leur imposera de vous inviter à leur tour. Il pourra s'enfermer chez lui autant qu'il le voudra. Vous, ma chère, deviendrez la coqueluche de *la haute*. Et quand cela sera le cas, j'espère que vous aurez une aimable pensée pour votre pauvre mère.

— Bien entendu, répondit Emma faiblement.

Mrs Harris avait toujours eu pour objectif de trouver un moyen de faire entrer sa famille dans l'aristocratie mais, à mesure que la saison s'était écoulée, ce souhait s'était mû en véritable obsession. Et sa stratégie actuelle impliquait une union avantageuse pour Emma. Peut-être ne mettait-elle effectivement pas assez de cœur à l'ouvrage, comme le lui reprochait la matrone, songea-t-elle. Ou encore n'était-elle tout simplement pas la bienvenue dans ce cercle fermé. Quelle qu'en soit la raison, aucun des complots qu'avait ourdis sa mère n'avait eu le succès escompté.

— Vous devez apprendre cette liste par cœur, reprit Mrs Harris en pressant urgemment la feuille de papier dans la main de sa fille. Le savoir est la clé de tout.

— Je le ferai, mère, promit Emma en la glissant dans son livre du moment. Mais pour l'instant, je pense qu'une promenade me ferait du bien, surtout si je tiens à préserver ma santé... robuste.

— Dans ce cas, allez vous promener du côté du manoir Gascoyne et tâchez de trouver un moyen de croiser notre voisin, Sir Robert, acquiesça la matrone d'un ferme hochement de tête. Il suffirait d'une heureuse rencontre avec ce gentilhomme, et tout le monde vous appellerait milady avant Noël.

Sir Robert Gascoyne aimait la solitude.

Du moins, il la tolérait, à l'instar de la présence d'un vieil ami maussade. Il résidait seul depuis si longtemps qu'il avait oublié comment vivre autrement.

Et puisque cet isolement ne le rendait pas ostensiblement malheureux, Robert préférait se convaincre que tout était pour le mieux. Lorsque l'on subissait le joug d'une infortune comme celle de la famille Gascoyne, mieux valait se tenir à bonne distance de ses pairs, tel un malade en quarantaine. De cette façon, on préservait son entourage de cette fatalité si contagieuse.

Hélas, Robert, lui, ne pouvait échapper à la malchance familiale. D'après son administrateur à Londres, bien que toutes les mines des Cornouailles soient florissantes, la mine d'étain dans laquelle il avait investi était déjà épuisée. Et pendant sa visite sur place, son cocher avait reçu un coup de sabot qui lui avait brisé la jambe.

Pourtant, cela aurait pu finir bien plus mal.

Robert pouvait s'estimer heureux d'être encore en assez bonne santé pour conduire lui-même la voiture, plutôt que de devoir laisser son meilleur équipage à des palefreniers inexpérimentés. Ses finances étaient au plus bas et ses projets réduits à néant, aussi ressentait-il un certain plaisir à tenir les rênes, au lieu de dépendre de quelqu'un d'autre. En cet instant, il avait besoin d'exercer un minimum de contrôle pour calmer ses nerfs et s'autoriser à croire, au moins pendant quelques heures, que sa vie et son sort étaient toujours entre ses mains, comme les brides en cuir de son attelage.

Le voyage de retour s'était déroulé sans incident. Robert était un excellent conducteur, parfaitement capable de mener le véhicule à bon port. Les chevaux répondaient à la moindre petite tension sur les rênes. Si le brougham[1] ne perdait pas une roue en chemin, Robert serait chez lui dans moins d'une heure.

Ce fut sans doute pour cela qu'il observa la jeune femme au bord de la route devant lui avec appréhension. La voie était bien assez large pour croiser un piéton, et la demoiselle marchait suffisamment à l'écart du passage. Robert n'avait donc aucune raison de craindre de la renverser. Mais il n'avait eu aucune raison non plus de craindre qu'une mine avec un filon si riche s'épuiserait juste après son investissement. Quand Robert Gascoyne était impliqué, de terribles choses se produisaient.

Quand il ne fut plus qu'à quelques pas de la promeneuse, il poussa les chevaux à serrer le plus possible le côté opposé de la route et tira sur les rênes pour qu'ils repassent au trot. Il remarqua alors que la demoiselle était absorbée par le roman qu'elle était en train de lire et décida d'appeler son groom, à l'arrière, pour qu'il active le billophone[2] de la voiture.

Mais peut-être avait-il attendu trop longtemps pour signaler sa présence car, quand le son puissant retentit, la jeune femme sursauta de surprise, de même que les chevaux. L'attelage fit un écart, et Robert, luttant pour en reprendre le contrôle, perdit la promeneuse des yeux. Un instant, elle était là ; une seconde plus tard, elle avait disparu.

Robert fut pris de panique. Il tira de toutes ses forces sur les rênes en maudissant sa négligence et cette malchance infernale, frissonnant à chaque nouveau mouvement de sabots qui était peut-être en train d'achever d'écraser cette

1. *Véhicule hippomobile à quatre roues et à caisse basse.*

2. *Avertisseur sonore mécanique, ancêtre du klaxon.*

pauvre femme. Au terrible silence qui régna soudain, Robert crut que la demoiselle avait été tuée sur le coup.

Mais non, Dieu merci. Lorsqu'il put enfin bondir au pied du véhicule, il put constater qu'il n'y avait personne sous ses roues... En revanche, il aperçut un amas de soie dans le profond fossé qui bordait la route. Se précipitant, il repéra la jeune femme, étendue face contre terre, dangereusement près d'une flaque d'eau boueuse.

Il se laissa glisser gauchement au bas de la pente pour la rejoindre, priant pour qu'il ne soit pas déjà trop tard, et il la fit lentement basculer sur le dos. Heureusement, bien qu'inconsciente, elle respirait encore. Son beau visage ne semblait pas trop amoché sous la couche de gadoue qui le recouvrait, à l'exception d'une écorchure sur son front dont s'écoulait un mince filet de sang d'un rouge vibrant qui contrastait avec sa chevelure cuivrée.

— Mademoiselle ? l'appela Robert avec douceur, de peur de la faire de nouveau sursauter.

Mais la jeune femme n'émit pas même un gémissement en guise de réponse. Robert prit son pouls et constata avec angoisse qu'il était faible. De plus, la robe de la demoiselle était déchirée à plusieurs endroits, signe que sa chute le long de la pente du fossé avait dû être plutôt violente. Elle avait besoin de compresses froides pour ses ecchymoses, de soins à la tête et d'une personne bien plus qualifiée que lui pour s'assurer que son état ne dissimulait pas quelque chose de plus grave.

Il glissa le roman de la jeune femme dans sa poche et la prit dans ses bras avant de remonter péniblement le dévers, surpris par son poids. Elle devait peser presque aussi lourd que lui. Il espéra que cette immense promeneuse avait une constitution adaptée à sa carrure et qu'elle se remettrait rapidement de ses blessures. Mais d'ici là, qu'allait-il bien pouvoir faire d'elle ?

Le village était sans doute la destination la plus convenable. Mais si cette inconnue souffrait de quelque chose de plus sérieux, alors le manoir, plus proche de plusieurs milles et situé à proximité de la demeure du médecin, lui offrirait de meilleures chances d'être soignée à temps. Robert fronça les sourcils. Il devait avant tout se préoccuper de la santé de la jeune femme. Il lui faudrait toutefois prier pour qu'elle se réveille rapidement et puisse lui donner son nom, afin qu'il envoie un domestique prévenir sa famille.

Il poussa un soupir frustré, la porta jusqu'à sa voiture et l'étendit sur l'une des banquettes avant d'ordonner à son groom de prendre les rênes pour parcourir la courte distance qui les séparait encore du manoir. Puis il grimpa dans l'habitacle, s'assit à côté d'elle et déposa sa tête sur ses genoux.

Pendant le trajet, il garda les yeux fixés sur la paroi en face de lui afin d'éviter de penser à l'étrange et troublante sensation que lui procurait cette proximité avec une femme dans l'espace confiné du brougham. Cela faisait bien longtemps qu'il ne s'était pas retrouvé seul en compagnie d'un membre du beau sexe, et plus encore qu'il n'avait connu la moindre ébauche d'intimité. Il n'aurait même pas dû songer à de pareilles choses en présence d'une lady de bonne famille, c'était terriblement malséant, mais curieusement il était incapable d'en détacher son esprit.

Il baissa les yeux vers elle, puis se détourna aussitôt. Ce n'était pas la plus jolie jeune femme d'Angleterre, mais elle était certainement l'une des plus saisissantes qu'il ait jamais rencontrées. Découvrirait-il des iris bleus ou verts lorsqu'elle ouvrirait enfin les paupières ? Les deux nuances seraient tout aussi assorties à sa chevelure.

Si elle ouvrait un jour les paupières, se rappela-t-il à l'ordre. Il enfonça une main dans la poche intérieure de son manteau et en tira un mouchoir ainsi que sa flasque de brandy. Il répandit un peu d'alcool sur le tissu pour nettoyer la blessure sur son front. La jeune femme avait la peau très pâle, mais sans doute était-ce le cas même en temps normal. La rousseur s'accompagnait souvent de ce genre de teint lumineux et opalin. Son visage avait beau être taché de boue, il conservait un air digne, presque royal, signe d'un excellent lignage. Elle lui rappelait les princesses endormies des contes populaires... une très grande princesse, en l'occurrence.

Robert ne put s'empêcher de jeter un œil à sa main gauche, constatant l'absence d'alliance à son annulaire. Il n'était pas à la recherche d'une épouse et ne le serait sans doute jamais. D'ailleurs, il n'avait rien du prince galant que cette jeune femme méritait certainement.

S'il avait suffi qu'il croise sa route pour mettre sa vie en péril, il préférait ne pas imaginer les dégâts qu'il aurait pu causer s'ils s'étaient parlé. Elle ferait mieux de le fuir comme la peste. Toutefois, en l'état des choses, l'évasion n'était guère une option pour elle. Il revenait donc à Robert de la protéger des conséquences néfastes de sa compagnie.

Pourtant, une partie de lui rechignait à l'idée de garder ses distances. Il aimait la sentir contre lui, paisible. Par ailleurs, même s'il était responsable de son accident, il s'efforçait d'arranger la situation et cela atténuait quelque peu son sentiment de culpabilité. Il n'avait pas pour habitude de laisser les autres travailler quand il pouvait intervenir. Peut-être était-ce simplement de l'admiration pour sa jeunesse et sa beauté, mais il ressentait l'envie intense de venir en aide à cette ingénue. Il l'imagina se réveiller, ses cils dorés papillonner avant de dévoiler une paire de jolis yeux, l'air perplexe sur son visage se changer en soulagement lorsqu'elle apprendrait qu'il l'avait secourue. Puis il lui assurerait que tout irait bien à l'avenir, pour elle comme pour lui.

Il secoua la tête, rejetant l'idée trompeuse qu'un avenir radieux se profilerait simplement parce qu'il en avait émis le souhait. Puis il tendit le bras derrière lui et ouvrit la fenêtre qui lui permettait de communiquer avec le cocher pour exhorter le groom à forcer l'allure. Il était impatient de rentrer chez lui et de chasser ces idées dangereuses de son esprit.

2

Emma se réveilla avec une terrible migraine et un sentiment de panique qui la gagna avant même qu'elle ait ouvert les yeux. Quelque chose n'allait pas du tout. Les odeurs, les sensations, les bruits... tout ce qui l'entourait, jusqu'à la façon dont elle était allongée, lui était étranger. Elle eut beau fouiller sa mémoire, impossible de se rappeler comment elle avait atterri... où qu'elle puisse se trouver.

Emma contraignit son cerveau à réfléchir. Elle se souvint alors d'un très agréable roman d'Ann de Swansea. L'œuvre l'avait tant absorbée qu'elle en avait oublié d'interrompre sa lecture, même lorsqu'elle était sortie se promener pour échapper à la tyrannie de sa mère. C'était pour cette raison qu'elle n'avait pas vraiment prêté attention à la voiture sur la route, s'écartant inconsciemment pour la laisser passer. Elle aurait mieux fait de regarder où elle mettait les pieds, car le sol s'était dérobé sous son talon gauche, plaçant le droit dans une situation précaire.

Emma fit tourner sa cheville par acquit de conscience, et tressaillit. Au moins, elle pouvait encore la bouger, ce qui signifiait que l'os n'était pas cassé. Hélas, le nids-de-poule ou terrier de lapin sur lequel elle avait trébuché lui avait laissé une vilaine entorse. Emma ne pourrait sans doute marcher sans aide pendant plusieurs jours.

Elle ouvrit les paupières et leva la tête autant que possible pour jeter un œil à son membre douloureux, lequel avait été efficacement bandé et mis au repos sur un oreiller afin d'éviter les gonflements. Puis elle passa les mains sur son corps et frémit en réalisant qu'elle souffrait d'un assortiment d'ecchymoses tout frais. Elle constata aussi, non sans une certaine inquiétude, qu'elle ne portait rien d'autre que sa chemise… dans un lit étranger.

Emma se redressa sur ses coudes, mais s'écroula presque aussitôt sur le traversin, prise de vertiges et d'un vif élancement au crâne. De toute évidence, la chute à l'origine de son entorse s'était terminée par une rencontre entre sa tête et une pierre. Levant la main jusqu'à son front, elle sentit une large bosse sous ses doigts, là où sa peau paraissait plus tendre.

Finalement, peut-être valait-il mieux qu'elle ne puisse pas contempler les dégâts. Elle devait être hideuse. Lorsque Emma rentrerait chez elle, sa mère ne manquerait pas de l'admonester pour avoir gâché toutes ses chances de trouver un bon parti en laissant sa maladresse légendaire la priver de son unique atout : son physique. Mais la matrone n'était pas encore arrivée, et Emma put sourire librement. Ce qui aurait dû être une désastreuse infortune lui apparaissait comme une aubaine. Peut-être parviendrait-elle à convaincre son père qu'elle avait besoin de plusieurs semaines à la campagne pour se remettre de ses blessures… seule avec une pile de romans de Minerva Press.

— Mademoiselle ? Êtes-vous réveillée ?

Une femme de chambre passa la tête dans l'embrasure de la porte.

— Oh ! le docteur sera tellement soulagé.

— Vous avez appelé un docteur ?

Cela poussa Emma à s'asseoir, en dépit de la douleur.

— Ce n'était pas nécessaire, je n'ai que quelques contusions.

— Sir Robert a insisté, répondit la camériste.

— Sir Robert Gascoyne ? clarifia Emma en se renfonçant dans ses oreilles, sa belle humeur envolée.

Sa mère serait folle de joie en apprenant qu'elle s'était débrouillée pour s'immiscer dans la demeure de cet ermite de la noblesse. Mais Emma était mortifiée.

— Lui aussi s'inquiétait, lui assura la domestique.

— Et j'imagine que mes parents ont été prévenus, répondit Emma en s'efforçant de retenir un soupir.

— Il nous a fallu un long moment pour les trouver, admit la femme de chambre.

— Un long moment ? s'étonna Emma, confuse. Depuis combien de temps suis-je ici ?

— Depuis deux jours, mademoiselle, chuchota la camériste d'un ton excité, comme si cette partie de l'histoire était la plus croustillante qu'elle ait entendue depuis des lustres. Le docteur a dit qu'il serait imprudent de vous réveiller pour vous demander votre nom, mais nous n'avions rien pour nous aiguiller. Sir Robert a envoyé des hommes au village afin de savoir si des jeunes ladies avaient disparu dans les environs. Mais ce n'est que ce matin que...

— Mes parents n'ont pas signalé ma disparition ? s'exclama Emma, choquée.

— Ils viennent d'arriver. Ils sont en train de parler avec le maître, la réconforta la camériste.

Mais cela n'expliquait pas pourquoi ils ne l'avaient pas fait chercher la veille. Emma fut prise d'un horrible pressentiment.

— J'espère qu'ils m'ont apporté une toilette propre, marmonna-t-elle en observant sa chemise. Cette tenue n'est pas du tout décente.

— Nous avons essayé de réparer celle que vous portiez, mais elle était trop abîmée, milady, répondit aussitôt la femme de chambre en secouant tristement la tête. Et malheureusement, nous n'avions rien ici qui puisse vous convenir.

— Non, bien sûr, acquiesça Emma, habituée aux inconvénients de sa grande taille.

— Lorsque Sir Robert vous a ramenée au manoir, votre robe était en lambeaux, poursuivit la domestique en tapotant l'oreiller derrière Emma. Il vous a transportée jusqu'en haut de l'escalier et vous a déposée sur le lit comme si vous étiez aussi légère qu'une plume.

Voilà qui ne pouvait être qu'une exagération romantique. Quoi d'autre ?

— Sir Robert m'a-t-il rendu visite depuis ? l'interrogea-t-elle d'un ton hésitant en s'efforçant de chasser de son esprit l'image de ce pauvre homme courbant le dos sous son poids. Pourriez-vous lui demander de venir ? J'aimerais lui présenter mes excuses de m'être ainsi imposée dans sa demeure.

Cela tira un gloussement à la femme de chambre.

— C'est plutôt lui qui devrait vous présenter des excuses, milady, étant donné la façon dont il vous a fait chuter dans le fossé.

— C'était lui qui conduisait l'équipage ?

— Il y avait eu un autre incident un peu plus tôt avec le cocher, dit la caméristе, comme si cela expliquait tout. Mais il était particulièrement inquiet à votre sujet.

— C'est très courtois de sa part, reconnut Emma en espérant que le gentilhomme en question serait en mesure de lui fournir un récit plus détaillé de ce qui s'était passé. Aurai-je la chance de rencontrer mon sauveur ? répéta-t-elle. J'aimerais le remercier.

— Il trouverait cela malséant, étant donné que vous êtes alitée, contra la domestique. Mais je suis certaine que vous pourrez lui écrire, une fois rentrée chez vous.

— Bien sûr, acquiesça faiblement Emma.

Fallait-il qu'elle soit incompétente dans sa chasse au beau parti pour ne pas parvenir à croiser un homme alors même qu'elle séjournait sous son toit !

— Ou bien vous pourrez faire sa connaissance dans quelques minutes, une fois convenablement vêtue, retentit la voix de sa mère depuis l'encadrement de la porte.

La matrone pénétra dans la pièce en bousculant à moitié la femme de chambre, et s'approcha du lit afin de prendre les mains de sa fille avant de l'examiner d'un œil critique.

— Je vous ai apporté une robe propre et des rubans pour vos cheveux, mais je suppose qu'il n'y aura rien à faire pour masquer ces affreuses ecchymoses.

Une fois de plus, Emma était une source de déception.

— J'ai également une entorse à la cheville. Mais le reste n'est pas aussi douloureux.

C'était un mensonge. Le martèlement à l'intérieur de sa tête lui donnait envie de ramper sous les couvertures pour s'y cacher. À moins que ce ne soit à cause de la présence de sa mère ? Emma n'avait pas l'estomac au bord des lèvres avant son arrivée, elle en était certaine. Et ses mains ne tremblaient pas de la sorte non plus.

— Vous tombez suffisamment souvent pour avoir une juste idée de vos propres blessures, soupira la matrone d'un air résigné. Mais cette fois, nous devons vous remettre rapidement sur pied et faire bonne impression à l'homme qui vous a sauvé la vie.

— Heureusement qu'il était là pour intervenir, répondit Emma en rassemblant son courage. J'ai cru comprendre que père et vous m'aviez... perdue ?

— Ne soyez pas ridicule. L'un de nos valets se trouvait plus bas sur la route et il a vu Sir Robert vous transporter dans sa voiture. Il était trop loin pour aider, mais il nous a immédiatement informés de l'incident. Nous savions que vous étiez en sécurité, reconnut sa mère sans paraître éprouver le moindre remords de n'avoir rien fait pour venir la récupérer.

— Alors pourquoi m'avoir laissée ici ?

— Quand nous avons compris où il vous avait emmenée, nous avons décidé qu'il serait plus judicieux d'attendre le lendemain matin pour nous présenter.

Un sourire rusé étira les lèvres de Mrs Harris.

— Votre père discute en ce moment même de ce *fâcheux délai* avec Sir Robert.

Le ton de sa voix semblait suggérer que quelque chose d'important était en train d'avoir lieu, et Emma se demanda ce qu'elle avait manqué. Apparemment, ses parents avaient un nouveau plan la concernant, mais la jeune femme était sans doute trop honnête pour deviner les machinations qu'ourdissaient ces deux conspirateurs.

— Pourquoi n'irions-nous pas tous discuter avec Sir Robert ?

contra-t-elle, brusquement alarmée. J'aimerais le remercier pour sa diligence et les soins qu'il m'a fait apporter. Il a fait preuve d'une grande charité en montrant tant de compassion pour une inconnue. Mais je ne voudrais pas qu'il pense que nous cherchons à tirer profit de sa générosité.

Elle tenait à lui témoigner le respect qu'il méritait afin qu'il n'éprouve aucun regret de lui être venu en aide. Le père d'Emma, de nature horriblement fruste, ne manquerait pas de donner l'impression à un homme aussi reclus que Sir Gascoyne que ses voisins étaient grossiers et indiscrets.

— Oui, il s'est montré terriblement généreux en prenant soin de vous. Mais également fort imprudent, ajouta Mrs Harris en secouant la tête d'un air peiné qui ne contenait pas une once de sincérité. Vous avez résidé sous son toit pendant deux jours, sans chaperon.

— Pourquoi en aurais-je eu besoin ? rétorqua Emma. J'étais inconsciente jusqu'à votre arrivée.

— Vos contusions guériront, mais votre réputation ? Tss, siffla la matrone en feignant un soupir sans parvenir à masquer l'éclat avide de ses yeux. Et, comme votre père est en train de le rappeler à Sir Robert, il n'existe qu'une seule façon de réparer les dégâts qu'il a causés.

Emma fronça les sourcils, perplexe, le martèlement à l'intérieur de son crâne ne l'aidant guère à garder les idées claires. Ils ne s'attendaient tout de même pas à ce que le pauvre homme s'excuse de ne pas avoir laissé une jeune femme blessée au fond d'un fossé. Mais soudain, le brouillard qui lui obscurcissait l'esprit se leva suffisamment pour qu'Emma se rappelle à qui elle s'adressait. La rédactrice de cette liste infernale.

— Vous ne faites pas allusion à un mariage ? l'interrogea

Emma avec un gloussement forcé, priant pour que Mrs Harris se joigne à son hilarité.

Au lieu de cela, ce qu'elle avait espéré n'être qu'une boutade fut accueilli par un hochement de tête enthousiaste.

— Est-ce pour cela que père discute avec Sir Robert ? s'exclama Emma, soudain affolée.

— Sir Robert n'a accepté aucune de nos autres invitations, bougonna sa mère comme si cela justifiait pleinement leur démarche. Et impossible de le rencontrer d'une façon normale, puisqu'il refuse de sortir de chez lui.

Mais cela ne leur donnait aucun droit de le forcer à épouser la première étrangère tombée à ses pieds !

— Père et vous devez absolument mettre un terme à cette farce grotesque.

Emma bondit de son matelas avec hargne, mais sa cheville se rappela à son bon souvenir dès la seconde où elle posa le talon au sol. La jeune femme serra les dents pour ne pas céder à la douleur et s'affaler par terre, claudiquant aussi dignement qu'elle le put jusqu'à son lit.

— Ne soyez pas sotte, ma chère enfant, répliqua Mrs Harris d'un ton qui se voulait apaisant en venant l'aider à se rasseoir. Laissez donc les hommes régler ce différend, et vous vous retrouverez mariée plus vite que vous ne le pensez.

— C'est vraiment la dernière chose que j'espérais, geignit Emma en luttant contre les terribles élancements dans tout son corps.

Elle tendit la main avant d'ajouter :

— Donnez-moi ma robe et une brosse. Je vais me rendre présentable, puis nous descendrons nous excuser d'avoir abusé de son hospitalité. Ensuite, nous rentrerons à la maison et ne parlerons plus jamais de tout cela.

Dans le bureau, au rez-de-chaussée, Robert commençait à se demander si ce n'était pas lui qui avait reçu un coup sur la tête, et non l'infortunée demoiselle allongée dans une chambre à l'étage. Sa malchance ne le lâcherait donc jamais. Ce qui avait débuté par un simple geste charitable était en train de lui valoir bien plus d'ennuis qu'il n'aurait jamais pu l'imaginer.

Évidemment, il n'aurait jamais eu besoin de se montrer charitable s'il n'avait pas d'abord renversé la pauvre fille. Sans cet événement malencontreux, la demoiselle n'aurait pas perdu connaissance. Sans doute Robert lui devait-il une compensation... Mais certainement pas un mariage, comme son père semblait le sous-entendre !

— Vous devez bien reconnaître qu'il n'existe aucune autre solution, le relança l'homme d'une voix excessivement raisonnable.

— Je ne reconnaîtrai rien de la sorte ! s'énerva Robert. Elle n'a résidé sous mon toit que deux jours.

— Deux jours, répéta Mr Harris d'un ton qui suggérait que sa fille avait passé six mois dans un harem. N'aurait-il pas été plus séant de la conduire à l'auberge afin de ne pas mettre son honneur en péril ?

— Vous auriez préféré que je risque sa santé ? s'indigna Robert en maudissant intérieurement les règles absurdes imposées aux pauvres demoiselles célibataires et sa propre logique erronée qui l'avait poussé à choisir sa demeure plutôt qu'un lieu public pour lui prodiguer des soins.

— Ses blessures vont guérir. Mais une bonne réputation, une fois perdue, ne peut être restaurée, se lamenta l'homme.

— Son honneur n'a jamais été en danger ici, contra

Robert. Je n'ai jamais ne serait-ce que franchi le seuil de sa chambre.

— Et qui pourrait en témoigner ? répondit Mr Harris avec une patience bien trop sereine au goût de Robert.

— Mes domestiques, insista-t-il.

— Qui mentiraient pour vous, si vous le leur demandiez, argua Harris.

— Le docteur.

— Vous êtes son protecteur et son employeur, lui rappela le bourgeois. De plus, tout le monde sait que c'est un ivrogne.

— Vraiment ? s'étonna Robert, profondément surpris.

Le médecin du village avait prodigué les soins à feu son épouse au moment de l'enfantement, mais Robert ne pouvait décemment reprocher à l'homme la façon dont cette tragique histoire s'était terminée.

— Quant à vous, Sir Robert, poursuivit l'étranger, vous vivez seul ici et les gens des alentours ne vous connaissent pas suffisamment pour se porter garants de votre honneur de gentilhomme, étant donné qu'ils ne vous voient jamais sortir de chez vous, pas plus qu'ils ne sont invités à vous rendre visite.

— Je ne tiens pas un relais ! s'agaça Robert. Et je préfère la solitude à la société, gronda-t-il.

C'était un discours aigri, mais ses véritables raisons étaient encore pires.

— Mais votre comportement a donné naissance à des rumeurs qui se sont répandues à travers toute la région. Tout le monde se demande ce que vous cherchez à cacher. Tss, tss.

Mr Harris secoua la tête d'un air faussement chargé de regret.

— Absolument rien d'inconvenant n'a lieu ici, s'énerva à nouveau Robert.

Il n'avait guère les fonds pour se permettre le genre de débauche que cette bande d'esprits oisifs avait pu imaginer... mais il devait bien admettre qu'il n'avait rien fait non plus pour rétablir la vérité.

— Et puis, je compte bien vous proposer un généreux arrangement, une fois le mariage célébré, renchérit l'homme.

Bien malgré lui, Robert sentit l'espoir lui gonfler la poitrine. Il avait toujours su que le mariage pourrait constituer une solution potentielle à ses problèmes financiers, mais il avait rejeté cette option, simplement parce qu'il ne parvenait pas à se figurer de nouveau uni à une femme. Et il refusait de risquer la vie d'une innocente en la soumettant à la terrible malchance qui ne manquerait pas de s'abattre sur elle, une fois qu'elle serait devenue son épouse.

Mais il n'avait jamais imaginé qu'une demoiselle puisse se retrouver piégée par le destin parce qu'elle avait eu le malheur de croiser sa route. Robert commençait à croire qu'il était peut-être effectivement trop tard pour Emma Harris. Elle serait à jamais associée à son nom, qu'il le veuille ou non.

Le moins qu'il puisse faire était peut-être d'atténuer les dégâts qu'il avait causés. Les bénéfices qu'il en retirerait étaient sans doute la toute première coïncidence fortuite de son existence.

— Généreux à quel point, exactement ? s'enquit-il en sentant ses entrailles se tordre de honte de poser pareille question.

— Je possède dans le Nord un groupe florissant de manufactures de bas de soie, répondit Mr Harris. La demoiselle à l'étage de votre demeure rapportera aisément vingt mille livres par an à l'homme qui l'épousera. Et puisqu'elle est mon unique fille, sa valeur devrait considérablement augmenter après mon décès.

Pendant un instant, le dégoût de Robert face à la façon dont cet homme était en train de vendre sa seule enfant fut remplacé par une bouffée d'avarice. Mais son bon sens lui rappela presque aussitôt que cette union condamnerait Miss Harris. Elle mourrait en couches, comme sa précédente conjointe et toutes les autres femmes avant elle qui avaient porté le nom de Gascoyne.

Il existe un moyen très simple de ne pas concevoir, intervint une voix tout aussi raisonnable dans son esprit. *Il suffit d'éviter son lit.*

Or ils ne se connaissaient pas, n'avaient même jamais discuté. Robert doutait fort que la demoiselle lui réclame des visites nocturnes... Quant à lui, il n'éprouvait aucun désir lorsqu'il pensait à elle.

Ou très peu, du moins. Elle était jolie, bien sûr, mais Robert était un homme de tête, capable de résister aux tentations de la chair s'il le décidait. Au fond, ce que le père de Miss Harris suggérait n'était ni plus ni moins qu'une transaction.

— Votre fille consentira-t-elle à tout cela ? demanda-t-il, toujours surpris par la soudaineté de cette offre. Elle ne m'a jamais vu, ni même parlé.

— Sa mère est en train de lui expliquer la situation, répondit Mr Harris en opinant du chef d'un air entendu. Lorsque vous vous présenterez devant elle, ma femme aura déjà tout arrangé.

Arrangé. Robert aimait ce terme, car c'était un excellent moyen de décrire le genre d'union qu'ils partageraient.

Leur mariage serait un arrangement. Il ferait un conjoint respectueux, à défaut d'affectueux, et son titre ouvrirait à sa jeune épouse des portes auxquelles elle n'aurait jamais pu accéder par elle-même. Son offre, s'il s'y résolvait, serait considérée comme fort généreuse, puisqu'elle assurerait à Miss Harris un avenir bien plus agréable que ce qu'elle aurait connu en épousant un bourgeois.

— Accordez-moi un instant pour nous faire servir un peu de brandy, puis nous pourrons discuter plus avant, conclut Robert avec le secret espoir qu'un bon verre d'alcool l'aiderait à se débarrasser de l'affreuse sensation d'avoir vendu son corps, son âme et son titre à une femme dont il ignorait tout.

3

Moins d'une heure plus tard, Emma Harris était toujours aussi meurtrie et mal en point. Mais on l'avait également peignée, lavée et apprêtée afin qu'elle soit, selon les dires de sa mère, suffisamment présentable pour rencontrer son promis.

Emma avait la désagréable impression d'être la Belle au bois dormant de ce conte populaire, tirée de son long sommeil pour épouser un prince inconnu sans avoir son mot à dire. Elle n'avait jamais trouvé cette histoire particulièrement romantique… Le récit ressemblait beaucoup trop à tous ces mariages arrangés dans lesquels Emma avait vu nombre de ses amies se faire entraîner. Mieux valait rester endormie et libre de rêver !

Mais vraisemblablement, le tour d'Emma était arrivé. Tout ce qu'elle savait de Sir Robert Gascoyne était les louanges qu'elle avait entendues sur l'honneur de ce parfait gentilhomme. Mais aux yeux d'Emma, il fallait être un imbécile pour se laisser convaincre d'accepter une offre de mariage avant même d'avoir échangé quelques mots avec la promise.

Un imbécile ou un chasseur de dot. À son grand dam, la famille d'Emma avait beau être prodigieusement riche, sa fortune n'avait jusqu'à présent pas suffi à persuader les célibataires qu'elle avait rencontrés de passer outre son manque de grâce.

Mais tout cela n'avait plus aucune importance, désormais. Si Sir Robert ne mettait pas un terme à cette farce que leur avaient concoctée ses parents, Emma s'en chargerait elle-même. Elle refuserait son offre poliment et le remercierait d'avoir si bien pris soin d'elle. C'était le choix le plus sensé.

Soudain, la porte de la chambre pivota, et son père entra en compagnie de leur hôte. Emma décida alors que le bon sens n'était finalement peut-être pas si indispensable que cela quand on se retrouvait en présence d'un homme comme Sir Robert Gascoyne.

Seigneur ! C'était un véritable adonis, à mille lieues de tous les nobles au faciès ingrat que ses parents lui avaient suggéré d'épouser jusque-là. Sa famille s'était toujours davantage souciée de la mettre en relation avec de beaux partis plutôt qu'avec de beaux spécimens masculins. Mr et Mrs Harris avaient ainsi fait leur sélection parmi les rebuts de la saison : des vieillards laids et sans le sou, guère plus intéressés par Emma que l'inverse.

Mais Sir Robert était l'exact opposé. Il vivait dans une magnifique demeure et ne pouvait donc être totalement sur la paille. Il était également jeune, bien bâti et, s'il était aussi aimable et généreux que le clamaient ses domestiques, le seul regret d'Emma serait de ne pas avoir eu l'occasion de le rencontrer dans des circonstances plus agréables. Que n'aurait-elle donné pour pouvoir déployer un éventail afin de détourner son attention pendant qu'elle analysait ses qualités. Mais en l'état des choses, Emma ne put que le dévisager.

Sa crinière rebelle d'un noisette éclatant semblait

réclamer une bonne coupe. Une barbe naissante assortie avait commencé à manger ses joues sous ses pommettes parfaitement taillées, signe que Sir Gascoyne ne prenait guère la peine de se raser en l'absence d'invités. La tenue de leur hôte accentuait cette impression de négligence car, bien que sa veste ajustée et sa chemise blanche soient immaculées, l'un des boutons qui scintillaient sur sa manche était un peu trop lâche et pendait misérablement au milieu de ses camarades bien alignés. C'était comme si son valet avait brossé et lissé ses habits, mais s'était désintéressé de son ouvrage avant d'avoir terminé. Emma se demanda alors si les habitants du manoir avaient pour habitude de prendre ce genre de raccourcis. Il lui suffirait de passer en revue le personnel et leurs tâches pour être fixée. De toute évidence, cet homme avait besoin d'une épouse, ne serait-ce que pour lui rappeler comment tenir sa maisonnée.

Mais l'incurie de son apparence réconforta Emma, car sans cela Sir Robert aurait été la personnification d'une inatteignable perfection. Ses iris plus verts et plus étincelants que du jade de Chine parcouraient la pièce, alertes et intelligents. Il avait un front large et altier, bien que plissé par ses épais sourcils froncés, des pommettes hautes surplombant des joues creuses, et un nez droit et aristocratique.

Mais surtout, et c'était sa plus merveilleuse qualité aux yeux d'Emma, il était grand. Très grand. Il dépassait son dernier prétendant d'une bonne tête et, même debout, Emma devait lever le menton pour croiser son regard. Légèrement, bien sûr, mais cela lui arrivait si rarement qu'elle crut entendre sa nuque craquer sous l'effort. Ce n'était pas qu'elle tenait à tout prix à ce que son époux la domine physiquement, mais elle s'était toujours demandé ce que ressentaient les filles d'une taille considérée comme « normale ».

Seigneur, l'entretien avec son promis aurait été bien plus facile s'il n'avait pas été aussi séduisant. Peut-être alors se serait-elle rappelé l'absurdité de leur situation. Ils auraient pu balayer l'idée d'un mariage d'un rire moqueur, comme Emma avait prévu de le faire dès que sa mère lui avait parlé de son plan ridicule. Il aurait regagné son bureau, et Emma serait rentrée chez elle ; ils n'auraient gardé de cette rencontre qu'un vague souvenir embarrassant. Mais depuis qu'Emma avait posé les yeux sur Sir Robert Gascoyne, son corps semblait avoir pris le contrôle. Elle ne désirait plus qu'une chose : rester assise sur ce lit à l'admirer tout en écoutant avec délices le son de sa voix, aussi grave et rassurant que le grondement d'un orage dans le lointain lorsque l'on cède lentement au sommeil. Elle était certaine qu'elle passerait de bien meilleures nuits si elle pouvait l'entendre parler chaque soir pendant quelques heures avant d'aller se coucher.

Peut-être en récitant des sonnets ? Il y avait quelque chose de dissolu dans la façon dont il avait noué sa cravate, qui lui donnait un aspect de poète libertin. Toutefois, elle doutait que Sir Gascoyne ait un train de vie débridé. Elle ne détectait aucun signe d'excès sur son visage ni dans sa stature.

Il ne paraissait pas en mauvaise santé, seulement... triste. Cet homme avait besoin de quelqu'un pour lui remonter le moral. Il avait la mine bien trop sombre. Et Emma était réputée dans son petit cercle d'amies pour posséder un excellent sens de l'humour.

Elle prit soudain conscience qu'elle était demeurée assise sur le bord de son lit à le contempler pendant qu'il parlait, mais qu'elle n'avait pas entendu un traître mot de ce qu'il disait. Elle était complètement passée à côté des présentations. Lui avait-il demandé sa main d'une façon merveilleuse ou maladroite ? L'avait-il seulement fait ? Emma se mordit la lèvre : elle n'avait rien écouté.

Mais sans doute n'avait-elle pas manqué grand-chose. Elle doutait qu'un homme contraint au mariage avec une inconnue prenne la peine de monter l'escalier pour la séduire avec de belles paroles, comme si leur situation était parfaitement normale.

À présent, son promis s'était tu, et Emma ne s'en était même pas rendu compte. Il la fixait, tout son visage tendu d'un agacement à peine contenu, et semblait attendre sa réponse.

— Oui ? tenta-t-elle, incapable de masquer son ton perplexe.

Puis brusquement, elle se rappela qu'elle avait eu l'intention de dire « non ». Elle n'était pas assez naïve pour croire au coup de foudre, mais elle ne pouvait pas non plus nier qu'il avait suffi qu'elle pose les yeux sur lui pour jeter toute sa belle logique par la fenêtre.

Finalement, elle était heureuse d'avoir une bosse sur le front. Elle préférait imaginer son comportement affecté par de sérieux dégâts au cerveau plutôt que par de la simple bêtise. Il n'était peut-être pas trop tard pour faire machine arrière, proclamer que ses maux de tête l'empêchaient de réfléchir sainement et se rétracter. Hélas, sa bouche refusa de former le moindre mot.

— Très bien, dans ce cas, poursuivit-il quand il fut évident pour tout le monde dans la pièce qu'elle ne dirait rien de plus. Je vais faire une demande pour une licence spéciale et je viendrai vous rendre visite chez vos parents dans une semaine. J'espère que vous serez suffisamment remise d'ici là pour passer devant le vicaire.

— Bien sûr, répondit-elle automatiquement.

Que n'aurait-elle donné pour pouvoir revenir au début de cette conversation, comme on feuillette les pages d'un livre, et tout reprendre à zéro. Peut-être parviendrait-elle alors à paraître moins sotte et à lui laisser une meilleure impression ? Au lieu de cela, elle demeura passive et coite tandis qu'on l'installait sur un siège, que plusieurs domestiques soulevèrent et portèrent jusqu'au bas de l'escalier, puis dehors pour lui permettre de grimper dans la voiture de ses parents.

La conscience est une chose malléable, mais elle a la fâcheuse habitude de retrouver sa forme initiale sans crier gare. Robert parvint à garder le silence pendant presque une semaine. Mais au sixième jour, la veille de son étrange mariage, il céda aux injonctions de la petite voix dans sa tête qui lui rappelait qu'il était injuste d'épouser une femme sans lui expliquer ce à quoi ressemblerait son avenir.

Mais elle avait accepté, contra une autre voix. Un simple « oui » était l'unique prérequis. Toutes les négociations annexes se faisaient directement avec les parents, et non avec les demoiselles.

Mais il se souvint qu'elle avait donné son consentement d'un ton surpris et qu'elle avait alors paru aussi perplexe et confuse qu'il l'avait été quand on lui avait fortement suggéré cette union. Son père lui avait assuré que sa fille comprenait la situation et qu'elle était d'accord. Mais la pauvre créature était sans doute encore trop sonnée par son accident au moment où il lui avait demandé sa main, à peine suffisamment remise pour lui répondre.

Il avait profité de sa faiblesse et gardé pour lui certaines informations. Et cela avait fait croître en lui un terrible sentiment de malaise qui ne cessait d'enfler, l'exhortant à dire à l'infortunée Emma Harris toute la vérité, sans quoi le secret finirait par le consumer. Jamais il ne pourrait aller au bout de la cérémonie sans s'être allégé de ce fardeau.

Si la demoiselle était déterminée à l'épouser, cela ne changerait rien à son arrangement avec ses parents. Mais si elle nourrissait le moindre doute quant à cette union, elle méritait d'être informée de ce qui l'attendait et de pouvoir se rétracter si elle le souhaitait. Robert sella donc un cheval et s'en fut soulager son âme de pécheur.

La maison louée par les Harris était un manoir plutôt récent, sans doute bien conçu et équipé de toutes les dernières commodités que ses propres domestiques auraient appréciées, s'il avait pu payer les rénovations. C'étaient précisément ce genre d'envies matérielles qui l'avaient conduit à accepter la proposition des Harris. Mais il n'en éprouvait pas réellement de regret. Il aurait simplement préféré que ses finances n'aient pas joué un rôle aussi prédominant dans son choix d'une épouse. Son futur beau-père avait fait fortune en travaillant honnêtement. C'était une vie interdite aux gentilshommes, censés ne jamais se salir les mains, même si cela les obligeait à vivre désargentés. Mais pousser une jeune fille au mariage pour régler ses problèmes ne lui semblait franchement pas plus honorable.

Lorsqu'il se présenta sur le deuil de la demeure des Harris et annonça qu'il souhaitait parler avec sa fiancée, Mrs Harris déclara que c'était inconvenant. Son époux jugea cela simplement étrange. Les deux parties étaient d'accord. Pourquoi en discuter davantage ?

— Si nous devons nous unir devant Dieu demain, quel mal une rencontre pourrait-elle bien causer à sa réputation, surtout si je l'ai déjà ternie ? rétorqua Robert avec impatience.

L'argument les convainquit, et on l'installa dans un salon de compagnie où, peu de temps après, il fut rejoint par Miss Harris. L'ombre de l'ecchymose était toujours visible sur sa tempe, et elle marchait avec prudence, comme si sa cheville était encore faible. En dehors de cela, elle lui apparut comme une demoiselle tout à fait ordinaire, semblable à celles qu'il avait admirées avant de prendre sa première épouse. Emma Harris était d'une taille impressionnante, bien sûr. Elle lui rappelait ces jeunes arbres, hauts et souples, capables de résister à n'importe quelle tempête tout en protégeant la végétation abritée sous leurs branches.

Mais il n'en demeurait pas moins injuste de lui demander de planter ses racines dans un lieu dangereux sans la prévenir.

— Sir Robert, dit-elle d'une voix douce, vous souhaitiez me parler ?

Elle effectua une révérence bancale, puis se redressa et, aussi vite qu'elle le put, serra ses paumes l'une contre l'autre, comme si elle ne savait trop qu'en faire.

— Miss Harris, répondit-il en s'inclinant. J'ai jugé important que nous causions avant la cérémonie. Je tiens à vous informer de certaines choses dont nous n'avons pas eu l'occasion de discuter avant que je demande votre main.

— Les circonstances étaient plutôt abruptes, convint-elle.

Elle s'était exprimée avec une légère réprobation, mais elle conserva son sourire nerveux et un ton parfaitement poli.

— Votre père semblait convaincu que l'honneur exigeait une résolution rapide, lui rappela-t-il.

— Contrairement à lui, je suis quasiment certaine que ma réputation aurait survécu, répondit-elle avec désinvolture. Mais je suppose que, lorsqu'une offre est suffisamment généreuse, une atteinte à la vertu peut aller jusqu'à inclure une simple chute dans le fossé d'un voisin.

Elle était donc au courant du pouvoir de la fortune et savait pour quelle raison il l'épousait. Comment aurait-il pu en être autrement ? Une nouvelle bouffée de culpabilité s'empara de lui lorsqu'il poursuivit :

— En dépit de ce que vos parents et vous pouvez penser, il existe toutefois des limites à ce que l'argent peut acheter, déclara-t-il de but en blanc.

— Et vous êtes sur le point de m'apprendre lesquelles, comprit-elle.

Robert était soulagé de découvrir que, si Emma Harris consentait malgré tout à l'épouser, il se retrouverait marié à une jeune femme intelligente.

— Tout d'abord, il y a des choses que vous devez savoir sur moi et sur ma famille, des choses que je n'ai pas mentionnées au moment de demander votre main. Je tiens à ce que vous puissiez prendre une décision éclairée demain, c'est pourquoi je suis ici. Pour tout vous révéler.

— Une décision éclairée, répéta-t-elle avec un sourire triste. Les hommes vivent le mariage d'une façon bien différente des femmes. Vous venez de le prouver. L'on ordonne aux demoiselles célibataires de laisser la réflexion à leurs parents, Sir Robert, et de ne jamais se fier à leur propre jugement lors de choix aussi importants que celui de leur futur époux. Toutefois, si vous avez des choses à me dire, je vous écoute.

— La famille que vous vous apprêtez à rejoindre est maudite depuis des générations. Le malheur s'abat sur nous bien plus souvent que sur quiconque. Quand nous serons mariés, vous subirez sans doute votre part de calamités.

Miss Harris se tint coite et se contenta de hausser un sourcil dubitatif. Elle ne le croyait pas. Robert espérait qu'elle n'en viendrait pas à accepter l'existence de sa malchance à force de la côtoyer, comme cela avait été son cas.

— Lorsque le nom de Gascoyne est impliqué, les récoltes fanent, le bétail tombe malade et le commerce s'effondre. Les femmes meurent en couches, et les hommes s'éteignent à un jeune âge. Mon propre grand-père a été tué dans un accident de voiture, et mon père s'est suicidé après avoir dilapidé la majeure partie de la fortune familiale aux tables de jeu.

— De nombreuses familles ont connu des sorts similaires, rétorqua-t-elle.

Visiblement, son discours ne l'avait guère impressionnée.

— Je viens de perdre le peu qu'il nous restait dans un investissement des plus sûr, qui aurait sans doute rapporté d'énormes profits à un homme ne portant pas mon nom.

— C'est pour cette raison que vous aviez besoin d'un arrangement financier, comprit-elle.

— Lorsque votre père a suggéré une alliance, cela m'a paru un bon moyen de me rétablir.

Elle hocha la tête pour marquer son accord.

— Je ne m'attendais pas à une union d'amour, si c'est ce que vous pensiez.

— Non, bien sûr, s'empressa-t-il d'acquiescer, avant

d'ajouter : Mais, comme je vous l'ai dit, la malédiction frappe les femmes bien plus violemment que les hommes. Aucune épouse Gascoyne n'a survécu à l'enfantement depuis cinq générations, je peux vous montrer notre bible de famille. Depuis plus de cent cinquante ans, pas une seule femme Gascoyne n'a vécu pour voir grandir sa progéniture.

— Pourtant, vous avez un frère, lui rappela-t-elle.

— Un demi-frère, corrigea-t-il. Ma mère a péri, tout comme la sienne. L'unique mère que nous ayons connue est la troisième femme de notre père, qui n'a jamais conçu et ne s'est jamais réellement intéressée à nous.

— Une coïncidence tragique, déclara-t-elle.

Apparemment, sa future femme était une rationaliste.

— Quoi qu'il en soit, je ne tiens pas à vivre une nouvelle « coïncidence tragique », reprit-il. J'ai déjà enterré une épouse, ainsi qu'un fils ; je n'ai aucun désir de retraverser cette épreuve.

— Vous ne voulez pas d'enfant, en déduisit la jeune femme, visiblement choquée par cette idée.

— Pas si je suis destiné à les perdre ou à vous perdre *vous* en essayant, acquiesça-t-il fermement.

— Et vous êtes venu m'offrir une chance de refuser ce mariage ? Vous pourriez très bien changer d'avis plus tard.

— Je ne changerai pas d'avis, lui assura-t-il. En cela, je me montrerai inflexible. C'est une promesse que je me suis faite bien avant de vous rencontrer : je n'imposerai ce destin funeste à aucune femme. Mon frère héritera du domaine et du titre s'il vit plus longtemps que moi, ce dont je ne doute pas.

— À cause de la malédiction, comprit Miss Harris.

— Les Gascoyne meurent jeunes, répéta-t-il.

Comme pour illustrer ses propos, le cœur de Robert se mit à marteler sa cage thoracique de battements affolés, comme s'il menaçait de l'abandonner avant même qu'il ait pu prononcer ses vœux. Robert s'efforça de l'ignorer, dissimulant la douleur derrière un masque neutre pour ne pas effrayer sa fiancée. Cette dernière demeura tout aussi silencieuse et sembla réfléchir à ses paroles. Puis elle dit :

— Merci de m'avoir informée de vos intentions concernant cet aspect de notre vie. Toutefois, beaucoup de choses peuvent encore se produire d'ici au jour de notre mort... et nul ne sait quand celui-ci arrivera. Par ailleurs, je ne pourrais vous garantir des enfants, même si vous désiriez en avoir. En prenant tout cela en considération, je ne vois aucune raison d'annuler la cérémonie de demain.

À quoi s'était-il attendu ? Robert tenta d'analyser ses propres émotions, mais il était incapable de dire s'il éprouvait du soulagement ou de l'appréhension à l'idée d'épouser Miss Harris.

De toute évidence, la demoiselle ne renoncerait pas et les souhaits de Robert n'entraient pas vraiment en ligne de compte. Il était un gentilhomme, et l'honneur lui interdisait de revenir en arrière.

— Très bien, dans ce cas, finit-il par déclarer. Nous nous marierons demain, comme convenu.

— Comme convenu, répéta-t-elle avec un léger sourire indiquant qu'elle n'avait guère pris au sérieux les avertissements de Robert.

Sans doute n'avait-elle pas cru un traître mot de ce qu'il lui avait raconté, persuadée que leur vie ensemble demeurerait plus ou moins normale. La malédiction se chargerait de la faire changer d'avis, comme elle l'avait fait pour lui.

Robert ignorait de quel genre de mariage Emma Harris avait pu rêver, mais il était certain d'une chose : celui qui se tint le lendemain ne s'en approchait pas de vingt pieds.

En discutant avec Mrs Harris, il avait appris que cette dernière espérait un office grandiose à la cathédrale Saint-Georges de Londres. Robert lui avait alors fait comprendre, aussi clairement et aimablement que possible, que, lorsque les parties organisaient un mariage rapide dans l'espoir de sauver la réputation d'une demoiselle, il était crucial de ne pas attirer l'attention avec une cérémonie en grande pompe.

Comme ce raisonnement n'eut guère l'effet escompté sur la matrone, il ajouta que la cathédrale de Londres était réservée des mois à l'avance et qu'il leur faudrait attendre la fin de la saison pour pouvoir se marier là-bas.

Retarder tous les bienfaits de cette union n'était pas du goût de Mrs Harris, aussi se laissa-t-elle enfin convaincre de la nécessité d'un office plus simple à l'église du village.

Si sa promise avait un avis, elle s'abstint de le partager. Elle avait admis sans détour déléguer toute l'organisation à ses parents. Si Miss Harris nourrissait les mêmes ambitions sociales que le reste de sa famille, elle était suffisamment intelligente pour ne pas exiger plus qu'elle ne pouvait raisonnablement obtenir. Ou peut-être était-elle timide de nature et guère habituée à affirmer ses propres choix ? À moins que l'accident ne soit à l'origine de cette surprenante docilité ? Elle avait pourtant fait montre d'une belle vivacité d'esprit lorsqu'ils avaient discuté, la veille. La malédiction avait-elle encore frappé ? Était-il possible que cette chute dans le fossé ait brisé bien plus que sa réputation ? Aucun homme ne souhaitait d'une compagne qui remette en question le moindre de ses choix mais, si beaucoup prétendaient préférer une femme malléable, peu auraient accepté de convoler avec une demoiselle à l'intellect diminué. Si Robert avait réduit à néant les chances de Miss Harris de faire un bon mariage en lui infligeant ce coup à la tête, alors il lui devait la protection de son nom.

L'épouser était une décision charitable. En échange, son père lui fournirait assez d'argent pour qu'elle puisse vivre dans le confort et Robert se relèverait enfin du désastre de son investissement minier. Il ne pouvait décemment qualifier toute cette mésaventure d'heureux accident, mais après réflexion ils ne s'en tiraient tous pas si mal. Emma et lui étaient toujours en vie, pour commencer, et une fois le mariage prononcé il lui suffirait de garder ses distances pour assurer la survie de son épouse. Rien de bien difficile.

Mais pour aujourd'hui, elle était là. Emma l'attendait patiemment devant l'église dans une robe de soie bleue rehaussée de volants de dentelle. Un voile masquait la contusion jaunissante sur sa tempe, et une canne de gentilhomme lui permettait de soulager sa cheville encore fragile d'une partie de son poids. En dépit de ces ajustements, Emma Harris faisait une mariée tout à fait ravissante… et très grande. Il n'avait jusqu'à présent pu qu'estimer sa taille lors de leurs précédentes rencontres ; c'était la première fois qu'il se retrouvait debout à côté d'elle. Quand elle se tourna vers lui, elle n'eut qu'à relever légèrement le menton pour croiser son regard.

— Miss Harris, lança-t-il d'un ton allègre en ôtant son chapeau pour s'incliner.

— Sir Robert.

Elle commit l'erreur de tenter une révérence, mais manqua de basculer vers l'avant en trébuchant sur sa propre canne.

Sa mère siffla son mécontentement en la voyant chanceler, comme si Emma faisait exprès de l'agacer. La jeune femme ouvrit la bouche pour s'excuser tout en s'efforçant de corriger son équilibre.

Sans réfléchir, Robert lui saisit le coude et avança d'un pas vers elle pour lui permettre de s'écrouler contre lui plutôt que sur le sol. Il se retrouva soudain les bras chargés de la charmante Emma Harris et en éprouva un plaisir surprenant. Quel dommage qu'il n'existe pas de réelle affection entre eux...

Elle leva vers lui des yeux immenses, confus et d'un bleu étincelant avant de marmonner :

— Pardonnez-moi.

Puis elle s'efforça une nouvelle fois de se redresser.

— Ce n'est rien, la rassura-t-il avec un sourire aimable pour ne pas qu'elle s'inquiète davantage. Et si nous allions voir le vicaire ?

Il saisit la main libre de sa promise, la glissa dans le creux de son bras et la conduisit à l'intérieur de l'église.

Comme s'il avait perçu le caractère inhabituel de leur situation, le prêtre procéda à un office bref, sans gaspiller sa salive avec un sermon sur les responsabilités du couple. C'était tant mieux, songea Robert, puisqu'il n'avait aucune intention de suivre certaines des recommandations bibliques.

Quand vint l'échange des vœux, sa fiancée répondit presque sans hésiter et Robert fit en sorte de parler d'une voix claire et décidée. La cérémonie prit fin aussi rapidement qu'elle avait commencé, et le vicaire les déclara mari et femme avant de les mener jusqu'au coin de l'église où ils devaient signer le registre. Robert s'y attela aussitôt, puis il regarda son épouse, Emma, gratter le papier de la plume à son tour.

Tout cela n'aurait pas dû lui sembler si étrange. Ce n'était pas la première fois qu'il accomplissait chacune de ces étapes mais, maintenant qu'il se trouvait devant le fait accompli, il eut soudain l'impression que le col de sa chemise était trop serré, comme si tout l'air de la nef avait tout à coup disparu... et son cœur se mit à marteler sa poitrine.

Non, *pas maintenant.*

Il repoussa la terrible sensation en plantant ses ongles dans ses paumes gelées avant de concentrer tout son esprit sur la suite des événements jusqu'à ce qu'il reprenne enfin le contrôle de son corps.

Quelque part dans son dos, quelqu'un se racla la gorge sans discrétion. Ses beaux-parents avaient signé le registre en tant que témoins. Mr Harris l'approcha et lui enfonça gaiement un coude dans les côtes.

— J'imagine que vous attendiez impatiemment ceci.

Il plongea la main dans sa veste et en tira un chèque, qu'il signa avec la plume du registre avant de passer un buvard dessus et de le donner à Robert.

Peut-être n'avait-il finalement pas tout à fait repris ses esprits, car il tendit automatiquement le bras malgré les protestations frénétiques de son cerveau. Avant qu'il puisse s'en empêcher, il avait empoché l'argent sous le regard dégoûté du vicaire, qui détourna la tête.

Robert croisa alors les yeux profondément choqués de sa nouvelle épouse. Sans un mot, la jeune femme fit claquer sa canne sur le sol et quitta l'église en boitant.

4

De toute sa vie, Emma ne s'était jamais sentie aussi gênée.

Lorsque l'offre de Sir Robert s'était présentée, une petite part d'elle-même avait espéré échapper à l'embarras dans lequel ses parents la mettaient plus souvent que de raison. Une fois respectablement installée, elle ne serait plus systématiquement critiquée ni humiliée. Mais visiblement, son existence avec Sir Robert Gascoyne ne changerait pas beaucoup la donne. N'aurait-il pas pu faire semblant, au moins à l'église, de l'avoir épousée pour autre chose que de l'argent ?

— Lady Gascoyne !

Emma se ridiculisa de nouveau en fouillant la cour du regard à la recherche de cette Lady Gascoyne, avant de se souvenir qu'à compter d'aujourd'hui elle *était* Lady Gascoyne. Emma se tourna à contrecœur vers son nouveau mari.

— Oui ?

— Le personnel a préparé un déjeuner spécial au manoir.

— Bien entendu, répondit-elle en se demandant pourquoi il avait pris la peine d'organiser une fête quand, de toute évidence, tout cela n'était qu'une transaction à ses yeux.

— Maintenant que nous sommes unis, vous voyagerez à bord de mon équipage, ajouta-t-il comme pour le lui rappeler.

Emma se tenait devant le véhicule de ses parents, prête à monter à l'intérieur.

— Bien sûr, acquiesça-t-elle aussitôt en acceptant le bras qu'il lui offrait avant de le laisser la conduire, comme une enfant, jusqu'à la bonne voiture.

Sir Robert l'observait avec inquiétude, comme s'il craignait qu'elle soit incapable de comprendre sa langue. Elle n'aurait pas dû être surprise que l'adonis qu'elle était parvenue à épouser la considère comme une simplette, car elle errait dans la cour de l'église à la manière d'un malade ayant perdu toute sa tête. Elle poussa un soupir résigné.

— Je sais qui je suis et où je suis censée vivre.

Puis elle se rappela qu'elle était en colère contre lui et ajouta :

— Et je perçois aussi clairement que le vicaire la raison pour laquelle vous m'avez épousée.

Robert tressaillit.

— Il n'est pas trop tard pour faire preuve de discrétion, au moins pour certains aspects de cette journée. Montons dans la voiture avant de poursuivre cette discussion.

Cette « querelle », songea Emma, car elle ne se sentait guère d'humeur à discuter. Mais elle avait été au cœur de nombreuses disputes par le passé et les avait toutes perdues, en ressortant plus abattue encore qu'elle ne l'était au départ. Aussi prit-elle le bras que son époux lui tendait et accepta-t-elle son aide pour grimper dans le véhicule.

Une fois seuls à l'intérieur, ils n'échangèrent pas un mot. Il y eut un long silence gêné qui lui laissa bien trop de temps pour admirer l'homme avec qui elle allait partager le reste de ses jours. Comme à chaque fois qu'elle se perdait dans la contemplation de son physique divin, Emma s'en trouvait presque hébétée. Il l'avait retenue lorsqu'elle avait trébuché et, pendant l'échange des vœux, elle s'était autorisée à imaginer qu'il puisse un jour faire un bon mari pour elle, malgré l'absence d'enfants.

Puis il avait tout gâché.

Comme s'il avait deviné la direction que prenaient ses pensées, Sir Robert intervint :

— Ce n'est pas moi qui ai rédigé ce chèque, vous savez.

— Je le sais. Je suis habituée à ce genre de comportement malavisé de la part de mon père. Son geste m'a à peine surprise. Mais j'avais espéré…

Elle ne pouvait décemment dire qu'elle avait espéré qu'il éprouvait un peu d'affection pour elle. Ils ne se connaissaient même pas. Mais elle avait escompté un peu plus de subtilité vis-à-vis des véritables motifs de leur union et surtout moins d'embarras à ses propres dépens.

— Je n'aurais pas dû l'accepter alors que nous nous trouvions encore dans l'église, reconnut-il. Tout s'est produit si soudainement que je n'ai pas su comment refuser poliment.

Emma sentit son estomac se serrer ; cela ressemblait à la façon dont elle-même avait consenti à ce mariage. Elle avait eu l'intention de refuser poliment. Pourtant…

— Je comprends.

Ils remontaient à présent la route sur laquelle Emma avait eu son accident et, de là, ils s'engagèrent sur la longue avenue qui offrait une vue impressionnante sur le colossal manoir Gascoyne. Sa mère avait raison. C'était un édifice magnifique avec deux vastes ailes en pierre grise qui s'étendaient de part et d'autre du bâtiment central. Les jardins étaient tout aussi splendides, parsemés de parterres luxuriants au milieu desquels se dressait un labyrinthe végétal qu'Emma était impatiente d'explorer.

Lorsqu'ils atteignirent l'entrée, Sir Robert mit pied à terre d'un bond et l'aida à descendre de voiture. Mais avant qu'ils ne puissent gagner la porte principale, une énorme bête les chargea. Exalté par la présence d'inconnus, le gros chien noir se jeta sur Emma, planta ses larges pattes sur ses épaules et lui lécha avidement la figure.

— Theobald ! Non !

Robert saisit le molosse par son collier et le força à libérer sa nouvelle maîtresse avant de se tourner vers Emma d'un air penaud.

— Veuillez l'excuser, il n'est pas dressé, mais il est parfaitement inoffensif.

Emma dut se retenir de glousser, car l'image de sa première rencontre avec Sir Robert, avec sa tenue négligée et sa coiffure en bataille, lui revint brusquement en tête. Cette description convenait aussi bien au chien qu'à son propriétaire !

Mais non, elle se montrait injuste. Aujourd'hui, Sir Robert était rasé de près, ses cheveux brillants et peignés, et les boutons de sa veste alignés et lustrés. S'il lui avait fait défaut dans sa manière de réagir face au comportement gênant de son père, au moins avait-il fait un effort sur son apparence.

— Ce n'est rien, le rassura-t-elle aussitôt, avant de se tourner avec un large sourire vers l'animal pour lui caresser la tête. J'adore les chiens. Je n'en avais toutefois jamais vu d'aussi gros.

— En temps normal, il reste à l'écurie avec les chevaux, expliqua son nouvel époux. Vous découvrirez rapidement que c'est un excellent compagnon de promenade, si vous décidez de l'emmener avec vous.

— J'y penserai, promit Emma en se détournant pour accueillir ses parents, dont l'attelage venait d'arriver.

Sir Robert les invita ensuite à rentrer à l'intérieur et les conduisit jusqu'à la salle à manger réservée aux réceptions, où un repas de fête les attendait.

Si le buffet du mariage reflétait la qualité de service du personnel du manoir Gascoyne, Emma n'aurait aucune difficulté à gérer la maisonnée. Les lieux étaient immaculés et le linge de table d'un blanc éblouissant. Le chef avait préparé des dizaines de plateaux chargés de truite fumée, d'œufs cocotte, de petits pains et de fruits, le tout accompagné de champagne. Une magnifique pièce montée, décorée de fruits confits et de fleurs fraîches, trônait au centre de la table.

Mrs Harris ignora tout ce bel ouvrage, bien plus impressionnée par l'argenterie portant les armoiries familiales.

— Ce blason est le vôtre, désormais, Emma, déclara-t-elle en levant son verre gravé à sa santé avant de glisser son index le long de la lettre G. Lady Gascoyne.

Emma tressaillit et jeta un œil en direction de son époux en espérant qu'il n'avait rien entendu.

— Certes, c'est mon nouveau nom, mère, murmura-t-elle, gênée. Mais cela ne change rien à ce que je suis.

— Bien sûr que si, vous êtes *Lady Gascoyne*, lui rappela une fois de plus la matrone en gloussant. Oh ! comme vous allez vous amuser, ici ! Et quelle charmante famille vous aurez !

— Sans doute, mentit Emma en prenant une longue gorgée de vin pour ne pas s'étendre sur le sujet.

Si son époux se montrait aussi déterminé que la veille dans

sa décision de ne pas avoir d'enfants, c'était une question qui ne se poserait pas de sitôt. C'était probablement mieux ainsi. De toute sa vie, Emma n'avait jamais fait preuve des grandes qualités que l'on attendait naturellement d'une femme. Elle n'escomptait pas que de telles compétences lui viennent soudainement, juste à temps pour faire d'elle une bonne mère.

Emma s'appliqua donc à manger avec avidité, légitimant son mutisme face à l'intarissable déferlement de conseils conjugaux que lui prodiguait la matrone depuis l'autre côté de la table. Une fois de plus, sa famille la mettait dans la plus inconfortable des positions en lui rappelant ses futurs devoirs devant son nouvel époux. Mais Emma savait qu'il était inutile d'espérer placer un mot lorsque Mrs Harris décidait de donner son avis, et tenter de transformer son sermon en conversation n'aurait fait que prolonger cette agonie.

Quand le repas fut enfin terminé, les jeunes mariés raccompagnèrent les Harris jusqu'à la porte.

— Nous nous reverrons bientôt, lui rappela sa mère. Nous prévoirons votre saison en société.

Emma jeta un œil à son époux. Le visage qu'il tourna vers elle n'était pas particulièrement intimidant, mais de toute évidence lui non plus n'avait pas envisagé de tels projets. Emma doutait fort qu'elle aurait l'audace d'organiser des fêtes dans la demeure de Sir Robert sans en avoir discuté avec lui au préalable.

— Mère, donnez-nous au moins quelques semaines pour apprendre à nous connaître avant d'acheter une nouvelle robe de bal, contra-t-elle en sentant ses joues chauffer d'embarras.

— Évidemment ! acquiesça aussitôt Mrs Harris. Tous les heureux couples méritent leur lune de miel. Nous allons vous laisser jouer tranquillement les tourtereaux pendant un mois. Mais pas plus.

— Je vous écrirai lorsque nous serons prêts à recevoir, rétorqua Emma en poussant la matrone en direction de sa voiture.

Sir Robert et elle regardèrent en silence l'équipage des Harris s'éloigner du manoir. C'était si étrange de se dire qu'elle ne vivrait plus jamais sous le même toit que sa famille, songea Emma. Cette pensée était aussi terrifiante que libératrice. Son nouvel époux aurait ses propres attentes quant à leur vie conjugale, mais Emma était prête à parier qu'il ne se montrerait jamais aussi critique que sa mère. Elle ignorait tout de lui, se rappela-t-elle. S'intéresserait-il seulement suffisamment à elle pour nourrir une quelconque opinion, bonne ou mauvaise, à son sujet ? S'il refusait qu'elle devienne la mère de ses enfants, quel serait son rôle, ici ?

Un sentiment de vide l'envahit. Et qu'allait-il se passer, à présent ? Ils n'avaient plus aucune raison de se forcer à faire la conversation, maintenant que leurs invités étaient partis. L'expression quelque peu confuse sur le visage de son mari lui apprit qu'il ressentait probablement la même chose. Soudain, il déclara :

— Je pense qu'il est grand temps que je vous fasse visiter votre nouveau foyer.

Sir Robert désigna d'un geste vague le manoir, comme s'il lui présentait une personne, et non une maison.

— Vous êtes déjà venue, bien sûr, mais vous n'étiez guère en condition d'apprécier les lieux.

Il l'entraîna à travers les différentes pièces qu'Emma

n'avait qu'entraperçues lors de sa sortie précipitée de la dernière fois. La demeure correspondait en tout point à ce que Mrs Harris avait espéré pour sa fille. Les salles de réception étaient vastes, nombreuses, avec un plafond haut qui renforçait cette impression de luxe et d'espace. Et son époux, avec son train de vie solitaire, ne s'en était visiblement plus servi depuis des années.

— Le manoir vous plaît-il ? demanda Sir Robert d'un ton incertain.

— Cette demeure doit paraître immense, quand on y vit seul.

— Mais je ne suis plus seul, lui rappela-t-il avec un sourire crispé. Toutefois, vous n'avez pas tort. Je ne m'y sens guère à mon aise. Elle me fait davantage l'effet d'une prison que celui d'un foyer.

— Pourquoi rester, dans ce cas ? s'étonna-t-elle.

— C'est la demeure familiale, répliqua-t-il sans réelle conviction. Le manoir a toujours été habité par un Gascoyne depuis que mon ancêtre en a ordonné la construction.

Voilà qui ressemblait plus à une excuse qu'à une réponse, se dit Emma. Mais il était encore trop tôt pour le lui faire remarquer. Elle opta donc pour un compliment sincère.

— Je crois bien que c'est la plus belle demeure dans laquelle j'aie jamais mis les pieds.

Les fenêtres du salon étaient hautes et la vue dégagée. La bibliothèque abritait une cheminée dont le manteau était sculpté de magnifiques entrelacs de lianes et de feuilles. Et, bien entendu, le manoir disposait d'une salle de bal, avec un plafond voûté et une tribune pour les musiciens aux balustrades en marbre blanc. L'agréable architecture de la pièce n'était gâchée que par une couche de poussière sur le sol et une fresque à l'aspect vieilli et criard, tout au bout de la salle de bal. La peinture de l'œuvre, tout écaillée, témoignait du peu de cas que l'on faisait de la décoration de cet endroit.

L'injonction de sa mère lui revint alors en tête : Mrs Harris avait quasiment exigé que sa fille ait une salle de bal en état de recevoir le plus tôt possible. Mais étant donné l'aspect actuel de la pièce, la matrone devrait prendre son mal en patience. C'était pour l'instant la seule salle de la maison trop abîmée pour y accueillir des invités.

Comme s'il était capable de lire dans ses pensées, son époux déclara :

— Si vous comptiez recevoir ici, je crains qu'il ne vous faille trouver de nouveaux projets. Le manoir Gascoyne n'est pas ouvert aux visiteurs.

Emma tourna vers lui un regard éberlué. Certes, elle savait que cet homme vivait comme un ermite avant qu'elle accepte sa demande en mariage, mais jamais elle n'avait imaginé qu'il puisse exiger qu'elle adopte son style de vie.

C'était vraiment étrange. Emma n'avait jamais ressenti le besoin d'accueillir du monde. Tout comme Robert, elle avait toujours pensé qu'il serait plus agréable d'éviter complètement les sorties en société. Elle se serait ainsi épargné le risque de commettre un faux pas en public et de s'attirer les moqueries des autres invités. Mais à présent qu'on lui retirait entièrement et arbitrairement la liberté de recevoir, elle éprouvait une envie irrépressible de transgresser cette règle.

— Y a-t-il une raison derrière cette prohibition ?

— Le dernier bal qui s'est tenu ici fut donné par mon grand-père afin de célébrer les fiançailles de son plus jeune fils. Le couple est mort dans un accident de voiture avant même de pouvoir passer devant l'autel.

— C'est tragique, convint-elle. Et la maison est fermée aux visiteurs depuis lors ?

Il haussa les épaules.

— Ma première épouse insistait pour que nous organisions des dîners ou de petits rassemblements. Mais il se produisait chaque fois un malheur. Lors du dernier, le poisson a rendu tous les invités malades pendant des semaines.

— Je vois, se contenta-t-elle de répondre en s'efforçant de ne pas songer à la truite qu'elle avait mangée un peu plus tôt. Mais il est normal de faire face à ce genre de problèmes lorsque l'on reçoit. On ne peut décemment pas appeler cela une malédiction.

— On peut lorsque ce genre de problèmes s'accumule de façon démesurée, contra-t-il. Vous étiez la première étrangère à franchir le seuil de cette maison en trois ans, et regardez dans quelles circonstances ! Vous étiez blessée et inconsciente. Tout cela parce que j'ai fait preuve de négligence avec mon attelage.

— Vous vous estimez responsable de l'accident qui m'a conduite ici ? s'étonna-t-elle, perplexe.

— Qui d'autre ? répondit-il, visiblement tout aussi surpris.

— Moi, lui rappela-t-elle d'un ton évident. C'est *moi* qui suis tombée dans ce fossé. Comme d'habitude, je ne regardais pas où j'allais et je me suis pris le pied dans le terrier d'un lapin.

— Mais j'étais là lorsque c'est arrivé, rétorqua Robert en guise de justification.

— En effet et c'était une chance, raisonna-t-elle. Si vous

n'aviez pas été là pour me porter secours, je serais peut-être toujours allongée au bord de la route.

— Ou vous seriez en sécurité chez vous, indemne, lui rappela-t-il.

Et célibataire.

Ni l'un ni l'autre n'osa le dire, mais le silence qui s'ensuivit semblait porter ces mots.

— Indemne pour un temps, le corrigea-t-elle. Vous ne me connaissez pas encore très bien, mais je suis extraordinairement maladroite. Je ne cesse de trébucher sur mes propres pieds et de me mettre dans des situations embarrassantes. La chute à laquelle vous avez assisté n'était qu'un autre témoignage de mon affligeant manque de grâce. Et je suis navrée que vous vous en soyez senti responsable.

Elle espérait sincèrement que ce n'était pas la raison pour laquelle il l'avait épousée. Elle pouvait accepter qu'il l'ait prise pour femme pour son argent ou parce que son père l'avait exigé pour « préserver sa réputation », mais consentir à leur union par pitié, à cause d'une malédiction imaginaire ? Cela aurait dépassé son entendement.

— Personnellement, je préfère me concentrer sur l'aspect positif d'une situation. Vous m'avez sauvée. C'est tout ce qui compte.

— J'accepte votre gratitude, grogna-t-il, presque à contrecœur. Et je prie pour que le temps et l'expérience ne vous fassent pas changer d'avis.

Tout en discutant, ils avaient gagné l'escalier principal, monté les marches et se tenaient à présent devant une porte dans l'aile familiale.

— Voici votre chambre, déclara Robert en faisant pivoter

l'huis et en désignant d'un vaste geste une suite agréablement aménagée.

— Ma chambre, répéta-t-elle en contemplant la pièce, son regard s'arrêtant sur une autre porte, au fond, qui menait très probablement à la chambre attenante.

Avec tant d'espace, il aurait été ridicule de partager une même chambre, mais Emma n'avait pas imaginé qu'une demeure aussi grande puisse paraître si intimidante… et solitaire. Mais si elle admettait que sa chambre l'effrayait, son nouvel époux la prendrait pour une véritable nigaude. Si ce n'était pas déjà le cas…

— Vous ne pensiez tout de même pas que je vous installerais dans les écuries, plaisanta-t-il en souriant face à son air confus.

— C'est juste que mes parents dorment ensemble, expliqua-t-elle.

— Votre maison est-elle si petite ? s'étonna-t-il. Ce n'était pourtant pas mon impression, quand je vous ai rendu visite.

— La maison est d'une taille honorable. Ils ont simplement choisi de partager une chambre.

— Ce ne sera pas notre cas, lui rappela-t-il. Nous en avons discuté, hier.

— Vous avez dit que vous ne vouliez pas d'enfants, dit-elle d'une voix qu'elle aurait aimé moins plaintive.

Il y eut un long silence, chargé de sens.

— Je crois que vous n'avez pas saisi l'entièreté de mon propos, dit Robert en lui prenant la main doucement, comme pour réconforter une petite fille. J'ignore quelle est l'étendue de vos connaissances en matière d'attentes entre un homme et son épouse.

Emma le vit s'empourprer, comme s'il craignait de devoir

lui expliquer, en plein jour et au milieu du couloir, ce qu'il n'osait mentionner qu'à demi-mot.

— Ma mère m'a enseigné comment tenir une maisonnée et en gérer le personnel, mais elle m'a également parlé... d'autres choses, tenta-t-elle de le rassurer.

Mrs Harris lui avait même décrit plusieurs façons de réduire les risques d'avoir des enfants en réalisant l'acte conjugal. Peut-être était-ce cela que son mari craignait de devoir expliquer ? Il n'était tout de même pas en train de suggérer...

Robert poussa un soupir soulagé.

— Dans ce cas, j'imagine que vous devez être nerveuse à l'idée de ce qui vous attend, reprit-il en s'éclaircissant la gorge.

— Guère plus que je l'ai été toute la semaine, reconnut Emma en cherchant à croiser le regard de son époux qui, hélas, fixait le bout de ses bottes.

— Je tiens à ce que vous sachiez que vous n'avez aucune raison de vous inquiéter. Comme je vous l'ai expliqué hier soir, je n'ai aucune intention de vous importuner avec une visite nocturne.

Il n'avait absolument rien dit de la sorte, hier soir. Il lui avait déclaré sa décision de ne pas enfanter, mais il n'avait jamais parlé de la laisser chaste pour sa nuit de noces.

— La journée a été éreintante, convint-elle en s'efforçant de ne pas se décourager face à la surprenante fragilité de l'homme qu'elle avait épousé. Nous sommes tous les deux très fatigués.

Il secoua la tête ; visiblement, elle l'avait de nouveau mal compris.

— Étant donné que nous avons fort peu de points

communs, je ne crois pas nécessaire de vous imposer des visites nocturnes. Ni ce soir ni plus tard.

Il ne souhaitait pas partager sa couche. Du tout. Sa mère lui avait pourtant assuré qu'une fois mariée elle n'aurait plus à s'inquiéter de ses défauts physiques ou de sa maladresse. Les hommes n'étaient guère difficiles en matière d'acte conjugal et s'y adonnaient avec plaisir avec n'importe quelle partenaire consentante. Mais de toute évidence, le dégoût qu'elle inspirait à Sir Robert était tel qu'il supplantait son inclination naturelle, bien qu'il cherchât à le dissimuler derrière une vague histoire de compatibilité.

Mais peut-être était-ce sa propre faute, songea Emma, comme cela semblait être si souvent le cas.

— Nous apprendrons à nous connaître au fil du temps, insista-t-elle.

Peut-être, en découvrant ses goûts, pourrait-elle se transformer en une personne capable d'attiser son désir ?

— C'est vrai, convint-il, visiblement surpris de voir sa parole remise en question. Je n'ai toutefois aucune raison de penser que le temps puisse nous rendre plus intimes.

N'y avait-il donc aucun espoir pour leur union ? Emma ne put s'en empêcher : elle balbutia la question qui lui brûlait les lèvres et dont elle craignait tant la réponse.

— Y a-t-il quelque chose chez moi que vous trouvez à ce point offensant ou repoussant ?

— Non, contra-t-il d'un ton bien trop empressé pour être crédible.

— S'agit-il d'une incapacité de votre part ?

— Seigneur Dieu, non.

Ce démenti-là fut encore plus rapide.

— Dans ce cas, je ne comprends pas votre raisonnement,

admit-elle, contrite qu'il ne se montre pas ouvertement honnête avec elle.

Elle aurait préféré qu'il avoue la trouver laide.

— J'ai déjà perdu une épouse ; je ne tiens simplement pas à en perdre une autre, gronda-t-il.

Emma se figea. Sir Robert n'avait que très peu parlé de sa défunte femme. Il lui avait quasiment fait traverser la galerie de portraits au pas de charge, et Emma n'avait pu que jeter un rapide coup d'œil au tableau de la femme qui était suspendu à côté du sien. Peut-être sa mort avait-elle affecté Sir Robert bien plus durement qu'il ne le laissait croire ? Peut-être avait-il encore besoin de quelques mois pour faire son deuil avant de mettre une autre femme dans son lit ?

Mais si sa première épouse lui manquait tant, alors pourquoi s'être remarié ?

Emma se souvint du chèque qui avait changé de main avant même que l'encre du registre n'ait eu le temps de sécher. Mais l'argent ne lui octroyait pas le droit de cacher ses véritables sentiments sous une couche de mensonges.

— En dépit de la malédiction que vous ne cessez de mentionner, tout porte à croire que je n'aurai aucune difficulté à survivre à un enfantement, contra-t-elle. Ma mère m'a souvent dit que j'avais la grâce d'un cheval de trait, mais je dois en avoir également la constitution.

— Allons, ne parlez pas de vous-même de cette façon, s'exclama-t-il d'un air furieux.

Puis, soudain, comme s'il prenait conscience de son propre ton, il se radoucit :

— Je me moque de ce que votre mère pense de votre allure. Je la trouve sans défaut.

Il saisit la main d'Emma et la serra délicatement tout en ajoutant :

— Il n'y a rien chez vous qui mérite diatribe. Mais vous m'avez épousé, j'ai donc toutes les raisons de croire que vous êtes désormais en danger. C'est pourquoi je n'ai aucune intention de risquer votre santé en essayant de fonder une famille, car cet acte si simple a coûté terriblement cher à toutes les femmes Gascoyne. Je préfère que nous vivions comme deux étrangers, plutôt que de tenter le diable.

— Je vois.

En vérité, elle ne comprenait toujours pas. Maintenant qu'elle était enfin parvenue à dépasser le stade de la promise éblouie et à engager une véritable conversation avec son époux, ce dernier semblait vouloir fonder leur union sur un tas d'inepties.

Non, un mensonge était bien plus plausible. Après tout, Emma savait que ses chances de trouver un bon parti avaient toujours été très minces, sa mère n'avait cessé de lui en rebattre les oreilles. Non, cet homme avait conscience d'être piégé et il avait décidé de la punir. Mais à quoi bon s'inquiéter de ses motifs, si de toute façon elle n'avait aucune chance de le faire changer d'avis ? Et comment supporterait-elle de vivre avec lui dans de telles conditions ?

Emma se souvint alors du meilleur conseil que lui avait donné sa mère pendant leur dernière semaine d'apprentissage sur l'art d'être une bonne épouse. « Acquiescez toujours aux dires de votre mari. Ensuite, faites comme bon vous semble. »

Emma aurait tant aimé avoir une vie de couple normale, comme ses parents. Mais c'était une bataille qu'elle ne gagnerait pas dans un couloir, lors de leur première journée ensemble. Elle ravala son humiliation face à ce rejet et lui offrit un sourire qu'elle espérait suffisamment complaisant.

— Vous paraissez convaincu que c'est la meilleure chose à faire. Vous êtes mon époux, je vous obéirai donc.

Emma lui tourna le dos pour mieux contempler sa chambre.

— Bien, je vais tâcher de m'installer confortablement dans mes nouveaux quartiers jusqu'à ce qu'il soit l'heure de me changer pour dîner, conclut-elle.

— Vous n'êtes pas obligée de vous changer, vous savez, intervint-il, le regard vide. Il n'y a personne pour vous voir.

— *Vous* me verrez, lui rappela-t-elle en s'efforçant d'ignorer la profonde déception qu'elle ressentait en comprenant que, puisqu'il ne tenait pas à la considérer comme une épouse, il se moquerait sans doute bien de ce qu'elle ferait.

Mais ce n'était pas le cas d'Emma. Elle possédait une large penderie de robes aussi coûteuses qu'élégantes, spécialement conçues pour dîner en famille, et il était hors de question de les laisser prendre la poussière. Et si son époux refusait d'accorder de l'attention à sa toilette, elle ne laisserait pas son mépris la priver de ce plaisir. Elle ferait tout son possible pour paraître à son avantage.

— Je suppose que le dîner est à 20 heures ? s'enquit-elle en prenant une profonde inspiration pour empêcher ses nerfs de lâcher. Portez ce que vous souhaitez, je vous en prie, mais je me vêtirai pour dîner, comme à mon habitude. À présent, si vous voulez bien m'excuser ?

Elle pénétra dans sa nouvelle chambre, ferma la porte au nez de son nouvel époux et appela sa camériste.

5

Enfer et damnation.

Cette journée ne se déroulait pas du tout selon ses souhaits. D'abord, il y avait eu ce moment des plus gênant où il avait accepté le chèque en public, puis sa belle-mère s'était comportée, pendant tout le repas, exactement comme il l'avait craint : comme si le manoir lui appartenait, par le biais de sa fille.

Et le seul point qu'il avait escompté régler en l'abordant au préalable avec sa promise, à savoir le sujet des chambres séparées, s'était soldé par un effroyable malentendu. Son épouse espérait toujours pouvoir mener une vie normale avec lui.

Elle ignorait à quel point il serait difficile pour lui, s'ils s'engageaient sur la voie de l'intimité, de s'arrêter à temps pour ne pas risquer d'enfanter. D'autant plus avec une femme comme elle, qui correspondait si parfaitement à ses goûts. Mais le pire dans tout cela était sans doute le brusque revirement de son épouse. Elle s'était rangée bien trop soudainement à son avis… et Robert n'était pas dupe. Elle envisageait certainement de mener une guerre d'usure contre son refus de partager sa couche. C'était une conduite terriblement peu séante, surtout de la part d'une femme.

Après tout, c'était *lui* qui aurait dû prendre les choses en main, dans ce domaine. La jeune épouse était censée être l'élève naïve, prête à accepter son enseignement.

C'était inexplicable, vraiment. Emma évoluait comme si elle n'avait nullement conscience de l'élégance de son allure. Pourtant, elle avait malgré tout décidé de se comporter avec la coquetterie d'une lady. Il ne doutait pas un instant qu'elle choisirait dans son armoire une robe dévoilant bien plus de chair qu'une simple toilette de journée et qu'elle ferait en sorte de paraître devant lui encore plus ravissante qu'elle ne l'était déjà, dans l'espoir de le tenter. Mais il ne succomberait pas. Qu'elle agisse à sa guise ! Rien ne l'obligeait à mordre à l'appât. Il considérerait sa tenue aguichante comme n'importe quel autre vêtement…

Robert grogna. Mais cela ne changeait rien au fait qu'il allait devoir se plier à la tradition, lui aussi.

Il vivait depuis des années une existence des plus confortable et n'avait pas anticipé le fait que le mariage puisse changer quoi que ce soit à son quotidien. Mais avec une épouse en résidence, il ne pourrait bien évidemment plus s'en tenir à ses anciens travers et manger dans ses vêtements de la journée devant la cheminée du salon. Sa vie allait reprendre un aspect plus formel, que cela lui plaise ou non. Peu importaient les véritables motivations de sa compagne, il lui avait déjà tant refusé qu'il ne pouvait décemment renâcler sur quelque chose d'aussi trivial. Ils dîneraient donc à 20 heures dans la salle à manger, en tenue du soir, comme cela aurait dû être son habitude.

Robert passa une main sur sa joue et fronça le nez en notant la rugosité de sa barbe naissante. Il soupira. Un habit élégant ne servirait à rien s'il ne se rasait pas d'abord.

Robert capitula et sonna son valet. Pendant son rasage, il se mit à ruminer un autre problème. De toute évidence, la nouvelle Lady Gascoyne ne prenait toujours pas au sérieux la malédiction familiale, et cela l'agaçait terriblement. Lorsqu'elle fixait sur lui ses grands iris céruléens, Robert était certain d'y lire quelque chose de plus que du simple doute. Quelque chose qui ressemblait davantage à un profond scepticisme.

Robert ne lui avait pas révélé toute la vérité, bien sûr, pas plus qu'à son père lorsqu'ils avaient négocié cet arrangement. S'il avait partagé plus d'informations sur sa famille, il aurait couru le risque que les Harris retrouvent la raison et annulent le mariage. Mais la jeune femme ne tarderait pas à se ranger à son avis, quand elle constaterait de ses propres yeux les effets que la malédiction avait sur lui.

Mais peut-être n'en aurait-elle pas l'occasion ? Et s'il n'avait plus le moindre épisode ?

C'était un espoir si mince que Robert peinait à croire qu'il ait pu effleurer son esprit. Certes, il n'avait plus eu de problèmes depuis des mois et il avait même survécu au mariage sans trop de difficultés. Était-il possible de changer son avenir en altérant le cours de sa vie avec une nouvelle épouse ? Emma n'aurait pas pu être plus différente de sa défunte Elizabeth, grande et enjouée quand Beth avait été petite et réservée. Hésitante, là où Beth avait été confiante. Et d'une classe sociale très inférieure à la leur.

Emma avait également insisté sur le fait qu'elle était robuste. Physiquement, sans doute l'était-elle. Mais aujourd'hui, à l'église, elle lui avait paru intimidée et en quête de réconfort. Peut-être était-ce cela qui lui avait donné la force de surpasser ses propres problèmes : elle avait eu besoin de lui. Et après tout, qu'en savait-il ? Peut-être sa vie avait-elle changé dès l'instant où il l'avait rencontrée ? Peut-être un meilleur avenir l'attendait-il, désormais ?

Mais peut-être pas. Combien de fois s'était-il cru libéré de la malédiction par le passé, avant d'être violemment ramené à la raison ? Il aurait été idiot de se forger un nouvel espoir pour le voir anéanti une fois de plus. Non, il valait mieux s'en tenir au plan initial : garder ses distances avec elle. Si quoi que ce soit justifiait qu'il change d'avis et de projet, seul le temps le lui dirait.

Emma se présenta à table à l'heure dite et prit place sur la chaise qui avait été disposée en face de lui, de l'autre côté du plateau de bois. Robert avait toujours l'intention de l'ignorer, mais il devait bien reconnaître que mettre une cravate était un bien maigre effort à fournir pour avoir le droit de dîner avec une femme aussi élégamment atournée. Elle portait une délicate robe de tulle blanc, dont les manches et l'ourlet étaient soigneusement brodés de motifs végétaux vert-de-gris et assortis aux feuilles en velours céladon qui ornaient ses cheveux. Son épouse ressemblait à une dryade qui se serait endormie sous un arbre avant de se précipiter pour le rejoindre à table, sans prendre le temps d'ôter les feuilles coincées dans ses jolies boucles.

Robert déglutit face à ce défi. Sa toilette, comme il l'avait craint, était extrêmement échancrée et dévoilait une part impressionnante de sa gorge. Il avait été bien trop poli et inquiet pour se préoccuper de sa poitrine lorsqu'il l'avait transportée, blessée, jusqu'au manoir. Mais à présent, il semblait incapable de s'arracher à la contemplation du festin de courbes gracieuses déployé sous ses yeux.

Il s'efforça de hausser le regard vers son visage et lui sourit avec un hochement de tête de bienvenue, mais il n'offrit aucun compliment sur son apparence. À l'expression glaciale qu'il reçut en retour, Robert sut qu'elle ne lui avait toujours pas pardonné ses commentaires devant la chambre. S'il s'était réellement montré tellement obtus dans ses explications qu'elle n'en avait pas saisi toute la portée, il ne pouvait que comprendre sa colère. Elle avait déjà l'impression de se voir refuser un grand nombre de requêtes, et ils n'en étaient qu'à leur premier jour de vie commune. Robert ne pouvait qu'espérer qu'elle finirait par s'habituer à cette existence et par fermer les yeux sur toutes ces restrictions.

À moins qu'il ne l'ait frustrée au point de la faire bouillir de rage. La jeune femme tendit la main pour saisir son verre de vin et manqua de le renverser. Robert intervint à la dernière seconde et empêcha que le ballon bascule. Seules quelques gouttes s'échappèrent du récipient et vinrent tacher la nappe immaculée.

L'espace d'un instant, l'élégante façade d'Emma s'écroula, révélant la jeune fille mal assurée qu'il avait épousée. Son expression était celle d'un enfant attendant la réprimande.

— Pardonnez-moi, dit-elle aussitôt, autant à lui qu'au personnel.

Quelle étrange idée ! Il avait renversé plus d'un verre sur cette table et sur bien d'autres, et n'avait jamais considéré cela comme une terrible erreur. Et ce n'était certainement pas le genre de choses qui méritait l'absolution d'un valet de pied.

Robert l'observa un instant, haussa une épaule, puis reprit son dîner.

— Comme je vous l'ai dit, je suis très maladroite, renchérit-elle, comme si la situation exigeait une explication.

— Parce que vous avez renversé du vin ? s'étonna-t-il, confus.

— Et parce que je tombe dans les fossés, je brise de la vaisselle, je me heurte aux meubles...

Elle balaya la liste d'un vaste geste de la main qui manqua de faire à nouveau basculer son verre.

— Vous le remarquerez, au fil du temps.

— Ou vous finirez par vous habituer à votre taille et par apprendre à mieux contrôler vos mouvements.

— M'habituer à ma taille ?

— Quel âge avez-vous ? demanda-t-il, réalisant qu'il n'avait même pas pris la peine de poser la question avant de l'épouser.

— Vingt et un ans, répondit-elle.

— Et j'imagine que vous avez atteint votre taille définitive au cours de la dernière année ? Peut-être celle d'avant ?

— Puissiez-vous dire vrai, lança-t-elle avec ferveur. Notre modiste désespère chaque fois que je retourne la voir. Mes mesures ne cessent d'évoluer, et rien n'est jamais suffisamment long.

— Il faut du temps pour apprendre les limites d'un corps en plein changement, expliqua-t-il. Les hommes en sont davantage conscients que les femmes, je suppose. D'ici là, je pense que cette astuce devrait vous aider.

Robert tendit le bras à travers la table et déplaça son verre de vin de quelques pouces sur la gauche.

Emma le saisit sans effort et dévisagea son époux, ébahie.

— Ma mère n'aurait jamais accepté que l'on bouge la vaisselle, dit-elle en fixant son ballon des yeux. Elle répète souvent que chaque chose a sa place et qu'il est important de les reposer exactement là où elles se trouvent.

— Votre mère n'est pas là, lui rappela-t-il.

— Vous avez raison, constata-t-elle, soudain radieuse.

C'était la première fois qu'il voyait son visage s'illuminer ainsi depuis leur rencontre. Emma était une charmante jeune femme en temps normal mais, lorsqu'elle faisait l'effort de sourire, Robert se demandait s'il serait capable de s'en tenir à ses plans et de garder ses distances.

Cependant, une seconde plus tard, la vie lui envoya un cuisant rappel de la raison pour laquelle il avait mis en place cette stratégie. Son majordome pénétra dans la salle à manger, sa posture irradiant à la fois la culpabilité et la précipitation.

— Je vous prie de me pardonner cette intrusion, Sir Robert, annonça-t-il immédiatement. Mais il y a une urgence. Un incendie s'est déclaré au village.

Robert jeta sa serviette de table sur le côté et se leva aussitôt.

— Faites seller mon cheval et préparer un chariot. Rassemblez tout le personnel valide.

— Qu'avez-vous l'intention de faire ? s'enquit son épouse, visiblement surprise de le voir partir.

— Dans ce genre de situation, nous devons tous venir en aide à nos voisins. Ils auront besoin de tous les bras disponibles, déclara-t-il.

Sans compter que Robert se sentait responsable de ce nouveau désastre. Si la malédiction avait décidé de frapper son mariage en provoquant une catastrophe, c'était un signe de plus le poussant à ne pas succomber à la tentation.

Emma était seule pour sa nuit de noces. Son époux l'avait

prévenue que leur union n'en serait pas réellement une, cela n'aurait donc pas dû la surprendre, mais elle n'avait pas imaginé qu'il irait jusqu'à quitter la maison. Certes, sa réaction était noble, elle ne pouvait lui en vouloir pour cela, mais elle avait eu toutefois la très nette impression que la terrible nouvelle avait d'une certaine façon soulagé Sir Robert. Il avait quasiment fui la salle à manger, sans même jeter un coup d'œil dans sa direction, clairement impatient de s'extraire de sa présence.

Pendant le repas, elle avait cru, l'espace d'un instant, qu'il l'avait contemplée avec le genre de regard qu'un homme pose sur une femme désirable. Comme s'il l'admirait. Comme s'il approuvait son apparence. Et il s'était montré si prévenant en suggérant de déplacer son verre pour lui simplifier la vie… Cette brève démonstration de bonté avait suffi à nourrir l'espoir d'Emma que son époux finirait par renoncer à garder ses distances.

Puis il était parti.

Tandis qu'elle regagnait sa chambre, Emma passa à nouveau par la galerie de portraits, la pièce que Sir Robert traversait toujours au pas de course à cause des innombrables histoires tragiques rattachées à tant de ses sujets. Mais elle s'arrêta pour contempler la seule personne que Robert avait à peine mentionnée dans toutes ses élucubrations au sujet de la malédiction.

Emma la trouva à la place d'honneur, à côté du portrait de Sir Robert, comme il était de rigueur. La peinture représentait une jeune femme aussi parfaite qu'une poupée de porcelaine : petite et blonde, avec des joues roses et des bras fins. Une paire de pieds menus émergeait sous l'ourlet de sa robe. Son cou gracile était orné de perles, auxquelles était suspendu un camée de jais qui paraissait si lourd qu'Emma se demanda comment Lady Gascoyne avait pu poser pour le portrait sans céder sous son poids.

Au bout de la galerie se trouvait un miroir donnant l'impression au visiteur que lui aussi faisait partie des portraits. Emma se tourna vers la glace et tressaillit devant son reflet. Sir Robert avait fait preuve de générosité en balayant sa maladresse d'un revers de la main, au dîner, mais cela n'avait rien eu à voir avec de l'attirance pour elle, contrairement à ce qu'elle avait espéré. Il s'était juste montré aimable.

La raison pour laquelle il refusait de partager sa couche était, au fond, très simple. Il suffisait de contempler le reflet d'Emma pour s'en rendre compte. Elle ne ressemblait en rien au genre de femme qu'il préférait. Elle n'aurait pas pu être plus différente de sa première épouse. Jamais il n'aurait choisi Emma si son père ne lui avait pas proposé tant d'argent.

Il n'avait inventé cette ridicule histoire de malédiction familiale que pour lui épargner la dure vérité. Contrairement à ce qu'elle avait cru lors de leur première rencontre, Emma réalisait à présent qu'elle ne lui conviendrait jamais. S'il avait vraiment voulu d'une épouse, dans le véritable sens du terme, il aurait choisi une beauté comme Elizabeth Gascoyne.

Emma n'avait pas le moindre point commun avec elle. C'était comme si quelqu'un avait demandé à Dieu de créer l'exacte opposée de la précédente lady. Trop grande, trop robuste et sans une once de grâce, comme sa mère ne cessait de le répéter. Emma devrait apprendre à vivre avec cette réalité : elle n'était tout simplement pas digne d'amour.

Son unique soulagement, en cet instant, était de savoir que son mari avait quitté la maison. Il aurait été terriblement embarrassant qu'il la trouve en train de pleurer dans une salle publique à propos de quelque chose qu'aucun torrent de larmes ne pourrait jamais changer. Tout bien réfléchi, Emma était également soulagée que sa mère ne soit pas là pour la voir, car elle se serait moquée de sa sentimentalité, lui rappelant tout ce que ses parents avaient dû orchestrer pour parvenir à lui dégoter un époux. Comment avait-elle pu être assez naïve pour espérer une vie heureuse ?

La spirale de pensées négatives ne fit que gonfler le flot de larmes d'Emma, qui prit brusquement conscience que, s'étant habillée pour dîner, elle ne possédait ni mouchoir ni manche pour endiguer ce déluge. Elle balaya la galerie du regard pour s'assurer qu'aucun domestique ne s'y trouvait, puis elle se dirigea vers la fenêtre pour essuyer son visage sur l'arrière de l'un des rideaux. Puis elle appuya son front et sa joue contre la vitre, et laissa le verre aussi froid que l'air nocturne apaiser son chagrin.

Quand elle se redressa enfin, Emma ne pleurait plus et avait retrouvé son calme. Les choses étaient ce qu'elles étaient : elle devait l'accepter et faire contre mauvaise fortune bon cœur. Son époux ne la considérait peut-être pas comme une femme désirable, mais il s'était montré bienveillant au dîner et c'était déjà bien plus que ce à quoi elle était habituée avec ses parents.

Peu importe qu'il ne puisse l'aimer. Peut-être en viendrait-il à compter sur elle pour d'autres aspects de leur existence. Peut-être pourrait-elle malgré tout devenir une sorte de partenaire ou de compagne. Avec son train de vie solitaire et sa conviction que chaque accident faisait partie de son destin, Sir Robert avait certainement plus besoin d'aide que n'importe quel autre homme de sa connaissance.

C'était décidé. Emma serrerait les dents, sourirait au monde et se retrousserait les manches. Elle ferait du bon travail, elle en était certaine. Elle changerait l'existence de son nouvel époux, apaiserait son esprit et mettrait un terme aux terreurs irrationnelles qui l'emprisonnaient dans sa propre demeure.

6

Robert ne dormit pas de la nuit. Il contribua à la ligne de seaux d'eau pour éteindre le feu jusqu'à une heure avancée de la matinée. Lorsqu'il regagna enfin le manoir, il réclama un bain chaud pour gratter la suie de ses bras et de son visage et se débarrasser de cette affreuse odeur de fumée. Il s'excusa aussi auprès de son valet d'avoir abîmé une tenue qu'il portait si rarement.

Il s'était excusé. Il commençait à se comporter comme Emma. Cette pensée le fit sourire. Il espérait que sa jeune épouse avait passé une soirée agréable après son départ et qu'elle ne s'était pas contentée de rester éveillée à attendre son retour, allongée dans un lit inconnu.

Mais hélas, la seconde option était plus probable, car d'après les domestiques elle avait dormi jusque tard.

Il ne la croisa qu'au déjeuner, dans la salle à manger.

— Nous avons pu maîtriser l'incendie, l'informa-t-il avec un sourire grave.

— Oui, je l'ai appris par les domestiques, répondit-elle. C'est un réel soulagement.

— Ce n'était que la première manifestation de la malédiction à laquelle vous refusez de croire, reprit-il en espérant qu'elle ne lui opposerait plus son habituel scepticisme.

Nous sommes mariés depuis à peine une journée, et le presbytère est parti en fumée.

— C'est terrible ! s'exclama-t-elle, l'air profondément peiné. Y a-t-il eu des blessés ?

— Non, tout le monde en est sorti indemne.

Elle parut réfléchir un instant.

— Dans ce cas, c'est une bonne nouvelle, et non une mauvaise.

— Un incendie ? Une bonne nouvelle ? grogna-t-il en haussant un sourcil dubitatif.

— Personne n'a été blessé, lui rappela-t-elle. Sait-on ce qui a provoqué le départ de feu ?

— Une cheminée mal nettoyée, expliqua-t-il.

— Une négligence de la part de la femme du vicaire, dans ce cas.

— C'est une façon de voir les choses, marmonna-t-il.

Sa façon à elle, mais certainement pas la sienne.

— Si le bâtiment avait été frappé par les éclairs de Zeus, j'aurais pu croire à une malédiction, argua-t-elle. Ou si nous nous étions trouvés à proximité du site de l'incendie. Mais nous nous sommes mariés à l'église, pas au presbytère.

— Les deux édifices sont côte à côte, lui rappela-t-il.

— Le toit du presbytère est, du moins était, en chaume, n'est-ce pas ? renchérit-elle. C'est un véritable miracle que le feu ne se soit pas étendu à l'église.

— Ça n'a rien d'un miracle, gronda Robert en fronçant les sourcils. Ce fut au prix d'épuisants efforts de la part de nombreux hommes, dont moi. Nous avons passé la majeure partie de la nuit à jeter des seaux d'eau sur les flammes.

— C'est vrai, excusez-moi, répondit-elle d'un air embarrassé, avant d'ajouter presque aussitôt : Vous admettez donc que, lorsqu'un malheur se produit, il est possible d'en atténuer les effets ?

D'une certaine façon, c'était la raison pour laquelle il s'était précipité au secours du village. Pour atténuer les dégâts et parce qu'il n'aurait jamais supporté de faire face aux conséquences de son inaction, s'il était demeuré au manoir quand tant de personnes avaient besoin de son aide.

— Cette malédiction doit être bien timide, si vous avez pu la contrecarrer si facilement.

— Je n'ai pas trouvé cela particulièrement facile, la nuit dernière, rétorqua-t-il, agacé.

— Je suis certaine que le vicaire et son épouse vous en sont profondément reconnaissants. Je vais écrire à ma mère afin de lui demander de les héberger le temps que leur maison soit reconstruite. Bientôt, la vie reprendra son cours normal.

— Jusqu'au prochain accident, conclut-il, peu convaincu par son discours. D'ordinaire, j'évite de coudoyer mes voisins afin de leur épargner ce genre de malheur.

Et de se protéger lui-même également.

— J'en suis consciente, acquiesça-t-elle avant d'ajouter prudemment : C'est pourquoi je me dois de vous demander ce que je suis censée faire de tout cela.

— De quoi s'agit-il ? s'enquit Robert avec curiosité lorsqu'elle déposa une pile de lettres sur la table devant elle.

— D'invitations. J'ai besoin de savoir lesquelles vous souhaitez accepter ou décliner. Vous ne m'avez rien dit sur votre cercle de relations jusqu'à présent, mais j'imagine que vous avez des amis dans la région, même si vous ne leur rendez que rarement visite.

En avait-il ? Cela faisait si longtemps qu'il ne les avait pas croisés que Robert s'était convaincu qu'ils l'avaient oublié.

— Il n'y a personne en particulier, finit-il par réagir. Pour être franc, je suis surpris que vous ayez reçu la moindre lettre à peine un jour après notre mariage. Je n'avais jamais vu pareille quantité de courrier.

— Jamais ? s'étonna-t-elle. J'aurais pourtant cru qu'en tant qu'homme célibataire et beau parti vous aviez figuré sur toutes les listes d'invités de la région.

— C'était le cas, répondit-il d'un ton acerbe. Mais comme je n'avais aucune intention de me remarier, j'ai décliné toutes les invitations à des rassemblements où je savais que l'on aurait tenté de m'assortir avec des demoiselles éligibles...

— Vous avez donc ignoré ou décliné toutes les invitations que vous avez reçues jusqu'à ce que vos voisins cessent de vous contacter, conclut-elle en secouant légèrement la tête.

— Pourquoi ont-ils décidé de réessayer aujourd'hui ? l'interrogea-t-il, confus.

— J'imagine que le vicaire a narré à ses ouailles la façon dont vous avez occupé votre nuit de noces... à sauver sa maison, suggéra Emma en rougissant d'embarras. Et à présent, tout le monde est impatient de rencontrer la femme qui vous a passé la bague au doigt.

— C'est une possibilité, reconnut-il, mal à l'aise.

L'épouse du vicaire avait pleuré de gratitude et annoncé la nouvelle de son mariage à qui voulait le féliciter. Robert n'en avait fait que peu de cas, sur le moment, car il n'avait guère eu l'intention de dissimuler son union au public.

Mais il n'avait pas songé aux complications que cela engendrerait.

— Et certains paroissiens sont certainement en train de

se demander pourquoi vous avez renoncé à notre première nuit, ajouta-t-elle avec un soupir.

Robert aurait souhaité pouvoir la rassurer, mais il ne le put. Jamais il n'avait imaginé que le fait de ne pas consommer leur mariage puisse se savoir à l'extérieur de leur couple. Mais en allant aider à éteindre l'incendie, il avait fourni à toute la région un excellent terreau pour semer des rumeurs. Il ne pouvait même pas mentir et prétendre que personne n'avait rien remarqué. La pile de courrier devant son épouse était une preuve suffisante.

— Votre silence ne fait rien pour me rassurer, conclut-elle avec un autre soupir à fendre l'âme. Laquelle de ces invitations devrais-je accepter ?

Elle tapota le sommet du tas de lettres d'un index effrayé, comme si elle craignait qu'il prenne vie et tente de lui arracher le doigt.

— Aucune, répondit-il avec brusquerie, frustré qu'ils n'aient pas eu davantage de temps pour que sa nouvelle épouse apprenne les risques des interactions sociales.

— Je ne peux pas ignorer le courrier et espérer que nous cessions d'en recevoir, lui fit-elle remarquer patiemment. S'il est toléré pour un veuf de traverser une période d'isolement, il est très mal vu pour un homme et une femme récemment mariés de se cacher chez eux sans se soucier du reste du monde.

— Ne croyez-vous pas déraisonnable de vous attendre à ce que je change ma vie du tout au tout ? grogna-t-il.

— Et ne croyez-vous pas déraisonnable de faire de moi la risée du comté ?

Elle serra les lèvres comme pour s'empêcher de prononcer

des paroles moins avenantes. Puis elle prit une profonde inspiration et s'efforça de retrouver son calme avant d'ajouter :

— Vous êtes venu me trouver la veille de notre mariage afin de poser vos conditions, et je les ai acceptées.

Il opina du chef.

— La nuit dernière, il est apparu clairement que je n'en avais pas saisi tous les tenants et aboutissants.

— Vous parlez là d'un tout autre sujet ! intervint-il.

— Bien au contraire, argua-t-elle. Il n'y a qu'un seul et même sujet : je m'efforce de m'adapter au fait que mon époux ne désire pas ma compagnie. Et voilà que vous me demandez d'endurer également la censure de la société parce que vous refusez de vous mêler au monde ?

— Je n'ai jamais souhaité vous mettre dans cette position, répliqua-t-il.

Mais ce qu'il souhaitait n'avait guère d'importance. Il aurait dû se douter qu'en faisant d'elle une Gascoyne il démultiplierait ses problèmes au lieu de les atténuer.

L'espace d'un instant, la lèvre inférieure d'Emma se mit à trembler, et elle parut sur le point de pleurer. Mais elle inspira à nouveau, et ce moment de faiblesse disparut. Lorsqu'elle reprit la parole, elle déclara d'un ton presque solennel et protocolaire, à la manière d'un précepteur demandant patiemment à un élève de lui décrire son raisonnement mathématique :

— Pouvez-vous m'expliquer pourquoi vous refusez ces invitations, si ce n'est par pure habitude ?

Sur ce point, au moins, Robert allait pouvoir se montrer honnête. Mais il était encore trop tôt pour faire peser un tel poids sur ses épaules. Aussi opta-t-il pour une demi-vérité :

— Je préfère éviter les rassemblements pour ne pas les gâcher d'une manière ou d'une autre.

Puisse son épouse ne jamais découvrir à quel point les choses pouvaient se compliquer lorsqu'il quittait le manoir.

— Vous parlez encore de cette malédiction, dit-elle d'un ton qui laissait entendre qu'elle le prenait pour une vieille femme superstitieuse.

D'une certaine façon, il en était une. Cela faisait si longtemps qu'il évitait la société et les gens d'une manière générale qu'il aurait eu du mal à citer le moindre exemple pour prouver ce qu'il avançait.

— Des malheurs se produisent lorsque je suis dans les parages, finit-il par déclarer.

— Si la malédiction vous concerne vous et votre famille, alors vous n'avez aucune raison de craindre ses potentiels effets sur ceux qui vous entourent. À moins que vous n'ayez peur pour votre propre santé.

— Bien sûr que non, mentit-il pour ne pas passer pour un lâche. Mais tout malheur sur ma personne se produira là où je me trouve.

Et il ne tenait pas à montrer sa faiblesse au monde.

— Êtes-vous certain que ce n'est pas simplement parce que vous avez honte de moi ? l'interrogea-t-elle d'une voix à peine plus élevée qu'un murmure. Je ne suis pas particulièrement impatiente de paraître en public non plus, vous savez. Je suis persuadée que la femme du vicaire n'a pas manqué d'informer tous vos voisins que vous aviez épousé une demoiselle d'une classe inférieure. Et maintenant qu'ils sont au courant de votre mépris pour moi...

Elle fixait la pile de lettres à présent, ses joues rouges de honte.

— Je ne vous méprise pas du tout ! insista-t-il.

Mais sur le reste, il ne pouvait la détromper. Il avait bien involontairement fait d'elle un objet de curiosité et, s'ils ne prenaient pas des mesures pour mettre un terme aux ragots, la rumeur continuerait à enfler.

— Mais comment pourrais-je vous croire si vous ne sortez jamais en société avec moi ? lui demanda-t-elle. Quel mal peut-il y avoir à accepter quelques-unes de ces invitations ? ajouta-t-elle avant qu'il puisse trouver une nouvelle excuse. Je vous embarrasserai forcément, d'une façon ou d'une autre, car je ne suis pas assez gracieuse pour évoluer en public. Cela arrivera à coup sûr, alors autant en finir rapidement.

Elle ? L'embarrasser ?

— Ce n'est vraiment pas un sujet d'inquiétude pour moi.

En vérité, il n'y avait même pas pensé.

Ses paroles lui rendirent quelque peu le sourire.

— Lady Weatherby organise un concert dans trois jours. Le pire que l'on puisse encourir à ce genre d'événement est un soprano qui chante faux, vous n'aurez donc rien à craindre de la malédiction. Quant à moi, je m'efforcerai de ne pas vous faire honte avec ma maladresse. Nous passerons certainement une soirée des plus soporifique… Cela me semble idéal pour notre première sortie en tant qu'époux.

Robert grimaça. La simple idée de paraître en société suffisait à lui serrer la gorge, mais cela faisait si longtemps qu'il n'avait pas mis les pieds dehors… Peut-être avait-il seulement oublié combien une soirée pouvait être ennuyeuse ? Rien que participer à un concert dans le salon d'une demeure contadine lui donnait envie de s'endormir sur sa chaise. Comment les choses pourraient-elles mal tourner ? Après tout, il avait survécu au mariage et à l'incendie sans être victime d'un nouvel épisode. Peut-être ses problèmes étaient-ils finis ?

Il dirigea alors les yeux vers sa femme, qui l'observait, partagée entre l'espoir et la crainte d'essuyer un autre refus. Il avait imposé tant de restrictions à cette pauvre jeune fille… Il n'avait rien d'un époux normal. Comment aurait-il pu dire non ?

— Entendu, céda-t-il. Vous pouvez accepter cette invitation. Mais seulement celle-ci. Et, je vous en prie, ne vous sentez pas responsable si les choses tournent terriblement mal.

7

Après cette étrange conversation, Emma se surprit à souhaiter que sa mère ne se soit pas arrêtée aux titres et aux domaines pendant sa recherche de bons partis. Franchement, il y aurait dû y avoir une note sous le nom de Sir Robert Gascoyne indiquant qu'en dépit de sa belle allure l'homme était aussi fou qu'un lièvre de mars.

Son refus catégorique d'avoir des enfants était une idée déjà bien assez choquante, mais Emma n'aurait jamais imaginé qu'il puisse faire pire. De toute évidence, leur union s'accompagnait d'une interminable liste de conditions concernant leurs interactions… liste dont elle n'était pas au courant.

Elle était quelque peu soulagée d'être parvenue à le faire changer d'avis au sujet du rassemblement chez les Weatherby. Cela signifiait qu'une évolution demeurait possible. Emma n'aurait qu'à faire en sorte que l'événement se passe bien pour le convaincre qu'ils n'avaient rien à craindre en acceptant davantage d'invitations.

Mais bien évidemment, ce plan s'accompagnait de son propre lot de complications : pour le mener à bien, la jeune femme devrait se débrouiller pour développer le maintien et la grâce seyants à une femme de son nouveau rang…

chose qu'elle n'était jamais parvenue à accomplir jusqu'ici. Sir Robert s'était montré généreux en lui assurant, pendant le dîner, qu'elle gagnerait en coordination au fil du temps mais, même si c'était le cas, ce miracle de maturité ne se produirait pas assez tôt pour la sauver lors de sa première apparition en tant que Lady Gascoyne.

Si... non, *quand* elle effectuerait un faux pas au beau milieu de la foule de nobles, car cela ne manquerait pas d'arriver, son époux s'empresserait de blâmer la malédiction et se servirait de cette excuse pour les cloîtrer à l'intérieur du manoir à tout jamais. Si Emma tenait réellement à aider son nouveau mari, elle devrait lui prouver que le monde ne s'écroulait pas autour d'eux dès qu'ils mettaient un pied dehors. Cela exigerait qu'elle ait un comportement irréprochable, afin qu'ils survivent à ce concert sans incident.

N'ayant rien de mieux à faire de son après-midi, Emma réfléchit longuement à la question. Son mari, qui avait œuvré jusqu'à l'épuisement pendant la nuit, était sans doute en train de faire une sieste bien méritée. Hélas, Emma ignorait comment elle était censée occuper son temps libre. Elle avait validé les menus pour la semaine, il était bien trop tard dans la journée pour rendre visite à ses voisins, et de toute façon elle ne connaissait personne dans les environs à l'exception de sa mère.

Il n'avait guère fallu de temps à Emma pour écrire à la matrone et lui demander de contacter le vicaire et sa famille, mais elle s'était soigneusement abstenue d'inviter Mrs Harris chez elle. En toute honnêteté, passer une journée sans les sempiternelles critiques de sa mère s'était révélé étonnamment libérateur.

Emma était ravie de s'être enfin émancipée mais,

maintenant qu'il n'y avait plus personne pour organiser chaque minute de sa vie avec des leçons d'étiquette... qu'allait-elle bien pouvoir faire ?

La jeune femme observa le parc à travers la fenêtre et aperçut l'énorme chien qui les avait accueillis la veille. L'animal la repéra et la dévisagea avec envie. Sir Robert avait suggéré qu'elle l'emmène en promenade. Pourquoi pas maintenant ?

Emma ouvrit les portes-fenêtres à la française du salon du matin, et le molosse approcha. Il ne fit aucune tentative pour pénétrer dans la maison, mais s'assit devant elle et remua la queue comme pour l'encourager à interagir avec lui.

— Tu te sens seul ? l'interrogea-t-elle.

Pour toute réponse, le chien pencha la tête sur le côté et secoua davantage son arrière-train, comme pour lui signifier qu'il ne la comprenait pas, mais qu'il était heureux d'acquiescer à tout, tant que cela maintenait son attention sur lui.

— Parce que moi, oui, renchérit Emma. Et je pense que nous pourrions nous tenir mutuellement compagnie en nous promenant dans le domaine. Qu'en dis-tu ?

Le chien, qui reconnut sans doute le mot « promenade », se leva et se mit à danser d'une patte sur l'autre avant de s'éloigner un peu et de se tourner vers elle pour vérifier qu'elle le suivait.

— Comment refuser quoi que ce soit à un gentilhomme si poli ? le taquina-t-elle en emboîtant le pas au molosse.

Ils entamèrent leur balade en flânant dans le jardin derrière la cuisine, où le chien chassa une paire de lapins du potager, puis ils longèrent le chemin qui serpentait jusqu'au bas de la colline, passèrent les écuries et atteignirent les prairies au-delà du domaine.

C'était une merveilleuse journée pour sortir et admirer paresseusement les abeilles et les papillons qui se rassasiaient du nectar des fleurs des champs. Peut-être pourrait-elle apporter son carnet de croquis, la prochaine fois. Si son avenir était principalement rempli de ce genre d'activités, Emma ne serait peut-être pas si malheureuse au manoir Gascoyne, finalement.

Mais, de toute évidence, son compagnon à quatre pattes avait sa propre idée de ce qui constituait un parfait après-midi à l'extérieur. Avant qu'elle puisse l'arrêter, il plongea dans un trou sous une barrière et se mit à courir comme un fou à travers le pré le plus proche.

— Theo, reviens ici. Au pied ! cria-t-elle.

Mais le molosse ne l'écoutait pas.

— Grand benêt, marmonna-t-elle en escaladant l'échalier pour franchir la clôture et le rattraper.

Il ne manquerait plus qu'elle perde le chien préféré de son époux le premier jour de leur mariage… Cela lui aurait bien ressemblé ! Ce serait une erreur bien plus difficile à pardonner qu'un peu de vin sur la nappe, songea-t-elle amèrement.

L'énorme molosse jeta un long regard vers elle par-dessus son épaule. S'était-il décidé à obéir ? Mais non, il repartit comme une flèche, sans doute attiré par l'odeur d'un petit gibier.

— Il y a des lapins dans le potager, espèce de gros dindon ! s'agaça-t-elle contre lui lorsqu'elle trébucha sur une épaisse touffe d'herbe.

Ce fut alors qu'Emma aperçut la chose que cet imbécile

de chien avait choisi de pourchasser. Il se tenait à présent à une centaine de pieds d'elle, juste à côté des sabots d'un gigantesque taureau, et aboyait joyeusement devant son large museau furieux en agitant frénétiquement la queue comme s'il passait le meilleur moment de sa vie.

Emma se figea, incertaine de la conduite à adopter. Elle n'avait rien d'une fille de la campagne, ayant passé la majeure partie de sa jeunesse dans les salons étroits de Londres où l'on ne croisait rien de plus dangereux que quelques chats mal léchés. Mais elle était suffisamment intelligente pour savoir qu'il ne faisait pas bon se trouver aussi près du mastodonte que Theo était en train d'irriter copieusement. Tant pis si son époux lui reprochait la perte de son chien... Il serait sans doute bien plus contrarié de retrouver sa femme éventrée le premier jour de leur mariage. Emma entreprit donc de reculer, lentement. La voix de sa mère lui revint à l'esprit : « Une lady ne doit jamais paraître empressée. Elle doit flotter, sereine, d'un lieu à un autre. »

Emma n'avait jamais excellé dans ce domaine, mais c'était une tâche encore plus difficile à réaliser en marche arrière, tout en gardant un œil sur le taureau. Ce dernier ne semblait pas l'avoir repérée, mais mieux valait éviter de trébucher sur sa robe et d'attirer son attention.

Aussi, toujours très discrètement, elle se retourna, établit dans son esprit le chemin le plus court jusqu'à l'échalier, et pressa le pas d'une façon des plus inélégante pour s'éloigner du taureau. Mais la peur la saisit brusquement, et Emma se mit à courir.

Ce fut alors que le taureau l'aperçut. Du moins, ce fut la conclusion qu'Emma en tira quand un mugissement furieux retentit dans son dos, suivi d'un tonnerre de sabots martelant l'herbe et se rapprochant à toute vitesse.

Emma oublia aussitôt tous les conseils maternels, retroussa son jupon et détala. Quand elle atteignit la barrière, elle ne prit même pas le temps de grimper sur l'échalier : elle posa une main sur la planche la plus haute et bondit par-dessus, la frôlant du bout des talons, puis atterrit de l'autre côté sans stopper sa course. Elle entendit le taureau freiner des quatre fers derrière elle, puis souffler et piétiner rageusement, incapable de la suivre.

Quant à l'imbécile de chien qui l'avait mise dans cette situation, il s'était extrait sans difficulté du pré et dansait à présent autour d'elle comme s'ils venaient de vivre la promenade la plus merveilleuse du monde.

Une exclamation retentit depuis le flanc de la colline, près de la maison, un cri qui semblait presque… impressionné ? Emma tourna la tête et vit son époux d'ordinaire si austère dévaler la pente avec un large sourire pour se précipiter à sa rencontre.

— Emma !

Ce n'était peut-être pas la première fois qu'il l'appelait par son prénom, mais jamais elle ne l'avait entendu le prononcer avec tant d'émotion.

— Pardonnez-moi, gémit-elle automatiquement.

— Magnifique ! s'exclama Sir Robert, le souffle court, lorsqu'il parvint à ses côtés.

— Je vous demande pardon ? s'étonna-t-elle en cherchant des yeux ce qu'il pouvait bien qualifier de magnifique.

— Je n'avais jamais vu une femme courir ainsi, expliqua-t-il avec un sourire jusqu'aux oreilles.

— Je suis navrée, s'excusa-t-elle.

— Ne le soyez pas ! Je pense que même les ladies éprouvant la plus vive aversion pour toute activité physique en auraient fait autant, dans une situation comme celle-ci. Je doute toutefois que nombre d'entre elles seraient parvenues à sauter par-dessus la barrière, s'exclama-t-il d'un ton étrangement fier.

— Je n'ai guère pris le temps de réfléchir, reconnut-elle. Et pour être franche, je ne pense pas pouvoir reproduire ce saut, même si je le souhaitais.

— Oh ! votre cheville ! s'exclama Sir Robert en désignant son ancienne entorse d'un signe de tête. Comment vous sentez-vous ?

— Beaucoup mieux, merci, répondit-elle, surprise de ne pas avoir ressenti la moindre gêne pendant sa course.

— Peut-être, pour votre prochain exploit, devriez-vous tenter quelque chose de moins périlleux ? gloussa-t-il. Comme vous balader à l'extérieur des enclos à taureaux ? Et avant que vous ne vous excusiez une fois de plus, c'était ma faute et non la vôtre. C'est moi qui vous ai suggéré de promener Theo, et j'aurais dû savoir qu'il vous mènerait ici. Pour une raison que j'ignore, Hercule et lui sont de grands amis. Le taureau le tolère dans son pâturage.

— Hercule, vous dites ? répéta Emma en se tournant vers le pré pour admirer l'énorme bovin.

— C'était déjà son nom, lorsque je l'ai obtenu, expliqua Sir Robert en imitant son épouse. Bien que je lui aie donné de nombreux autres noms bien moins élogieux depuis.

— Si vous n'appréciez guère cet animal, pourquoi l'avoir acheté ?

L'homme tourna vers elle un regard éloquent, et Emma s'empourpra.

— Il y a beaucoup de fermes dans la région qui possèdent au moins une vache. Mais pour obtenir du lait ou des veaux, l'intervention d'un mâle est essentielle.

Il lui adressa un nouveau regard chargé de sens pour s'assurer qu'Emma ne requérait pas une image plus détaillée.

La jeune femme rougit davantage.

— Je comptais louer Hercule aux fermiers du coin. Mais, la malchance séculaire des Gascoyne étant ce qu'elle est, un plan aussi simple que celui de laisser la nature suivre son cours a tout de même échoué.

— Comment ? s'étonna Emma.

— Lorsque j'ai présenté à Hercule la tâche qui aurait dû être sa seule raison d'exister, il s'en est... désintéressé.

— Il n'a pas... ?

— Non, il a pleinement refusé, maugréa Sir Robert en secouant la tête.

— Alors, pourquoi le garder ? l'interrogea la jeune femme, abasourdie, en dévisageant le taureau.

— Je ne peux décemment le vendre en sachant cela, déclara-t-il en haussant les épaules. Qui voudrait d'un taureau qui refuse de remplir son unique devoir ? Vous jugeriez sans doute plus logique de l'abattre pour le manger, mais je n'ai pas pu m'y résoudre. D'autant plus que je l'ai payé bien trop cher pour n'en faire qu'un simple rôti.

— C'est très étrange, reconnut Emma.

— Toutefois, il n'en est pas moins colérique que ses congénères. Je vous recommande donc de garder vos distances. Si vous sortez avec Theo, mettez-lui une laisse. Dans le cas contraire, ne cherchez pas à lui courir après, s'il prend la clé des champs. Je lui ai appris de nombreux tours, mais répondre quand on l'appelle est celui qu'il maîtrise le moins bien.

Il haussa les épaules en ajoutant :

— Ne vous inquiétez pas pour lui. Il possède un excellent instinct de survie et rentrera à la maison de lui-même lorsqu'il sera prêt.

— Entendu, Sir Robert, répondit Emma en luttant contre son habitude de faire la révérence.

Entre le choc provoqué par sa rencontre avec le taureau et le regard admiratif que son époux lui portait, la jeune femme craignait que ses genoux la lâchent, plus que sa cheville.

— Robert suffit, Emma, la corrigea-t-il en retrouvant son sourire. Il est inutile de recourir à de telles formalités lorsque nous sommes seuls chez nous.

Il s'était exprimé avec douceur, comme quand il avait prononcé ses vœux à l'église, et Emma ne put s'empêcher de le dévisager, aussi muette qu'elle l'avait été lors de leur première rencontre. Elle avait oublié à quel point ses yeux étaient verts, mais d'un vert chaud, comme si une flamme s'était mise à brûler dans les confins smaragdins de ses iris. Une flamme qui n'était pas là avant. En était-elle à l'origine ? Elle avait l'impression que, bien qu'il l'ait observée à de multiples reprises depuis leur rencontre, c'était la première fois qu'il la voyait réellement.

Emma baissa les yeux et contempla ses pieds, de crainte de voir cette lueur s'éteindre et son époux retrouver sa solennité habituelle.

— Entendu... Robert, répondit-elle.

La chaleur lui monta au visage lorsqu'elle répéta son prénom. Il lui offrit son bras, touchant le sien du bout du coude pour capter à nouveau son regard.

— À présent, m'autoriserez-vous à vous escorter sur le chemin du retour ?

Ce n'était sans doute rien de plus que de la politesse, mais Emma coula un regard dans sa direction et vit que Robert lui adressait un sourire de connivence, comme s'ils partageaient un secret amusant. La jeune femme accepta le sourire et le bras offert.

— Merci, Robert. J'en serais honorée.

8

La femme assise à table en face de lui au dîner ce soir-là ne montrait plus aucun signe de sa mésaventure de l'après-midi. Elle n'était pas vraiment sereine, car elle avait toujours l'air d'une personne qui n'est pas habituée à son nouveau statut, mais rien dans sa coiffure lisse ou sa robe de satin ne laissait apparaître qu'elle avait couru à en perdre haleine pour échapper à un taureau furieux tout juste quelques heures plus tôt.

Et pourtant, il ne parvenait pas à se sortir cette image du crâne.

Lorsqu'il avait jeté un œil dehors à travers la fenêtre de son bureau et aperçu son épouse en train de chasser les papillons avec son chien, il avait observé avec intérêt son expression, d'une innocence presque enfantine. Il n'avait jamais vu de femme de son monde se comporter ainsi. Sa défunte compagne, Elizabeth, ne s'était certainement jamais montrée fantasque, de jour ou de nuit.

Robert, à qui il ne restait qu'une lettre à écrire pour s'enquérir de sa mine épuisée, avait été pris d'une soudaine envie de la rejoindre pour un après-midi d'oisiveté. Il lui avait fait visiter la maison la veille, mais il demeurait de nombreuses choses au sujet du domaine qu'elle ignorait.

En traversant le manoir pour gagner l'entrée, il l'avait perdue de vue pendant quelques minutes, puis s'était aventuré dans le parc tout en se demandant quel chemin elle avait pris. Puis il s'était soudain rappelé la présence de Theo et s'était mis à s'inquiéter. Ce chien, laissé en liberté, terminait toujours sa balade au seul endroit de la propriété qui aurait pu mettre sa maîtresse en danger.

L'espace d'une seconde, il s'était imaginé ce qui allait se produire : l'accomplissement de cette malédiction mortelle, non dans un futur lointain et encore malléable, mais ici et maintenant, sous ses yeux. Il serait violemment puni pour l'audace de son plan en découvrant sa jeune épouse, brisée et en sang, dans un état bien pire encore que celui du jour de leur rencontre, sur la route. Cette fois, il ne pourrait la sauver.

Robert s'était mis à courir vers elle, mais il avait eu l'impression que la distance s'allongeait, s'étirait devant lui sur plusieurs milles. Il avait senti son souffle s'emballer tandis que sa vision périphérique se brouillait, comme s'il voyait sa femme à l'autre bout d'un étroit tunnel, hors d'atteinte et si près du danger.

Mais avant qu'il ne puisse crier pour l'alerter, la jeune femme avait identifié la menace, levé son jupon et pris la fuite. Quand un obstacle s'était dressé devant elle, elle avait bondi par-dessus comme une biche, sans même ralentir sa foulée une fois parvenue de l'autre côté. Cette vision angélique l'avait tant choqué qu'il avait brusquement retrouvé ses esprits, et le souffle coincé dans sa gorge s'était envolé sous la forme d'un grand éclat de rire.

En se précipitant pour la rejoindre, Robert s'était rendu compte de plusieurs choses : premièrement, l'ignorance de sa femme la rendait peut-être imprudente, mais elle n'était pas lâche. Deuxièmement, il n'avait jamais vu quiconque courir comme elle. Il se rappelait avoir sauté par-dessus des barrières avec ses amis, lorsqu'il était enfant, mais Emma avait été tout bonnement magnifique, aussi gracieuse qu'une danseuse de ballet.

Et, le point le plus intéressant de tous, son épouse possédait une paire de jambes splendides et il les avait admirées sur toute leur longueur. Elle avait retroussé ses jupons bien plus haut que la décence l'autorisait, loin au-dessus de ses jarretelles, révélant des chevilles fines, des mollets bien formés et d'interminables cuisses fermes. Et était-ce son imagination qui lui avait joué des tours ou avait-il brièvement aperçu... ?

Robert prit une grande gorgée de vin et s'efforça de chasser de son esprit cette image incertaine. Une tâche rendue difficile par la présence de son épouse en face de lui, vêtue d'une robe dangereusement échancrée, qui ajoutait une dose de tentation à cette vision déjà terriblement enchanteresse.

Elle remarqua son verre vide et poussa la carafe dans sa direction, mais le récipient vacilla et fit couler quelques gouttes sur la nappe avant qu'un valet de pied le rattrape juste à temps.

Tandis que le domestique remplissait le ballon de vin, Emma murmura une parole confuse et baissa les yeux, gênée, sur son assiette. De toute évidence, leur conversation de la veille n'avait pas suffi à la libérer complètement des enseignements de sa mère. Elle considérait toujours ces petites erreurs comme des péchés impardonnables. Robert se demanda soudain à quoi avait ressemblé sa vie chez ses parents… le moindre de ses gestes décortiqué et critiqué. Cela n'avait pas dû être facile.

Ce qui dérangeait réellement Robert, c'était qu'au-delà de ces excuses marmonnées et de sa propre insistance à la rassurer… tous deux n'avaient pas grand-chose à se dire. Et en y réfléchissant bien, lorsqu'il avait accepté de l'épouser, il n'avait jamais imaginé que le silence pourrait le frustrer. Vivant seul, il n'était guère habitué à se parler à lui-même et, au fil du temps, le silence était devenu une sorte de vieil ami. Hélas, avec une autre personne présente, il prenait la forme d'un vide que Robert ressentait le besoin de remplir.

— Dites-m'en plus sur votre famille, demanda brusquement sa compagne.

Ces mots lui parurent anormalement bruyants dans la quiétude de la pièce, si bien qu'il sursauta. Mais de tous les sujets de conversation possibles, pourquoi avait-il fallu qu'elle choisisse celui-là ? Robert reposa sa fourchette et lui lança un regard lourd de sens dans l'espoir de lui faire comprendre que certaines discussions n'avaient pas leur place dans la salle à manger.

Emma l'ignora et poursuivit :

— Après tout, votre famille est aussi la mienne, à présent. Il serait logique que j'en sache davantage. Je n'aimerais pas croiser un membre de votre famille dans la rue et me couvrir de honte parce que je n'aurais pas pu le reconnaître.

Elle lui adressa ce qu'elle espérait sans doute être un sourire encourageant. Robert s'efforça d'y résister, mais échoua lamentablement. Il capitula et répondit :

— Si vous avez entendu parler du major Jack Gascoyne, alors vous connaissez toute l'étendue de ma famille.

— C'est votre frère, dit Emma pour l'inciter à en dire davantage.

— Mon demi-frère, la corrigea Robert d'un ton bourru. Et mon unique parent vivant. Comme je vous l'ai déjà expliqué, les femmes de notre famille ne survivent pas. Jack est le fils de la deuxième épouse de mon père.

— Jack, répéta-t-elle, comme si elle remarquait la familiarité de son ton. J'imagine que vous étiez proches, enfants ?

Oui, ils l'avaient été, avant que leur grand-père intervienne... C'était il y a si longtemps que Robert peinait à s'en souvenir. Il adressa un nouveau regard contrarié à sa femme. Mais quand il fut clair pour Robert que cela ne l'impressionnait guère, il répondit :

— Non. Jack a été diagnostiqué comme ayant une constitution fragile. Il a donc été amené ici. De mon côté, j'ai été envoyé à l'école et j'ai principalement vécu à Londres jusqu'à ce que mon grand-père décède et que j'hérite de la demeure.

— De toute évidence, votre frère s'est remis de son infirmité, remarqua-t-elle. J'ai entendu dire que ses états de service à Waterloo étaient impressionnants.

Robert ne put retenir un grognement. Il n'avait pas oublié toutes ces nuits d'insomnie à songer à Jack, en train de risquer sa vie pour servir la Couronne, ni les cauchemars qui l'avaient réduit à l'état de corps tremblant couvert de sueur.

— Il a de la chance d'être en vie. Plus jeune, il ne cessait de se mettre en danger inutilement et s'en sortait toujours in extremis. L'armée était exactement le genre de carrière susceptible de l'appâter.

Pourtant, à son retour, rien n'avait laissé suggérer que ce métier l'avait rendu heureux. Lors de leurs brèves interactions depuis son départ de l'armée, Robert avait pu constater que le jeune homme naïvement optimiste parti faire la guerre en était revenu aussi froid et fragile que lui.

— Étant donné qu'il est rentré sain et sauf, vous devez bien admettre que cette soi-disant malédiction ne s'étend pas à tous les membres de la famille, lança Emma.

— Plus il restait loin de moi et mieux il se portait.

Et plus c'était devenu difficile pour Robert.

— Vous estimez qu'il était plus en sécurité sur le front en Belgique que dans votre propre demeure ? Cette malédiction me semble bien pratique, avec des conditions comme celle-ci, déclara-t-elle en croisant son regard sans fléchir.

Et pourtant, c'était vrai. Robert songea à leur enfance ensemble et à toutes les difficultés qu'ils avaient affrontées. Depuis cette lointaine époque, Jack s'était émancipé et avait réussi là où lui avait échoué dans tous les domaines. Ne pouvait-il donc y avoir assez de succès que pour l'un d'eux ? Avait-il protégé son frère en subissant suffisamment de tracas et d'infortune pour deux, en son absence ?

— La malédiction est ce qu'elle est, déclara-t-il en haussant les épaules et en détournant le regard.

Il préférait laisser tout cela derrière lui.

— Ce n'est pas une réponse, fit-elle remarquer.

Et voilà que cette étrangère qu'il avait épousée semblait décidée à mettre le nez dans des affaires dont il ne voulait pas discuter.

— C'est la seule que je puisse vous donner, argua-t-il, la défiant de le contredire.

— Dans ce cas, vous ne pouvez guère espérer que j'accorde le moindre crédit à cette conviction qui est la vôtre, rétorqua-t-elle, comme pour lui montrer les trous dans son vague raisonnement.

— Vous n'avez jamais eu à en souffrir les conséquences, lui rappela-t-il amèrement.

— Et il n'y a aucune preuve pour affirmer que cela arrivera, contra-t-elle. Je me suis remise extrêmement vite de mon entorse. Je suis toujours en bonne santé. Pour autant que je sache, mon père continue de faire prospérer sa fortune, en dépit de l'alliance entre nos familles. Et en vérité, vous lui avez rendu un fier service en le débarrassant d'une fille sans espoir de faire un bon mariage.

— Vous auriez très bien pu faire un meilleur mariage, quand je vous ai rencontrée, contra-t-il. Vous êtes encore jeune.

— Et pourtant je n'avais pas le moindre prétendant. Vous étiez mon seul espoir.

Emma baissa la tête et contempla son verre de vin.

— Même si ce mariage n'est pas tout à fait ce que j'avais escompté.

Elle lui adressa un nouveau regard franc pour lui rappeler son insatisfaction quant à la direction qu'avait prise leur vie.

— Vous avez consenti à mon unique condition avant que je vous épouse, gronda-t-il. Ne venez pas vous plaindre, maintenant qu'il est trop tard pour changer d'avis.

Elle cligna des yeux de surprise.

— Bien au contraire, j'ai cru comprendre que le fait de ne pas consommer le mariage était un motif suffisant pour réclamer une annulation.

— Vous avez tort, s'exclama-t-il d'un ton cassant, furieux. Par ailleurs, je n'ai aucune intention de faire annuler ce mariage, quoi qu'il se passe entre nous, et vous ne devriez pas nourrir de tels desseins non plus. J'ai juré de vous prendre pour femme devant Dieu, il est hors de question que je revienne sur ma parole.

— Vous avez aussi juré de m'aimer, lui rappela-t-elle.

— Et vous m'avez assuré ne pas vous attendre à un mariage d'amour.

— Pas de votre part, non. Mais cela montre bien que votre parole n'a que peu de valeur. Vous avez fait ce serment en pleine conscience de vos plans pour notre avenir.

L'amour. Certes, il avait prononcé le mot, mais elle ne pouvait guère le blâmer d'avoir interprété à sa façon cette partie des vœux de mariage. Les unions entre hommes et femmes existaient pour garantir des biens, de l'argent et l'honneur des parties impliquées. Personne, dans son monde, ne prenait cette partie du serment au sérieux. Il n'avait certainement jamais été question d'émotion entre sa défunte épouse et lui, ni avant ni pendant le mariage. Pourtant, elle lui avait terriblement manqué, à sa mort.

— J'ai l'intention de prendre soin de vous du mieux que je le puis, conclut-il finalement. Je ne vous promettrai pas davantage. À vous de décider si, à l'arrivée, mes actions sont une marque d'amour ou d'une émotion inférieure. Mais n'allez pas croire que vous pourrez me convaincre d'en faire plus ou de revenir sur le choix que j'ai sciemment fait en vous épousant, simplement pour retrouver votre liberté. Nous sommes liés de façon permanente, quoi que vous fassiez ou ne fassiez pas.

Emma écarquilla les yeux de surprise face à cette réprimande véhémente et s'empressa de baisser le regard en marmonnant :

— Toutes mes excuses. Je ne voulais pas...

Son murmure s'éteignit, et elle reporta son attention sur son assiette.

Il avait obtenu son obéissance. Mais, étrangement, cela n'avait guère le goût d'une victoire, car Robert se sentait bien plus mal maintenant que lorsqu'elle l'avait défié. Ils finirent leur repas dans un silence assourdissant, que Robert trouva profondément inconfortable.

Emma se sentait affreusement mal. Elle n'aurait jamais dû le provoquer de la sorte.

Son intention avait été d'engager une discussion polie afin d'en apprendre plus sur son frère, qui ne vivait qu'à quelques milles d'ici mais ne s'était pas présenté à leur mariage. Au lieu de cela, elle l'avait interrogé sans merci, le poussant dans ses retranchements jusqu'à ce que la conversation se transforme en querelle.

Elle qui s'était promis, la veille, de lui obéir et de l'aider, en dépit de son indifférence envers elle. Quelle mouche l'avait piquée, de remettre en question les limites de sa malédiction et de sous-entendre qu'elle souhaitait échapper à leur union au bout d'une seule journée ? Elle avait regretté ces paroles à l'instant où elles avaient franchi ses lèvres, car elles donnaient l'impression qu'Emma avait d'ores et déjà abandonné, avant même d'essayer de faire en sorte que leur couple fonctionne.

Son refus catégorique d'annuler le mariage l'avait quelque peu rassurée et, de la part de n'importe quel autre homme, Emma en aurait probablement tiré un certain plaisir. Mais avec Robert, la jeune femme n'était sûre de rien. Elle naviguait à vue. Cet après-midi, il l'avait contemplée comme s'il l'admirait, comme s'il développait des sentiments pour elle.

Mais ce soir, il semblait convaincu qu'un mariage pouvait parfaitement s'épanouir sans amour et sans relations charnelles, comme un contrat d'affaires.

Mr Harris aurait sans doute salué ce genre de réflexion rationnelle de la part de son gendre mais, dans le cadre de son propre couple, c'était bien différent. Le père d'Emma vénérait jusqu'au sol que foulait sa mère, et la réciproque était tout aussi vraie. Ses parents s'aimaient profondément. Après avoir contemplé et souhaité pareille union, Emma ne pouvait que trouver la sienne terriblement décevante.

Mais ce n'était pas une raison pour parler d'annulation.

Elle fit le serment silencieux de ne plus causer le moindre problème pour le restant de la soirée, même si cela impliquait qu'elle ne prononce plus un mot. Quand Robert lui proposa de gagner le salon, Emma le suivit docilement, prête à passer le temps dans le calme, sans risquer de l'offenser.

La pièce avait été agencée de manière que les sièges soient rassemblés autour de l'âtre et, à la façon dont Robert s'effondra dans un confortable fauteuil bergère en cuir, Emma comprit qu'il s'agissait de son occupation habituelle après le dîner. Mais lorsqu'il prit le livre posé sur la petite table juste à côté de lui, son époux ne lui avait toujours pas donné la moindre indication quant à l'endroit où elle était censée s'installer. De toute évidence, elle allait devoir se débrouiller seule.

De l'autre côté du feu se trouvait un délicat petit canapé en gondole, visiblement conçu pour une lady ou, plus précisément, pour la dame de la maison. Emma eut l'impression que la pièce avait choisi pour elle. Sa place était en face de son époux, comme la moitié d'une paire.

Mais elle n'allait tout de même pas se tourner les pouces

pendant la poignée d'heures qui la séparaient du coucher... Sans doute la bibliothèque contenait-elle des ouvrages intéressants, mais Emma n'avait pas pensé à aller en chercher un pour la soirée et elle ne tenait pas à attirer l'attention en quittant la pièce si tôt.

Si elle avait eu un petit bout de ficelle, elle aurait pu s'amuser à jouer seule au berceau du chat, son époux étant probablement trop sérieux pour s'adonner à ce genre d'activité enfantine. Hélas, son panier de reprisage était totalement vide. Ce n'était peut-être pas une mauvaise chose, au fond, songea Emma, car alors elle se serait sentie dans l'obligation de faire un peu de couture et elle n'en éprouvait nullement l'envie.

Elle parcourut la pièce rapidement et découvrit avec plaisir un ravissant jeu d'échecs en bois sculpté. Mais Robert lisait, muré dans le silence, et rien dans son attitude ne laissait envisager qu'il accepterait de jouer avec elle. Emma dénicha enfin un jeu de cartes. Bien, elle allait pouvoir faire un solitaire, un jeu dont le nom reflétait parfaitement l'existence à laquelle elle allait devoir s'habituer, semblait-il.

Elle s'installa prudemment sur le canapé, aussi mal à l'aise qu'elle l'avait été la veille au soir, lorsqu'elle s'était retirée seule. Mais au moins, son lit était assez large pour lui fournir un minimum de confort. Le canapé qu'elle occupait manquait cruellement de profondeur, l'obligeant à demeurer perchée sur le bord, le dos raide pour ne pas basculer... Ce n'était pas un siège agréable pour patienter plusieurs heures.

Emma voulut tirer la table basse jusqu'à elle pour déployer sa partie de cartes, mais le grincement strident des pieds du meuble sur le parquet poussa son époux à sortir le nez de son livre pour la dévisager, surpris.

Elle s'excusa d'un signe de tête puis, renonçant, elle remit la table en place dans un grincement tout aussi atroce. Emma se tourna alors vers la petite table et se pencha par-dessus l'accoudoir rigide du canapé pour mélanger et étaler ses cartes sur le plateau de bois, mais le mouvement manqua de faire basculer le siège. Peut-être le solitaire était-il un jeu trop violent pour ce côté de la pièce. La jeune femme contempla les flammes dans la cheminée tout en s'agitant légèrement sur le canapé, l'écoutant grincer, puis elle décida de trouver une activité encore plus tranquille.

Un château de cartes, peut-être. Ses gestes seraient lents et calculés, et ne risqueraient guère de gêner meubles ou époux. Elle assembla les cartes avec prudence, adoptant un rythme paisible, osant à peine respirer de peur de déranger quelque chose ou quelqu'un. Tout se passait bien. Elle avait déjà assemblé trois étages et plaçait la dernière carte avant de s'attaquer au quatrième quand le château s'écroula en un claquement, tout juste audible dans le silence de la pièce.

Mais cela suffit à faire sursauter la jeune femme, qui se redressa d'un coup et cogna l'accoudoir avec sa hanche. Dans un gémissement de charnières, le canapé s'effondra complètement, entraînant Emma dans sa chute. Sonnée, elle demeura assise par terre, au milieu du bois brisé, hésitant entre rire et pleurer face à ce nouvel échec dans sa tentative de se conduire comme une lady.

Avant qu'elle puisse lutter pour se remettre debout, Robert se précipita auprès d'elle et lui tendit la main pour l'aider à se relever, avec autant d'aisance que si elle avait fait la moitié de sa taille.

— Pardonnez-moi, gémit-elle automatiquement.

— Vous n'avez rien à vous reprocher, répondit-il aussi rapidement. Pourquoi avoir choisi ce canapé ?

— J'ai cru que c'était ma place, expliqua-t-elle en désignant l'agencement de la pièce.

— Pour être franc, je le laissais pour le chat, qui aime se joindre à moi, parfois, le soir, clarifia-t-il en s'efforçant de ne pas sourire. Mais j'ignorais qu'il était en si mauvais état, sans quoi je l'aurais fait remplacer.

— Je me suis assise sur le canapé du chat, répéta-t-elle, dépitée. J'ai cru...

Mais elle préféra garder ses véritables pensées pour elle, car elle s'était imaginée avoir pris la place de sa défunte femme, avant que le meuble ne la rejette, exactement comme son époux.

— Malgré les apparences, je vous promets que je ne cherche pas à rendre à tout prix votre existence plus difficile, jura-t-il avec un sourire navré. Et le moins que je puisse faire pour vous le prouver est de vous trouver un fauteuil confortable.

Il balaya le salon du regard.

— Voyons s'il y a ici quelque chose qui vous conviendra mieux.

Il lui désigna alors son propre fauteuil bergère.

— Oh ! non, s'empressa-t-elle de répondre. Je ne peux pas.

— Vous ne pouvez pas vous asseoir ? la taquina-t-il en adoptant un faux air perplexe. Auriez-vous des problèmes aux genoux ?

— Je ne peux pas prendre votre fauteuil, clarifia-t-elle en secouant la tête, choquée qu'il ait suggéré une telle chose.

— Tous les fauteuils sont à moi, lui rappela-t-il.

— Même celui que j'ai cassé, murmura-t-elle en rougissant de honte.

— Même celui qui s'est écroulé en dessous de vous, la corrigea-t-il. Vous ne l'avez pas projeté contre un mur. Vous n'avez pas détruit sciemment mon mobilier.

— Non. Mais je n'en suis pas moins responsable.

Emma était tout simplement trop grande pour s'asseoir sur un canapé comme toutes les autres ladies.

— Pourtant, c'est moi qui ai laissé ce meuble branlant à la portée de tous. N'importe qui aurait pu se blesser en l'utilisant. D'ailleurs, vous n'êtes pas blessée, j'espère ? ajouta-t-il brusquement.

— Bien sûr que non, le rassura-t-elle en lissant sa robe.

— Il est vrai que, comme vous ne cessez de le rappeler, vous êtes très résistante, sourit-il. Bien, décidons à présent de l'emplacement de votre fauteuil.

Robert saisit les mains d'Emma, la fit pivoter avec légèreté et la poussa avec douceur dans la bergère.

La jeune femme atterrit sur le coussin avec un petit cri de surprise.

— Est-ce confortable ? s'enquit-il.

— Il est toujours chaud, murmura-t-elle, choquée de sentir la chaleur de son corps encore présente dans le cuir.

— Mais est-il confortable ? répéta-t-il. Et ne songez pas une seconde à me mentir. Je vous observe attentivement, je saurai si vous n'êtes pas sincère.

Emma acquiesça :

— Il est très confortable.

— Bien, dans ce cas, ce fauteuil est à vous à compter d'aujourd'hui, s'exclama-t-il gaiement avant de pousser les débris du canapé qui avait rendu l'âme.

Puis il fouilla à nouveau la pièce du regard.

— Quant à moi, je vais prendre celui-ci.

Il se dirigea vers la fenêtre, où un fauteuil identique à celui d'Emma avait été disposé à côté d'une minuscule table d'appoint, puis le tira jusque devant l'âtre.

— Préférez-vous profiter de la chaleur du feu du côté droit ou du côté gauche ?

— Vous êtes très aimable de le proposer, Robert, le remercia-t-elle, mais ce salon est le vôtre depuis bien plus longtemps. Vous m'avez déjà cédé votre fauteuil, je tiens à ce que vous gardiez l'emplacement qui vous convient.

— À votre guise, répondit-il avec un large sourire.

Puis il disposa les meubles afin de reprendre sa place habituelle et poussa son ancien fauteuil là où s'était trouvé le canapé.

Ils s'installèrent confortablement, et la soirée s'écoula tranquillement, jusqu'à ce que l'horloge sur le manteau de la cheminée sonne minuit. Robert se leva alors et déclara qu'il était l'heure d'aller se coucher.

Emma se figea, car elle ignorait ce qui allait se passer. Était-elle censée quitter la pièce en même temps que lui ? Devait-elle attendre quelques instants qu'il monte, puisqu'il n'avait pas l'intention de lui rendre visite ? Ou peut-être se retirer avant lui ?

— Puis-je vous escorter jusqu'à votre chambre ? lui demanda-t-il, ce qui clarifia la situation.

Emma se leva, accepta son bras et laissa Robert la conduire à l'étage. Une fois devant sa porte, il la libéra et se détourna pour longer le couloir. Puis, comme s'il changeait brusquement d'avis, il pivota de nouveau pour lui faire face.

— Je vous prie d'excuser le ton que j'ai employé avec

vous pendant le dîner. J'imagine qu'il ne doit pas être facile de tolérer mes demandes, surtout si elles vous paraissent arbitraires. Mais ce sont les règles qui régissent mon existence depuis de longues années. Je n'avais pas réalisé à quel point elles étaient devenues strictes. Bonne nuit, Emma.

Puis, sans crier gare, il se pencha vers elle et déposa un léger baiser sur sa bouche.

Dans son esprit, sans doute n'était-ce qu'une simple marque de gentillesse entre un époux et sa femme, qu'il avait escomptée aussi brève que platonique, mais, lorsque leurs lèvres se touchèrent, ni l'un ni l'autre n'eut envie de se dégager. C'était un baiser très doux, presque délicat, mais ils s'attardèrent, comme si aucun d'entre eux ne tenait à être le premier à briser l'instant. Quand, finalement, il releva la tête, Robert la contempla avec un sourire ébloui.

— Bonne nuit, murmura-t-il.

Puis il tourna les talons et s'empressa de s'éloigner en direction de sa propre chambre.

— À vous aussi, Robert, souffla-t-elle, haletante de surprise.

Il l'avait embrassée. De tous les baisers offerts pour s'excuser, c'était certainement le plus petit qui soit, à peine plus qu'une caresse du bout des lèvres, mais c'était tout ce dont Emma avait rêvé pour son premier baiser. Et il s'était produit le deuxième jour de leur supposé mariage chaste. Ses convictions commençaient-elles déjà à faiblir, ou était-ce un geste habituel lorsqu'il souhaitait bonne nuit à son épouse ? L'idée qu'il ait pu embrasser sa précédente femme de cette façon avait quelque chose de terriblement décevant.

Mais avant qu'il se détourne, Emma avait remarqué la

lueur dans ses yeux et son sourire agréablement surpris. Il avait aimé ce baiser autant qu'elle. Ce soir-là, Emma se mit au lit en songeant à Robert, priant pour que ce baiser ne soit que le premier d'une longue liste.

9

Malgré sa ferme intention de garder ses distances, il l'avait embrassée pour lui souhaiter bonne nuit.

Leur querelle au dîner avait visiblement troublé son épouse bien plus qu'elle ne l'avait laissé deviner, car elle était demeurée assise auprès du feu sans rien dire, osant à peine respirer en sa présence. Et comme pendant le repas, le silence, jusqu'alors son fidèle compagnon depuis des années, avait mis les nerfs de Robert à rude épreuve.

Emma avait fait bien trop d'efforts pour lui plaire afin de s'amender quant à son comportement au dîner. Elle était allée jusqu'à se forcer à s'asseoir dans un fauteuil trop petit pour elle. Pire, il l'avait laissée faire ; il ne s'était même pas rendu compte de l'inconfort qu'elle s'était imposé à elle-même. Ce n'était qu'un exemple de plus de la difficulté qu'éprouvaient les gens, et notamment les femmes, plus grandes que la moyenne.

Et, étrangement, elle semblait considérer cela comme un défaut de sa personne. Il avait fait preuve d'une terrible négligence envers elle : il aurait dû s'assurer de son confort avant de s'installer pour la soirée, lui évitant tant d'embarras. Jamais il n'aurait eu l'idée de s'asseoir sur ce maudit canapé, par crainte qu'il ne lui arrive précisément ce qu'avait vécu Emma. Mais il l'avait obligée à entrer dans un moule conçu pour une autre et l'avait ainsi placée dans une situation des plus gênante. Pour prendre soin d'elle, il devrait faire bien mieux que cela.

Il avait voulu la rassurer, lui prouver qu'il n'était pas toujours aussi égoïste et que leur vie de couple ne serait pas toujours aussi difficile que ces deux premiers jours. Alors, il l'avait embrassée. C'était un geste innocent et qui lui avait paru si naturel qu'il l'avait fait sans réfléchir.

Mais les lèvres d'Emma étaient aussi délicieuses qu'une pêche en été, et ce baiser avait éveillé en lui une envie si puissante, un besoin si palpitant, qu'il se retrouvait à présent seul dans sa chambre, décontenancé, incapable de fermer l'œil, le regard fixé sur le baldaquin au-dessus de son lit.

D'ordinaire, Robert dormait profondément, voire trop longtemps et trop souvent. En l'absence de compagnie, ses journées avaient parfois semblé s'étioler dans un interminable cortège d'heures d'oisiveté, de livres insipides et de nuits sans saveur. Mais désormais, il avait une épouse. Tout serait différent. Robert n'avait jamais réellement envisagé de modifier ses habitudes, mais cette nuit, étendu sur son matelas, il eut brusquement l'impression que le manoir avait repris vie. C'était comme si l'air lui-même avait changé, porteur d'une douce fragrance.

Et soudain, il comprit.

Bien qu'infimes, Robert percevait les signes de la présence d'Emma dans la maison, de très légers bruissements provenant de sa chambre. Peut-être sa respiration apaisée pendant qu'elle dormait, ou le froissement des draps quand elle se retournait dans son sommeil. Savoir qu'une autre âme vivait si près de lui avait quelque chose d'étonnamment réconfortant. Sans même s'en rendre compte, Robert se mit à sourire dans l'obscurité, alors qu'une étrange impatience envahissait lentement son corps.

Mais qu'attendait-il exactement ? Il n'y aurait pas de bruissement de couverture que l'on repousse avec les pieds ni de légers pas sur le tapis, indiquant qu'elle le rejoignait par la porte qui reliait leurs chambres.

Robert doutait fortement qu'Emma oserait, même si elle s'était montrée extraordinairement franche quant à ses attentes d'un mariage. Sans doute était-elle déjà profondément endormie, son esprit flottant sur une mer de rêves. À moins que, comme lui, elle soit allongée, éveillée, en train de chercher à percevoir sa respiration et de se poser les mêmes questions.

Il secoua la tête : étant donné les restrictions qu'il leur avait imposées, il aurait été dangereux de suivre le fil de cette pensée. Un homme et son épouse tous deux éveillés au milieu de la nuit ? C'était un terreau idéal pour développer l'intimité. Un autre baiser dans l'obscurité, menant à une caresse et, de là… Robert secoua la tête, agité. S'il songeait trop longtemps à la présence d'une belle jeune femme dans la chambre attenante pendant les heures les plus sombres et les plus solitaires de sa vie, sa détermination faillirait.

S'il l'envisageait, il chercherait à faire des compromis, ce qui le pousserait à agir et se conclurait par de terribles regrets.

Il pensa à sa défunte épouse, et ces souvenirs lui firent l'effet d'une douche froide. Ils avaient eu une vie agréable, dans l'ensemble. Elizabeth avait été une créature délicate, avec de grands yeux bleus et une silhouette si fine qu'il avait craint de la briser d'une simple caresse, pendant leur nuit de noces. Mais elle s'était montrée conciliante dans la chambre à coucher et lui bien trop cavalier, faisant fi des avertissements de son grand-père au sujet de la malédiction familiale. Les épisodes dont souffrait Robert avaient cessé pendant le temps qu'ils avaient passé ensemble, et il avait joui d'une santé de fer et d'une chance appréciable, ce qui avait soulagé ses nerfs. À cette époque, le fatalisme de son grand-père lui était apparu comme des superstitions ridicules.

Mais un an plus tard, Robert était devenu veuf, un homme brisé, forcé de creuser des tombes.

Il refusait de prendre à nouveau ce risque. Il jeta un œil en direction de la chambre attenante et souffla un baiser à la femme qui y dormait. Puis il lui tourna résolument le dos et s'efforça de songer à d'autres sujets jusqu'à ce que le sommeil l'emporte.

Le lendemain matin, cependant, Robert se réveilla quasiment submergé par le désir de la voir au petit déjeuner. Peut-être n'était-ce pas spécifiquement sa compagnie qu'il recherchait, mais simplement une présence un peu plus tangible que les allées et venues feutrées de ses domestiques. Et même si ses conversations avec Emma avaient souvent tourné à l'orage, elles n'en demeuraient pas moins préférables à son écrasante solitude.

C'était forcément cela. Son existence solitaire l'avait rendu bien plus vulnérable à cette proximité qu'il ne l'avait escompté, car tout cela dépassait le besoin de contrôler ses pulsions charnelles. Ce manque de contact humain conférait à son épouse un important et inattendu pouvoir sur lui, que Robert n'était pas certain d'apprécier.

Peut-être ferait-il mieux de limiter leurs interactions jusqu'à ce qu'il se sente suffisamment confiant dans sa capacité à se contrôler, exactement comme il avait prévu de le faire lorsqu'elle avait accepté de l'épouser ? Il prit donc son petit déjeuner dans sa chambre et se fit livrer le courrier du matin avant de s'enfermer pour se garder de toute intrusion. Mais même ainsi, Emma revenait envahir ses pensées. Dans sa chambre, il tendait l'oreille en direction de la pièce attenante, guettant le moindre bruit. Dans son bureau, il se surprit à fixer la porte et à tenter d'imaginer ce qu'elle faisait en cet instant. Et lorsqu'il s'efforçait de se vider l'esprit, la vision angélique de ses longues jambes bondissant par-dessus la barrière de l'enclos du taureau ne cessait de surgir devant ses yeux.

Lorsqu'il avait déterminé son plan d'action pour leur mariage, Robert n'avait pas prévu de se retrouver si rapidement submergé par le désir. Mais il se rendait compte à présent qu'il s'était montré naïf, car il avait déjà bel et bien remarqué, quand il l'avait trouvée dans le fossé, combien la jeune femme était attirante. Et désormais, il était trop tard. Comme il l'avait dit lui-même au dîner, ils étaient liés de façon permanente... jusqu'à ce que la mort les sépare.

Cette soudaine prise de conscience le submergea, de même que la futilité de son plan. Emma avait fait preuve de bien plus de bon sens que lui lorsqu'elle l'avait informé que beaucoup de choses pouvaient changer au cours d'une vie. Comment avait-il pu croire un seul instant qu'il parviendrait à tenir sa femme à l'écart pendant des décennies alors qu'il peinait déjà à s'y résoudre au bout de quelques jours de mariage ? Il avait besoin d'une distraction.

D'une activité physique vigoureuse et saine qui l'épuiserait durant la journée. Ainsi, le soir, il s'écroulerait de sommeil au lieu de fantasmer sur la femme qui dormait dans la pièce attenante.

Robert appela une paire de valets de pied et sortit du manoir, gagnant l'annexe où l'on rangeait les équipements d'extérieur. Il ordonna aux domestiques de récupérer son matériel de tir à l'arc poussiéreux, ainsi qu'une vieille cible en paille. Ces derniers obéirent aussitôt et installèrent un stand de tir sur la pelouse à l'arrière du domaine.

Robert sortit une flèche du carquois posé au sol, l'encocha et banda lentement son arc tout en pointant la cible. Il prit une longue inspiration, puis décocha en soufflant. La flèche fendit l'air en décrivant un arc fluide et se planta à un ou deux pouces du centre de la cible. *Pas mal.* Avec un peu d'entraînement, il retrouverait vite son niveau et il avait tout le temps du monde pour cela. Hélas, le sport en lui-même, qui consistait à garder sous contrôle une grande quantité d'énergie avant de la libérer brutalement, lui évoquait précisément l'acte qu'il tentait de chasser de son esprit.

— Que faites-vous ?

Il se figea, le bras tendu vers sa prochaine flèche, surpris qu'Emma ait pu approcher sans qu'il l'entende. Il pivota pour lui faire face et, en la découvrant, se trouva submergé par une bouffée de joie qui lui arracha un large sourire.

— Un peu de tir sur cible, dit-il en se tournant de nouveau vers sa flèche. Rien de plus.

Il décocha à nouveau, et le trait bondit vers la cible pour se planter encore plus près du cœur.

— Faites-vous souvent du tir à l'arc dans le jardin ? l'interrogea-t-elle.

Il hésita. Elle essayait encore d'en apprendre plus sur sa

vie. La véritable question, songea-t-il, était pourquoi il se montrait si réticent à lui répondre, même quand sa question était aussi simple que celle-ci. Faisait-il souvent du tir à l'arc ? « Non » aurait été une réponse honnête, mais un petit mensonge paraîtrait plus naturel.

— Aussi souvent que possible.

— Je trouve cela fascinant.

Il la regarda caresser d'une main hésitante l'empenne de l'une des flèches.

— Est-ce un sport difficile à apprendre ?

— Il peut l'être. Mais c'est en forgeant que l'on devient forgeron, dit-il en souriant.

— Voilà qui explique votre précision au tir, répondit-elle. Vous avez dû beaucoup vous entraîner.

— Pour être franc, ces deux derniers tirs tiennent davantage du coup de chance, reprit-il, ne souhaitant pas qu'elle le prenne, à tort, pour un archer émérite.

— Je vois. Vous admettez donc avoir de la chance, de temps à autre, remarqua-t-elle.

Il vit les coins de ses lèvres tressaillir tandis qu'elle s'efforçait de ne pas sourire. Il s'était mal exprimé et avait attisé sa curiosité.

— Ai-je la naïveté, répliqua-t-il, de croire que la malédiction familiale peut affecter la trajectoire de ma flèche ? La réponse est non. Néanmoins, mon talent à l'arc est médiocre tout au mieux ; pêcher ou chasser n'a donc guère d'intérêt, car je ne suis tout simplement pas assez bon.

— Mais toucher une cible mouvante est bien plus difficile que d'atteindre une cible fixe, répondit-elle en contemplant le disque de paille.

— Et comment le sauriez-vous, si vous n'avez jamais

essayé ? la taquina-t-il, pris d'une bouffée de fierté à l'idée de pouvoir lui enseigner quelque chose.

Emma le dévisagea avec stupeur.

— Vous me laisseriez tirer ? s'étonna-t-elle.

— Si vous souhaitez tenter votre chance, il n'y a rien ici qui vous en empêche, dit-il en souriant. J'ignore si cet arc vous conviendra, mais je crains de n'avoir rien de mieux à vous proposer.

Il déposa le sien et lui tendit l'une des deux autres armes que le valet de pied avait apportées pour son entraînement. La corde était plus souple que celle de son arme, mais l'arc n'en demeurait pas moins conçu pour un homme.

Toutefois, à sa grande surprise, Emma le banda sans difficulté et le tint d'une main ferme. De toute évidence, elle ne possédait pas seulement la taille d'une amazone, elle en avait aussi la force.

— Placez vos mains de cette façon, dit-il en ajustant la position de ses doigts. Et assurez-vous de garder votre coude comme ceci, afin d'éviter que la corde vous fouette l'avant-bras.

Robert se tenait derrière elle à présent, ses mains sur les siennes, et il ressentit un léger choc lorsque son bras effleura le côté de son sein gauche.

Si Emma le remarqua, elle ne le laissa pas paraître. Elle semblait très concentrée sur les conseils qu'il était en train de lui donner.

— D'accord. Je vois.

Elle se positionna comme il le lui avait recommandé, puis relâcha lentement la corde et lui sourit d'un air amusé.

— Toutefois, cela ne servira pas à grand-chose sans une flèche.

— Vous avez raison, acquiesça-t-il en s'empressant de lui montrer comment encocher.

Puis il recula d'un pas, les mains toujours sur ses épaules, avant de lui faire légèrement baisser le bras pour l'aider à viser.

— Un tout petit peu plus à gauche, je pense. Vous devez tirer au-dessus du point que vous visez, car la flèche va décrire une trajectoire courbe en direction du sol.

Devant lui, il sentit la jeune femme se tendre, puis expirer au moment où elle décocha sa flèche. Son projectile se ficha dans la cible à quelques pouces du sien, sur l'extérieur. Robert était abasourdi qu'elle ait touché le disque de paille dès son premier tir, mais elle tenait son arc avec la grâce d'Artémis et n'avait pas hésité au moment de tirer. Visiblement, si sa constitution plutôt athlétique représentait une gêne dans les salons de la haute société, elle lui conférait un talent naturel pour le sport.

— Bien joué, joli tir ! s'exclama-t-il en pressant chaleureusement son épaule entre ses doigts dans un geste amical qui aurait pu être considéré comme fraternel, si elle avait été un homme.

Mais comme il s'agissait de son épouse, il trouva cela étrangement intime et terriblement agréable.

— C'était formidable ! se réjouit-elle à son tour en lâchant l'arc avant de se tourner vers lui.

Soudain, sa posture de professeur aidant son élève à tenir son arc s'était mue en étreinte maladroite. Le visage d'Emma, si près du sien, rayonnait de plaisir, et elle avait entrouvert les lèvres dans un sourire chaleureux et attirant.

Il allait l'embrasser à nouveau. Il savait qu'il n'aurait pas dû. En cédant à cette impulsion, il tentait le sort et risquait de faire naître en elle de faux espoirs. Emma ne méritait pas que l'on joue avec ses sentiments… Et il ne tenait pas à commencer quelque chose qu'il ne pourrait pas finir.

Mais son envie l'emporta brusquement sur son bon sens et sur ces amers souvenirs du passé qui lui avaient enseigné qu'il était dangereux de s'attacher à quelqu'un que l'on risquait de perdre.

Il la désirait. Elle était sienne. Il n'existait rien de plus important que cela. Il se pencha en avant et toucha ses lèvres des siennes.

Emma lui répondit sans la moindre hésitation. Comme pour le tir à l'arc ou tout autre défi que la vie plaçait sur son chemin, elle s'y plongea corps et âme, avec un enthousiasme contagieux et un talent naturel surprenant. Elle ouvrit la bouche et pressa sa poitrine contre son torse, comme pour le supplier de la toucher avec ses mains.

Robert serra les poings dans un effort considérable pour ne pas céder à l'envie irrépressible de la caresser. Il s'autorisa toutefois une minuscule capitulation en plaçant sa paume sur la nuque de son épouse pour attirer ses lèvres contre les siennes et glisser sa langue dans sa bouche, se délectant de sa douceur.

Elle posa alors lentement ses mains sur ses hanches, comme si elle craignait de l'effrayer. Constatant qu'il ne rompait pas leur étreinte, elle s'enhardit et pressa tout son corps contre lui, se mouvant sensuellement comme si elle cherchait à attiser son désir.

Et elle y parvint sans difficulté. Comme Robert l'avait redouté, maintenant qu'ils avaient commencé, il n'avait plus aucune envie d'arrêter. Pourtant, il le devait. Au prix d'un effort qui lui parut surhumain, il recula d'un pas et ôta ses mains de sa femme.

Elle était encore plus radieuse après ce baiser. Ses joues, déjà rosies par l'exercice, s'étaient empourprées de la plus ravissante des façons, et ses yeux étincelaient de plaisir.

Ses lèvres, rouges et pleines, s'étirèrent en un large sourire.

— Voilà qui était encore plus merveilleux que le tir à l'arc.

— Cela ne se reproduira pas, la prévint fermement Robert. J'ai été submergé, l'espace d'un instant.

— Oh ! répondit-elle, et son sourire vacilla.

L'avait-il blessée ? Mais il lut plus que de la déception sur son visage, il y trouva aussi du doute. Elle le soupçonnait de mentir. Sans doute pensait-elle que quelque chose de plus fort bouillonnait entre eux. Puis elle prononça les mots qu'il détestait entendre dans sa bouche.

— Pardonnez-moi.

Il aurait dû lui répondre, lui assurer que rien n'était sa faute. Il ne pouvait décemment lui reprocher de l'avoir séduit, puisqu'il était à l'origine de ce baiser. Une fois de plus, il avait surestimé sa capacité à lui résister. Mais au lieu de la libérer du fardeau de la culpabilité, il fit volte-face et s'éloigna.

« Cela ne se reproduira pas. »

Certes, ce n'était vraiment pas ce qu'Emma avait espéré entendre, mais la réaction de Robert ne l'avait guère surprise. Il l'avait prévenue dès le départ.

Pourtant, il l'avait embrassée. Et sans doute ne l'avait-il pas remarqué, mais il avait frôlé son sein en lui montrant comment tirer à l'arc. Emma avait dû faire appel à toutes ses leçons d'étiquette pour ne pas bondir, tant ce simple contact l'avait bouleversée. Mais si elle avait réagi ainsi, il se serait écarté d'elle bien plus tôt en lui présentant des excuses. Elle n'avait pas souhaité cela.

Ce qu'elle n'aurait cependant jamais pu anticiper était son autre déclaration :

« J'ai été submergé. »

Jamais de toute sa vie Emma n'avait imaginé être le genre de femme capable de pousser un homme à l'impulsivité, à agir en dépit de sa raison. C'était probablement le plus beau compliment qu'il ait pu lui faire, et elle avait bien failli l'en remercier. Mais alors, il aurait sans doute nié avoir voulu dire ça, aussi Emma avait-elle jugé plus sûr de s'excuser. Bien sûr, elle ne se sentait pas le moins du monde coupable. Si elle avait réellement fait quoi que ce soit pour provoquer ce baiser, elle n'en éprouvait aucun remords.

Car à présent, elle savait. Robert avait reconnu qu'elle l'attirait, et peut-être Emma parviendrait-elle à exploiter cette faiblesse. Si elle avait été en quête d'un fiancé, sa mère aurait sans doute eu des conseils à lui prodiguer pour attiser une flamme naissante, mais aucune femme de sa connaissance, même mariée, n'était en mesure de lui apprendre à séduire un époux qui s'efforçait de garder ses distances.

L'espace d'un instant, elle avait eu la folle certitude qu'ils approchaient de quelque chose de bien plus qu'un baiser. Mais il avait retrouvé ses esprits et repris le contrôle et, avant qu'elle ne puisse imaginer un moyen de le retenir, Robert s'était enfui, d'une démarche raide et protocolaire, comme si rien de tout cela n'était arrivé. Il l'avait abandonnée au milieu des arcs et des flèches, et Emma souhaita soudain se transformer en Cupidon pour réussir à capter son attention.

Elle ne prit pas la peine de tenter un second tir. À quoi

bon si son époux n'était plus là pour la tenir dans ses bras et corriger sa visée ? Emma ordonna donc aux valets de pied de ranger l'équipement et regagna le manoir dans l'espoir de le retrouver.

Mais en arrivant, elle découvrit l'équipage de sa famille qui patientait devant le perron. Sa gorge se serra. Sa mère lui avait promis un mois entier d'intimité avant leur première visite… Et c'était il y a trois jours. Quelque chose de grave s'était-il produit chez elle ? Quelque chose de suffisamment urgent pour lui faire rompre sa promesse ?

Mais le majordome lui apprit que Mrs Harris l'attendait dans le salon de compagnie et qu'elle ne lui avait pas paru agitée.

Quand Emma pénétra dans la pièce, la matrone était aussi enthousiaste qu'à son habitude. Elle bondit sur ses pieds et l'attira dans son étreinte avant de la prendre par les épaules pour l'examiner attentivement.

— La vie conjugale vous sied, ma chère, déclara-t-elle. Vous avez bonne mine. Et, Seigneur, vous me paraissez encore plus grande qu'avant !

Sa mère avait prononcé cette dernière phrase avec un soupçon de désapprobation, comme si elle avait espéré qu'en quittant la maison sa fille parviendrait à inverser le cours de la nature.

— Je vais très bien, lui assura Emma en se dégageant de sa poigne. Que faites-vous ici ? Lors de notre dernière conversation, nous nous étions mises d'accord. J'ai dit que je ne recevrais aucune visite avant un mois.

— Je n'ai pas pu résister, répondit la matrone avec un sourire avide. Vous ne m'avez écrit qu'une fois, et votre lettre ne contenait presque aucune information.

— Parce qu'il ne s'est écoulé que trois jours, s'agaça Emma. Et je vous ai relaté l'incendie en détail. En si peu de temps, il ne s'est rien produit de plus qui vaille un long récit.

— Dans ce cas, laissez-moi vous épauler dans la gestion de votre maisonnée, insista sa mère. Vous avez forcément des entrevues avec le personnel, des menus à valider ou un gala à organiser.

— Les menus ont été définis. Le personnel est exemplaire et n'a guère besoin d'ajustements. Le manoir se gère quasiment tout seul. Quant aux galas...

Emma n'avait aucune idée arrêtée sur le sujet, mais elle ne doutait pas de ce que son reclus de mari en penserait.

— Je vous communiquerai l'heure et le lieu de notre première réception, si nous décidons d'en organiser une.

— Une visite de la maison, dans ce cas ? suggéra Mrs Harris. Nous n'en avons guère eu le temps, le jour de votre mariage. Et depuis que j'ai posé les yeux sur cette demeure, je rêve d'en voir l'intérieur, reconnut sa mère.

— Me marier de force à son propriétaire était une méthode plutôt drastique pour parvenir à vos fins, fit remarquer Emma d'un ton lugubre en secouant la tête avec désapprobation.

Un raclement de gorge provenant du couloir la prévint que quelqu'un arrivait et, un instant plus tard, son époux apparut.

— Sir Robert, roucoula la matrone sans paraître s'inquiéter de l'embarrassante discussion qu'il venait d'interrompre. Quel plaisir de vous revoir.

— Surtout après une si longue séparation, répondit-il, acerbe.

Mais Mrs Harris continua de faire la sourde oreille.

— Je m'apprêtais à emmener ma mère faire le tour du manoir, expliqua Emma, une nouvelle parole d'excuse sur le bout de la langue.

Robert acquiesça :

— Si vous avez besoin de moi, je serai dans mon bureau, l'informa-t-il sur un ton signifiant que la visite ne devrait pas inclure cette pièce.

Puis il prit congé, comme si de rien n'était.

Pardonnez-moi.

Elle n'avait pas prononcé ces mots à voix haute, mais Emma savait qu'il les avait entendus malgré tout. Chagrinée, elle guida sa mère dans la direction opposée à celle que son époux venait d'emprunter.

10

Emma n'avait croisé son mari ni au petit déjeuner ni au déjeuner, mais il la rejoignit malgré tout au dîner, et elle comprit tout de suite que la tournure de la journée lui avait déplu. Était-il agacé d'avoir perdu le contrôle et embrassé son épouse ? Où était-ce la visite de sa mère qui l'avait mis en colère ?

Ils mangèrent la totalité de leur repas dans un silence de plomb, lourd de malaise. Jamais les cliquetis et grincements des couverts sur les assiettes ne lui avaient paru aussi assourdissants. Emma pouvait presque sentir tous les nerfs de son corps tant ils étaient tendus, et elle s'efforça de trouver un sujet de conversation susceptible de briser le silence. Puis elle se souvint de leur querelle de la veille et se ravisa. Mieux valait que Robert prenne la parole en premier, même s'il semblait visiblement déterminé à demeurer muet. Ce ne fut qu'au terme du dîner qu'il parut enfin prêt à dire ce qu'il avait sur le cœur. Il fixait son ballon de vin en fronçant les sourcils. Puis il leva les yeux par-dessus le bord du verre, et ce fut comme si l'air se mettait à crépiter entre eux, comme s'il choisissait ses mots avec soin.

Il s'apprêtait à la réprimander, encore une fois. Pourvu que ce ne soit pas à cause du tir à l'arc, songea-t-elle, car elle ne pouvait décemment se considérer comme responsable de ce qui était arrivé. Mais l'attitude de son époux lui aurait presque fait regretter cet instant. Elle était habituée aux promptes critiques de Mrs Harris, pas à cet interminable silence déçu.

— Pardo…

Il leva la main avant qu'elle n'ait eu le temps de présenter ses excuses.

— J'ai cru comprendre que votre mère s'intéressait à cette demeure et qu'elle avait exprimé son impatience de vous voir y organiser une réception.

S'il avait nourri le moindre doute jusqu'à aujourd'hui, le peu qu'il avait entendu de la discussion d'Emma avec la matrone l'avait certainement dissipé.

— En dépit de ce qu'elle semble croire, le fait que j'ai empoché votre dot ne lui confère nullement le droit d'orienter l'itinéraire social de ma demeure. Mon avis sur la question n'a guère changé depuis la discussion que nous avons eue avant notre union. Il n'y aura aucune réception au manoir Gascoyne. Ni bal, ni fête, ni rassemblement d'aucune sorte.

Emma sursauta sous le choc. Elle était habituée à essuyer des remontrances pour ses erreurs, mais elle n'aurait jamais cru se faire un jour réprimander pour une faute qu'elle n'avait pas commise.

— Je n'ai rien demandé de la sorte, lui rappela-t-elle avec colère.

— Pas encore, contra-t-il. Accepter une poignée d'invitations ou rendre visite à ses voisins est une chose. Mais lorsque vous céderez aux instances de votre mère et viendrez m'extorquer l'autorisation d'organiser telle ou telle réception, ma réponse sera toujours « non ».

— À cause de la malédiction, soupira-t-elle.

— La raison n'a guère d'importance, rétorqua-t-il.

Dehors, le tonnerre se mit à gronder, comme pour ponctuer sa phrase d'un roulement de tambour dramatique.

— Je suis le maître de ce domaine et je refuse de l'ouvrir au public. C'est une raison suffisante.

— Mais sans explications, vos règles paraissent totalement arbitraires, répliqua-t-elle en secouant la tête. Comment voulez-vous que je vous comprenne si vous ne prenez même pas la peine de me parler ?

Peut-être était-ce dû au vacillement d'une chandelle, mais Emma eut l'impression de voir son visage s'adoucir un instant, comme s'il réfléchissait à sa demande. Mais une seconde plus tard, il fronçait à nouveau les sourcils.

— Vous n'avez guère besoin de me comprendre pour m'obéir.

Un éclair illumina la pièce, suivi d'une autre détonation, sourde et menaçante.

— Je ne vous ai jamais désobéi, s'exclama-t-elle, frustrée. Et ce n'est pas comme si j'éprouvais le désir impérieux de recevoir. Je doute fort de faire preuve de plus de grâce en tant qu'hôtesse qu'en tant qu'invitée. Mais au moins, j'ai la franchise de reconnaître ce qui m'effraye. À présent, dites-moi ce qui vous gêne réellement.

Il ouvrit la bouche pour parler mais, avant qu'il n'ait pu prononcer une syllabe, un terrible fracas retentit avec la puissance d'un coup de feu, accompagné d'un éclat lumineux bref mais aveuglant et d'un craquement sonore si tonitruant qu'Emma fut étonnée de ne pas voir la maison trembler. Dans le silence quasi surnaturel qui s'ensuivit, Robert se leva de table et s'approcha de la fenêtre.

— Vous m'aviez dit que vous croiriez à la malédiction si Zeus nous frappait de sa foudre, dit-il avec un sourire en faisant signe à la jeune femme de le rejoindre.

Emma obtempéra et, une fois aux côtés de Robert, elle découvrit le cadavre d'un chêne frappé par l'orage, étendu sur le sol dehors, l'une de ses branches en feu.

— Nous n'avons pas été touchés personnellement, raisonna-t-elle en regrettant d'avoir prononcé ces paroles l'autre jour.

— Pourtant, votre prémonition s'est avérée extraordinairement exacte, fit-il remarquer.

— Ça n'avait rien d'une prémonition. C'était une analogie.

— Vous n'en avez pas moins vu juste.

Mais Robert paraissait davantage amusé qu'effrayé par la situation. Tandis qu'Emma observait l'arbre depuis la fenêtre, un rideau de pluie s'abattit brusquement sur la vitre, frappant le verre comme pour dissimuler à sa vue le tronc du chêne dont les flammes s'éteignaient dans un nuage de fumée.

— Certes, cela peut sembler dramatique, mais je n'y vois aucune preuve d'une malédiction. Cet arbre avait-il une importance particulière ? Avait-il été planté par un membre éminent de la famille Gascoyne ? Avait-il une signification spéciale pour vous ? Pour votre famille ?

— Non, reconnut-il. Ce n'était qu'un arbre.

— L'événement nous a surpris, mais nous n'avons pas été blessés, poursuivit-elle. Nous sommes bien loin des récits de mort et de destruction dont vous faisiez mention.

— La mort et la destruction ne sont pas des choses que

vous devriez appeler pour prouver votre point de vue, contra-t-il gravement.

— Et les désagréments du quotidien ne sont pas les signes d'un châtiment divin, rétorqua-t-elle sur le même ton. Votre domaine s'étend sur plusieurs hectares. Cet arbre ne sera pas le seul que vous perdrez dans cette tempête, et plus d'un propriétaire terrien rencontrera le même problème que vous. Mais il n'y a que vous qui y voyiez plus qu'un hasard.

Mais était-ce vraiment le cas ? se demanda Emma. Elle avait l'intime impression que, loin de ruminer le mauvais sort qui le frappait à nouveau, Robert la taquinait pour lui changer les idées.

— Vous avez sûrement raison, finit-il par acquiescer. Je suppose que ce n'était qu'une simple coïncidence. La tempête est en train d'empirer, et il n'y a plus grand-chose à voir depuis ces fenêtres. Retirons-nous au salon afin de nous distraire de façon plus confortable.

Puis il lui sourit. Son expression était si chaleureuse, ses prunelles si étincelantes qu'Emma en eut le souffle coupé. Toutes ses pensées furent d'un coup chassées de son esprit. Du moins, presque toutes. Il avait été sur le point de lui révéler quelque chose, elle en était certaine.

Puis la foudre était tombée, et l'instant s'était envolé.

Mais quoi qu'il ait failli lui dire, cela aurait sans doute entraîné une nouvelle querelle. Et alors, il ne l'aurait pas dévisagée comme il le faisait en cet instant, comme si rien sur cette terre ne l'aurait rendu plus heureux que de l'escorter jusqu'au salon. Emma se contenta donc de hocher la tête, les joues brûlantes, et de placer sa main sur son bras.

Lorsqu'ils se furent installés dans leurs fauteuils, elle

lui tendit le jeu de cartes qu'elle avait utilisé pour faire un château la veille.

— Que diriez-vous d'une partie de piquet ?

Son sourire se dissipa tandis qu'il disposait une table entre leurs sièges.

— Si vous le souhaitez. Mais vous découvrirez bien vite que je suis aussi malchanceux au jeu que pour tout le reste.

— Vous vivez seul depuis longtemps ; vous manquez simplement d'entraînement, répondit-elle.

— Mon grand-père avait interdit les jeux de cartes, expliqua-t-il. Il n'a accepté de nous élever qu'à cause de l'addiction au jeu de notre père. Il disait que les cartes avaient ruiné notre famille.

Ce fut alors qu'Emma se rappela l'avoir entendu mentionner le suicide de son père.

— Nous pouvons faire autre chose, si le souvenir est trop douloureux.

Il haussa les épaules.

— Rien de si dramatique, rassurez-vous. Le jeu me laisse indifférent, mais je ne doute pas que vous vous amuserez à mes dépens.

Il s'exprimait comme si sa défaite était inévitable.

Ils entamèrent une première partie, et Emma comprit rapidement... qu'il avait raison. Robert ne gagnait jamais, aussi prometteuse soit sa main de départ et aussi déplorable soit celle de son épouse. Au début, elle le soupçonna de la laisser gagner pour qu'elle prenne en confiance mais, en étudiant attentivement sa façon de jouer, elle dut se ranger à l'avis initial de son mari. Il n'était tout simplement pas doué pour ce jeu.

Mrs Harris avait appris à sa fille à considérer les cartes

comme des transactions, mais le grand-père de Robert lui avait enseigné les règles de base comme si elles étaient un mal nécessaire. En conséquence, là où Emma défaussait avec prudence et analysait avec soin son jeu afin d'en déduire le contenu de sa main, Robert avait l'esprit ailleurs. Il perdait parfois le fil de ses propres cartes et ne se souciait pas du tout de celles de son adversaire.

Si les membres de sa famille avaient pour habitude de jouer de cette façon, Emma n'était guère surprise que son père se soit ruiné jusqu'au désespoir et que son grand-père lui ait interdit l'activité. Elle savait également qu'il était plus facile pour un homme fier de blâmer une malchance surnaturelle pour ses nombreuses défaites plutôt que d'admettre qu'il était incapable de maîtriser un simple jeu de cartes.

Mais si Robert était persuadé de l'existence de cette malédiction, il devait y avoir davantage dans cette histoire que des arbres frappés par la foudre et des défaites au piquet.

— Quand cette malédiction a-t-elle commencé ? l'interrogea-t-elle en distribuant les cartes pour une nouvelle partie.

— Que voulez-vous dire ? s'étonna-t-il en fronçant les sourcils tout en rassemblant sa main.

— Eh bien, il me semble que, pour exister, ce genre de mauvais sort doit avoir une origine, répondit-elle raisonnablement en rangeant ses cartes dans sa main avant de lever les yeux vers lui. Un membre de votre famille aurait-il offensé une diseuse de bonne aventure ou une personne avec des aptitudes surnaturelles ?

— Ce que vous dites est parfaitement ridicule, s'agaça-t-il tandis qu'ils jouaient leurs premières cartes.

— Guère plus que la malédiction en elle-même, contra-t-elle.

Mais si vous croyez réellement en son existence, vous vous êtes probablement déjà interrogé sur son origine.

Il se figea, comme s'il tâchait de déterminer ce qu'il était prêt à partager avec elle ou non. Finalement, il déclara :

— Je ressens ses effets depuis que je suis enfant, mais c'est mon grand-père qui m'a expliqué de quoi il retournait quand il m'a recueilli. Je suppose que, s'il y avait eu autre chose à savoir sur la malédiction, il me l'aurait dit.

— Quand il vous a recueilli, vous dites, murmura Emma. Quel âge aviez-vous, à l'époque ?

— Douze ans, répondit-il en fronçant les sourcils quand elle remporta une nouvelle manche. Jack en avait sept.

Ainsi, il avait entendu parler pour la première fois de cette légende familiale lorsqu'il était encore très jeune et bouleversé par le suicide récent de son père. Voilà qui expliquait pourquoi il s'y accrochait avec tant de férocité.

— M'en voudriez-vous, si je tâchais de me renseigner sur le sujet ?

— De quelle manière ? s'enquit-il en rassemblant les cartes pour les mélanger.

— La bible de la famille présente les décès, mais je suppose que vous possédez également d'autres journaux ou archives des Gascoyne susceptibles de contenir des informations.

— C'est possible, reconnut-il. Ces documents sont rangés dans le bureau.

— M'autorisez-vous à les lire ?

— Bien sûr. Je doute que vous y trouviez un moyen de lever la malédiction, mais je ne vois aucun mal à ce que vous les consultiez.

Il contempla le paquet de cartes.

— Dois-je distribuer une autre main ? Ou avons-nous assez joué pour vous prouver ce que j'avançais ?

Elle venait de le battre cinq fois d'affilée, et il suffit d'un coup d'œil à l'expression de son époux pour deviner qu'il ne passait guère un bon moment.

— J'aurais dû définir les enjeux avant de lancer la partie, dit-elle. Je serais à présent en droit de vous extorquer tout ce que je désire.

— Et que désirez-vous ? lui demanda-t-il avec un sourire amusé en déposant le paquet de cartes.

— Un baiser, répondit-elle effrontément. Pas nécessairement de la même nature que celui du jardin, bien que j'admette l'avoir trouvé des plus plaisant. Mais le baiser d'hier soir était tout aussi agréable.

Emma le dévisagea avec curiosité, guettant sa réaction… Était-ce la lueur du feu sur ses joues, ou son mari était-il en train de rougir ? Il s'empressa de vider son verre de porto avant de répondre :

— Très bien, mais vous devez m'offrir une chance de me rattraper. Pourquoi pas aux échecs ? C'est un jeu qui me convient bien mieux. Savez-vous y jouer ?

— Suffisamment pour ne pas me ridiculiser, admit-elle tandis qu'il se servait un nouveau verre.

— Dans ce cas, je vous laisse les blancs.

Au fil de la partie, Emma put constater que les cartes étaient la seule faille de Robert, car il possédait un impressionnant sens tactique. Il jouait aux échecs comme un véritable maître et ne lui fit pas de quartier, testant ses forces et ses faiblesses avant de déclarer le mat. Lors de la deuxième partie, il lui concéda deux pièces pour équilibrer le jeu, puis la battit à nouveau.

Quand vint l'heure de se retirer, il avait aligné sa troisième victoire. Tandis qu'ils se dirigeaient vers leurs chambres, il sourit.

— J'espère avoir récupéré les gains dont vous m'aviez dépouillé au piquet.

— Bien sûr, reconnut-elle avec fair-play, mais déçue par son empressement à éviter un nouveau baiser. Pour être franche, je pense qu'un jeu comme les échecs a davantage de valeur qu'une simple manche aux cartes. Vous êtes en droit d'exiger le gain de votre choix.

Ils se tenaient à présent devant la porte de la chambre d'Emma. Robert gloussa d'un rire semblable à un ronronnement.

— Un gain, dites-vous ? C'est une offre terriblement dangereuse que vous me faites là.

Il se pencha alors vers elle d'une façon qui n'avait rien de menaçant, mais qui fit bondir son cœur dans sa poitrine.

— Que désirez-vous ? murmura-t-elle en luttant contre son fol espoir.

— La seule chose qui vaille qu'on la désire est celle que l'on ne peut avoir, répondit-il avec un soupir. Si je m'en saisis maintenant, je ne pourrai me convaincre d'avoir été momentanément submergé par l'émotion.

— Dans ce cas, je n'aurais pas dû vous laisser le temps de réfléchir, contra-t-elle.

Et avant qu'il puisse s'enfuir, Emma plongea vers lui, jeta les mains autour de son cou et l'embrassa. Pendant un long instant, il demeura totalement figé, et Emma craignit d'avoir tout fait de travers. Elle n'en savait que peu sur l'art de charmer, et encore moins sur celui de séduire.

Sa tentative d'initier les choses prouvait à quel point elle était désespérée.

Elle était sur le point d'abandonner et de lui présenter ses plus plates excuses quand il referma les bras sur elle, orienta différemment sa tête et lui rendit son baiser avec ferveur. Il la plaqua contre lui, la nichant dans son étreinte et ouvrit les lèvres sous les siennes.

Sa bouche, chaude et entêtante, avait le goût du vin, et Emma eut l'impression que quelque chose de puissant et d'enivrant parcourait tout son corps. Ses seins brûlaient d'être touchés, et un brasier semblait avoir pris vie dans les profondeurs de son bas-ventre. Elle se serra plus étroitement encore contre lui et ondula légèrement dans l'espoir d'apaiser l'ardente tension qui se répandait lentement dans tous ses membres, mais cela ne fit qu'intensifier son désir et elle gémit de frustration.

— Maintenant, vous savez ce que je ressens quand vous êtes à proximité, dit-il en faisant courir le dos de ses doigts le long de son corsage, effleurant du bout des doigts la peau nue de son décolleté.

— Alors pourquoi continuer de résister ? murmura-t-elle.

— Parce qu'il y a des choses plus importantes que d'assouvir mes propres désirs, répondit-il avec un profond soupir tout en s'éloignant d'elle. Je vais regagner ma chambre, j'ai encore du travail. Vous devriez vous mettre au lit.

Il disparut avant même qu'elle ait eu le temps de lui demander quel genre de travail ne pouvait attendre le lendemain.

11

Exactement comme Emma l'avait promis, le concert privé des Weatherby s'annonçait des plus fastidieux. Pourtant, à la simple idée d'y assister, Robert sentit ses cheveux se dresser sur sa nuque. Cela faisait-il donc si longtemps qu'il n'était plus sorti en société pour qu'un rassemblement aussi banal déclenche chez lui pareil sentiment de panique ?

Mais peut-être s'inquiétait-il juste de ne pas y aller seul ? Se présenter au public comme faisant à nouveau partie d'un couple était encore une notion à laquelle il peinait à s'habituer. Lors de sa première union, il avait participé à tant de soirées de la noblesse qu'il n'y avait même pas réfléchi. C'était une chose aussi naturelle que respirer. Sa défunte femme était la fille d'un chevalier. Elle aurait été parfaitement à l'aise parmi les gens qu'ils allaient rencontrer ce soir. Son assurance sereine aurait apaisé ses nerfs.

En se remariant, il n'avait guère songé aux différents besoins de sa nouvelle épouse ni à la façon dont ils l'affecteraient. Même si elle n'était qu'invitée, Emma devrait se battre pour se forger une place dans un milieu où on la critiquerait pour ses origines et sa naissance. Robert pourrait difficilement lui venir en aide, mais il devrait néanmoins assister à sa réussite ou à son échec.

Le jour du concert, la nervosité de sa femme sembla croître d'heure en heure. Elle se cognait aux murs lorsqu'elle le croisait dans les couloirs et manqua de faire tomber sa tasse en porcelaine au petit déjeuner. Quand il passa devant sa chambre, il l'aperçut en plein débat avec sa camériste. Sourcils froncés, tête baissée, elles examinaient avec des mines de général d'armée un éventail de toilettes déployé sur le lit. Toutes les parures étaient magnifiques, selon lui, mais de toute évidence le choix d'une tenue requérait une véritable stratégie militaire.

Cependant, elles finirent visiblement par se mettre d'accord, puisque Emma apparut au sommet de l'escalier vêtue d'une splendide robe verte, ses cheveux roux relevés au-dessus de sa nuque et rehaussés de petites épingles aux têtes d'émeraude. Robert lui offrit son bras. Elle hésita une seconde, puis posa sa main sur la sienne et le laissa la guider jusqu'à leur voiture. Ensemble, ils se mirent en route pour la demeure des Weatherby.

Toute l'appréhension de Robert s'évapora à leur arrivée. Moins de vingt personnes étaient venues écouter les solistes qui, d'après Lady Weatherby, avaient fait tout le chemin depuis Londres pour leur proposer cette représentation. Les rafraîchissements n'incluaient guère plus que du champagne et du gâteau, que les invités emportèrent jusqu'à leurs sièges, lesquels avaient été agencés en plusieurs rangées devant le pianoforte. Ce n'était effectivement pas la recette d'un drame, mais bien d'une soirée abrutissante d'ennui.

Du moins, selon lui. Mais en observant l'assemblée, il comprit pourquoi sa femme avait mis tant de soin à choisir sa toilette pour sa première apparition en public. Quand l'hôtesse la présenta, les autres dames alentour la jaugèrent de la tête aux pieds, comme pour tenter de repérer la moindre faille. De toute évidence, elles n'en trouvèrent pas, mais aucune ne parut vouloir être la première à la saluer. Toutes se conduisirent de façon polie mais distante, comme si elles attendaient qu'une autre déclare cette nouvelle venue socialement acceptable.

Cela l'agaça. De tous les invités présents, Robert était celui dont le rang s'approchait le plus de celui de Lord Weatherby. Ces femmes de rang inférieur n'avaient aucun droit de remettre en question la légitimité de son épouse. Hélas, leurs mines douteuses suffirent à décupler les insécurités d'Emma, dont le sourire de ravissement sincère se mua en expression crispée et hésitante.

Il fut surpris par la bouffée de colère protectrice qui manqua de le submerger lorsqu'il constata son désarroi, sans savoir comment lui venir en aide. Elle avait choisi cet événement dans le but de les préserver, l'un comme l'autre, mais elle n'aurait guère l'opportunité de faire valoir son rang de Lady Gascoyne. Elle ne pourrait compter que sur sa propre assurance pour triompher de ces mégères et, hélas, celle-ci lui faisait foncièrement défaut.

Avant la montée en scène du premier soliste, Robert s'approcha d'elle et lui prit la main pour la guider jusqu'à une paire de sièges, où ils écoutèrent la prestation en silence. À la fin de la chanson, il applaudit poliment, mais Emma, à ses côtés, fit preuve de bien plus d'enthousiasme. Elle poussa un long soupir ravi.

— La représentation vous plaît-elle ? demanda-t-il, pas réellement surpris mais profondément satisfait.

— Beaucoup, admit-elle. Cela fait des mois que je ne suis

pas allée à Londres, et les divertissements de la capitale me manquent.

Était-ce une façon voilée de critiquer son souhait de demeurer chez lui, ou se contentait-elle d'énoncer un simple fait ? Quand il croisa son regard, il ne put lire aucun motif caché derrière son expression réjouie, mais le plaisir authentique qu'il décela dans ses pupilles lui fit regretter de ne pouvoir lui offrir ce que son cœur désirait.

À l'entracte, ils se levèrent pour se mêler aux invités. Comme précédemment, les autres femmes firent preuve d'une froide politesse avec Emma, comme si elles ne savaient toujours pas quoi faire d'elle. Emma calqua son comportement sur le leur, se montrant courtoise mais réservée. Hélas, le fait que sa jeune épouse, quand elle se tenait au milieu du groupe, les domine toutes tel un cygne au milieu d'un troupeau de canards, ne lui facilitait pas la tâche. De l'autre côté de la pièce, Robert sirotait son vin et priait pour qu'elle ait l'occasion de se distinguer, d'une façon ou d'une autre. Lorsqu'elle était à l'aise, Emma était de merveilleuse compagnie, et il souffrait de la voir lutter ainsi.

Elle discutait avec leur hôtesse, à présent, et semblait lui narrer combien le duo de sopranos l'avait enchantée. Elle permettait enfin à sa personnalité d'apparaître, et Robert la trouva étincelante.

Les mains d'Emma dansaient gracieusement dans les airs pour mimer la musique. La femme à côté d'elle s'écarta alors d'un pas, comme si elle craignait de prendre un coup. Robert fronça les sourcils. Son épouse avait-elle réellement commis un impair ou cette autre lady avait-elle agi par malice ? Ce qui se produisit par la suite fut terriblement confus.

Les dames s'agitèrent tout à coup, bloquant un valet de pied qui passait par là, portant un plateau de rafraîchissements. Pour éviter le soudain attroupement, l'homme fit un écart et s'emmêla les pieds. La carafe de limonade qu'il tenait lui glissa des mains, décrivit un gracieux arc dans les airs et cracha tout son contenu directement sur le corsage de la robe d'Emma, qui se retrouva complètement trempée.

Au long silence horrifié succéda un gloussement embarrassé de l'une des plus jeunes ladies, rapidement éteint par un « chut » agacé des femmes plus âgées.

Emma se tenait, dégoulinante de limonade, au milieu du groupe qui semblait miraculeusement épargné par cette douche froide. Son épouse était rouge de honte tandis que des ruisselets de jus de citron collant coulaient le long du satin vert pour former une flaque à ses pieds. – Oh ! Seigneur, murmura-t-elle enfin. Pardonnez-moi.

Robert s'empressa de traverser la pièce pour lui venir en aide, tirant un mouchoir de sa poche, bien qu'il ait parfaitement conscience que le minuscule carré d'étoffe n'aurait aucune chance de régler le problème, mais, avant qu'il puisse l'atteindre, une paire de matrones avaient entraîné Emma jusqu'au vestiaire des dames, laissant une traînée de gouttelettes de limonade dans leur sillage.

Peu de temps après, Lady Weatherby rejoignit la salle du concert pour informer discrètement Robert qu'en dépit de leurs tentatives les dégâts infligés à la toilette de son épouse étaient irréparables et que Lady Gascoyne souhaitait rentrer.

Robert la récupéra à la porte du vestiaire et, ensemble, ils gagnèrent la voiture sans échanger un mot. Bien que furieusement épongée et séchée, il émanait toujours de sa robe une forte odeur de citron. Une fois installés dans l'habitacle, ils se murèrent à nouveau dans le silence tandis qu'il s'efforçait de trouver une phrase susceptible de lui remonter le moral.

Puis soudain, elle balbutia :

— Pardonnez-moi.

— Vous pardonner ?

Il avait trop attendu. Elle avait sans doute déduit de son mutisme qu'il lui reprochait l'incident et elle s'en voulait.

— J'ai gâché la soirée, gémit-elle. Et massacré ma robe.

Mais Robert n'était pas d'accord : bien au contraire, cette sortie s'était bien mieux déroulée qu'il ne l'avait craint. Il n'avait perçu aucun signe de la malédiction, même pendant l'incident. Mais autant la rassurer en s'attribuant la faute...

— Vous n'avez commis aucune erreur, outre votre insistance pour que nous participions à cette soirée. Je vous avais prévenue que les sorties en ma compagnie pouvaient être risquées.

— À cause de votre malchance ? clarifia-t-elle d'un ton laissant suggérer que l'idée ne lui avait même pas effleuré l'esprit. Si c'est tout ce dont elle est capable, je ne saurais lui accorder de véritable crédit.

Emma retrouvait son énergie, de même que sa tendance à s'opposer à lui. Il sourit.

— Si je consens à accepter votre raisonnement, je vous demanderai de reconnaître que vous n'avez pas gâché cette soirée, car ce qui vous est arrivé aurait pu arriver à n'importe quel autre invité. Vous vous trouviez simplement à proximité de la table où le valet de pied a renversé les boissons. Comment auriez-vous pu le prédire ?

— C'est moi qui l'ai fait sursauter, répliqua-t-elle en triturant un pan de sa jupe détrempée.

— Si les domestiques des Weatherby sont si aisément effrayés, ils ne devraient pas s'occuper du service lors des réceptions, contra Robert avant de tendre la main à travers l'habitacle pour la poser sur celles de son épouse et les serrer avec douceur.

Son geste parut la réconforter, et elle se détendit quelque peu, tournant les paumes vers le haut pour caresser ses poignets du bout des ongles.

Cela faisait très longtemps qu'il n'avait pas tenu la main d'une femme. Il avait oublié combien ce simple geste pouvait être apaisant et agréable. Il ferma les yeux un moment pour se concentrer sur la chaleur de sa peau et le doux et hésitant contact de ses doigts. Mais quand il les ouvrit à nouveau, il constata que l'inquiétude barrait toujours le front de la jeune femme.

— Les choses étaient déjà difficiles, même avant l'incident, murmura-t-elle. Elles me traitaient comme une bête de foire.

— À leurs risques et périls, lui rappela-t-il. Je suis l'un des hommes les plus haut placés de la bonne société, dans le comté.

Elle eut un rire amer.

— Qu'ont-elles à craindre de moi ? Que je ne les invite pas à nos réceptions ? Cette menace n'a aucune valeur si vous m'interdisez d'ouvrir le manoir aux visiteurs.

Il fronça les sourcils. Il n'avait pas songé qu'accepter des invitations pourrait exiger qu'il en envoie à son tour. Mais ce n'était guère le moment de déclencher une autre querelle avec son épouse au sujet de quelque chose qui ne s'était pas encore produit.

— Ce que pensent ces harpies n'a aucune importance. Je vous suggère de les ignorer.

— Ce serait sans doute plus facile si je n'avais plus aucune raison de les revoir, soupira-t-elle. Mais si j'accepte de nouvelles invitations, je suppose que je croiserai à chaque fois le même groupe de femmes.

Le premier réflexe de Robert fut d'annoncer que le problème était réglé, car ils ne sortiraient plus jamais, mais cela n'aurait fait que confirmer, dans l'esprit d'Emma, que cette soirée avait été un désastre, par sa faute. Or, si l'incident était effectivement lié à sa malchance familiale, alors il n'était pas suffisamment grave pour justifier l'interdiction de toute future sortie.

— Vous devez apprendre à ne plus vous soucier de ce que l'on pense de vous, répliqua-t-il fermement, dans l'espoir de l'encourager. Votre comportement, ce soir, était exemplaire.

— Je faisais tout mon possible pour plaire, confirma-t-elle.

Il s'interrompit et réfléchit un instant.

— Dans ce cas, peut-être devriez-vous arrêter de tant essayer ? Rappelez-vous que, la seule personne à laquelle vous devez plaire, c'est votre époux.

— Et... je vous plais ? demanda-t-elle d'une voix pleine d'espoir. Je n'ai certainement rien fait pour m'attirer vos faveurs... Je n'ai cessé de me quereller avec vous depuis les premières heures de notre mariage.

C'était peut-être vrai. Mais en y repensant, Robert sut que l'habitude d'Emma de le contredire ne le dérangeait pas. Il ne pouvait guère la blâmer de chercher à comprendre ce qu'elle ne parvenait pas à saisir. Il porta sa main à ses lèvres et l'embrassa.

— Vous me plaisez énormément.

Dans la pénombre du véhicule, son épouse paraissait toujours aussi esseulée et malheureuse, recroquevillée dans sa robe détrempée qui s'accrochait encore plus étroitement que d'ordinaire à ses jolies courbes. Elle avait besoin qu'il la réconforte et qu'il lui insuffle davantage de confiance en elle que ne le permettaient de simples paroles. Il l'attira à travers l'habitacle jusqu'à lui.

Quel plaisir de sentir ce poids sur ses genoux et la chaleur de ce corps qui se pressait contre le sien ! Elle se fondit dans son étreinte comme si elle était née pour cela, telle une part de lui, manquante depuis toujours et que la vie lui restituait enfin. Au fond de lui, les braises du désir se ravivèrent.

Son épouse tenta de lui échapper en gigotant.

— Je vais abîmer votre manteau, s'exclama-t-elle. Ma robe est encore mouillée.

Il resserra légèrement son emprise et gloussa.

— Je m'en moque.

— Je croyais qu'il y avait des choses plus importantes que... ça.

Étant donné la façon dont il l'avait rejetée la veille au soir, ce revirement devait lui paraître aussi déroutant qu'à lui. Mais succomber à la tentation sur le seuil de sa chambre à coucher était une chose. Étreindre une femme pour la réconforter dans un équipage en mouvement et sur un trajet si court en était une tout autre. Ici, la situation ne risquait pas de lui échapper.

Il soupira et referma plus étroitement les bras sur elle.

— J'ai dit que certaines choses étaient plus importantes qu'assouvir mes propres désirs. Mais pour le moment, parlons plutôt des vôtres.

Il l'embrassa avec douceur sur la joue en se demandant

comment l'aider à retrouver sa confiance. Il aurait aimé lui faire oublier l'incident de la soirée, lui permettre de se détendre, ne serait-ce qu'un instant.

— Et je vous l'ai promis, ajouta-t-il. Si vous cessez de vous considérer comme responsable de ce qui est arrivé chez les Weatherby, je jure de ne pas accuser ma malchance. Ce n'était qu'un incident, rien de plus. La prochaine fois que nous sortirons, les choses seront plus faciles.

— Merci, murmura-t-elle, un sourire émerveillé illuminant ses traits.

Pendant une seconde, il oublia tout ce qui l'entourait, happé par les profondeurs de ses grands yeux céruléens qui étincelaient telle une mer d'étoiles. Robert plaça un index sous le menton de sa jeune épouse et inclina légèrement son visage jusqu'à ce que leurs lèvres fusionnent dans un langoureux baiser.

Elle frémit de surprise, puis se coula contre lui, et Robert en profita pour lui offrir les baisers qu'elle désirait tant. Relâchant son étreinte, mais pas sa bouche, il la poussa délicatement contre le dossier rembourré du banc et céda à ses pulsions, laissant courir ses mains le long de son corps.

Il emplit ses paumes de ses seins, et Emma se cambra, pressant ses tendres monts contre ses doigts avides, comme pour intensifier ses caresses. Ils oscillaient ensemble au rythme de l'attelage, et la jeune femme émit un soupir frémissant quand Robert glissa ses lèvres le long de son cou. Un rire guttural roula dans sa gorge et, tout en plongeant sa langue dans le creux moelleux et sensuel de sa poitrine, il murmura :

— Votre peau a le goût de citron.

Il allait certainement regretter tout cela plus tard. Mais

en cet instant, seule comptait la femme nichée entre ses bras, rien d'autre. Leurs problèmes s'éloignèrent, à la dérive, comme emportés par la vague grandissante de leur désir. Il se plaqua contre elle, si proche d'un plaisir qu'il n'osait saisir qu'il craignit d'en perdre la tête. Puis, soudain, il la sentit se tendre contre lui. Elle poussa une exclamation surprise, suivie d'une série de gémissements étranglés, avant de s'effondrer sur les coussins du siège.

Il s'écarta quelque peu, aussi stupéfait qu'elle l'était, et tâcha de reprendre le contrôle sur son propre corps avant que la situation ne lui échappe. Quand il releva la tête pour observer son épouse, il découvrit Emma les yeux écarquillés, l'air perplexe et visiblement gêné.

Elle tremblait toujours légèrement, mais elle se redressa et recula pour s'adosser à un coin de l'habitacle, tirant sur l'encolure de sa robe tout en s'efforçant de recouvrer ses esprits.

— Vous sentez-vous mieux ? s'enquit-il sans parvenir à masquer complètement son sourire.

— Oui, merci, répondit-elle en jetant un œil derrière elle, comme si elle craignait que le cocher ait pu les entendre.

— Je suis heureux de l'apprendre.

Quand la voiture s'arrêta devant la maison, Robert descendit le premier.

Mais avant qu'il n'ait le temps de se retourner pour l'aider, elle avait lestement bondi au sol. Sa robe était encore humide de limonade et s'agrippait à la moindre de ses courbes, et sa gorge et ses lèvres demeuraient rosies de ses baisers. Robert ne put que la contempler et se sentir terriblement à l'étroit dans ses propres vêtements.

Emma se tourna vers lui. Elle semblait curieuse de

découvrir si cet interlude se poursuivrait à l'intérieur ou s'il avait bel et bien pris fin.

Robert lui adressa un sourire doux, mais secoua la tête.

— Rentrez, Emma, et laissez votre femme de chambre vous aider à vous débarrasser de cette robe. Nous nous verrons demain matin.

— Pardonnez-moi, murmura-t-elle, bien qu'elle lui parût plus perdue que désolée.

— Il n'y a rien à pardonner, la rassura-t-il. À demain.

Puis il porta sa main à sa bouche et souffla un ultime baiser dans sa direction.

12

Emma eut un sommeil agité cette nuit-là, peuplé de souvenirs de caresses clandestines, de baisers fiévreux et d'images sulfureuses de tout ce qui aurait pu se produire s'ils s'étaient trouvés à proximité d'un lit et non dans une voiture en mouvement. Robert avait prétendu avoir fait tout cela pour elle, et elle seule. Était-ce pour cela qu'il avait pu s'interrompre aussi facilement ? Emma, elle, était restée étendue sur son matelas de longues heures, le corps palpitant de plaisir et avide d'en découvrir davantage. Si cet interlude dans le brougham n'était qu'un aperçu de ce dont il la spoliait en refusant de partager sa couche, Emma n'en était que plus déterminée à le faire changer d'avis.

Mais Robert ne se montra pas au petit déjeuner, et elle le soupçonna de l'éviter pour ne pas lui donner de raison d'espérer. Emma n'était pas pressée. Peu importe qu'il l'abandonne pendant un repas ou deux. Il ne pourrait pas toujours se dérober, contrairement à elle qui, comme il l'avait exigé avec tant d'insistance, disposait d'une vie entière pour abattre ses défenses.

Ce qu'Emma n'avait pas anticipé, en revanche, était une nouvelle visite de sa mère, qui se présenta cette fois en compagnie d'une amie. C'était vraiment la dernière chose dont elle avait besoin. L'épouse du vicaire, une petite femme émotive qu'elle n'avait que brièvement rencontrée le jour de son mariage, s'assit aux côtés de Mrs Harris et dévisagea Emma dans un silence nerveux quand elle prit conscience que leur présence était inopportune.

Emma lança un regard inquiet en direction du bureau de son mari, se demandant si l'interdiction de recevoir au manoir s'appliquait aux visites matinales de leurs voisins. Puis elle soupira et décida de l'ignorer, comme il le faisait avec elle. Elle se sentait déjà suffisamment mal à l'aise dans son rôle de maîtresse de maison sans se mettre à chasser toutes les personnes qui se présentaient sur leur perron !

Et, hélas, la présence de Mrs Wilson aujourd'hui était en quelque sorte sa faute. C'était Emma qui avait suggéré à sa mère d'accueillir le vicaire et son épouse après l'incendie ; il aurait été terriblement impoli de la part de Mrs Harris de sortir sans elle.

Avant même qu'Emma ait pu leur souhaiter la bienvenue, la matrone lui prit la main et s'exclama :

— J'ai entendu dire que vous aviez participé au concert chez Lord Weatherby, hier soir !

Elle se pencha en avant avec une expression presque vorace et ajouta :

— Racontez-moi tout.

— Comment l'avez-vous appris ? s'étonna Emma sans trop savoir si elle était impressionnée ou embarrassée par l'efficace disposition de la vieille femme pour les commérages.

— Peu de choses échappent à ceux qui prennent le temps d'écouter, répondit la matrone d'un ton énigmatique.

Mais Emma connaissait bien sa mère et songea que son talent se rapprochait sans doute davantage de l'interrogatoire que de l'écoute. Hélas, cela signifiait qu'elle entendrait parler de l'incident avec la carafe de limonade, qu'elle le mentionne ou non. Aussi poussa-t-elle un long soupir avant de lui relater sa soirée.

— Vous ne devriez pas gesticuler quand vous conversez, répondit la matrone en fronçant les sourcils. Je suppose que c'est ce qui a causé l'incident.

Mais Robert avait juré le contraire, insistant sur le fait que rien de tout cela n'avait été sa faute. Et ensuite...

Ensuite, des choses merveilleuses s'étaient produites, mais Emma ne tenait pas du tout à y songer tant que sa mère se trouvait dans la pièce. Elle réprima la vague de chaleur qui lui montait à la tête et menaçait de lui brûler les joues, et plaqua ses mains l'une contre l'autre sur ses genoux avant de répondre :

— Je tâcherai d'être plus circonspecte, la prochaine fois.

— Et n'oubliez pas d'inviter les Weatherby à dîner. Quelque chose d'intime, bien sûr. Dix personnes, pas plus, et seulement l'élite de la bonne société. Je peux vous aider à dresser la liste des invités, si vous le souhaitez.

— Non, s'empressa de répliquer Emma, ce qui lui valut un haussement de sourcils de la matrone. Je n'ai pas besoin d'aide pour la liste, clarifia la jeune femme pour ne pas avoir à lui parler de l'aversion de son époux pour les réceptions. Je peux parfaitement m'en occuper seule.

— Si vous en êtes convaincue, répondit Mrs Harris avec un sourire dubitatif. Mais votre incident chez les Weatherby ne plaide guère en votre faveur.

En se levant ce matin-là, Emma s'était sentie capable de déplacer des montagnes mais, à présent qu'elle discutait avec sa mère, sa confiance recommençait à s'étioler. Peut-être était-elle réellement inapte à organiser un dîner ? Emma n'avait jamais joué le rôle d'hôtesse, mais elle savait que le placement de table à lui seul pouvait constituer un défi. Il y avait tant de titres, de rangs et de règles d'étiquette à respecter...

Puis elle se souvint que les réceptions étaient de toute façon interdites au manoir ; il était donc inutile de s'inquiéter pour rien.

— Non, répéta-t-elle alors. Je n'ai pas besoin d'assistance.

— Il serait peut-être plus facile de commencer par un rassemblement déjà organisé, poursuivit la matrone en ignorant complètement sa fille. Nous sommes justement venues vous offrir ce genre d'opportunité. Nous avons un problème, et vous êtes la seule à pouvoir nous aider.

— Vraiment ?

Emma n'était pas parvenue à trouver une meilleure réponse, car elle était certaine que, quel que soit le problème, Robert refuserait de s'en occuper.

— Après l'incendie, le terrain paroissial attenant à l'église est devenu totalement impraticable, parsemé de débris calcinés et d'ornières, expliqua Mrs Harris, ce à quoi Mrs Wilson opina du chef d'un air hésitant.

— Et le festival annuel du solstice d'été doit se dérouler dans moins d'un mois, ajouta l'épouse du vicaire en se tordant les mains.

Sa mère s'empressa de renchérir :

— Étant donné qu'il ne pourra pas se tenir à l'endroit habituel...

— Vous êtes venues me demander s'il serait possible de recourir aux terres des Gascoyne, en déduisit Emma en s'efforçant de ne pas tressaillir.

— Vous avez bien assez de place pour un festival, acquiesça Mrs Harris comme si cette simple remarque suffisait à clore le débat. Et, si l'argent est un problème, votre père peut s'en charger.

Non seulement la matrone avait l'intention d'organiser un événement majeur sur la propriété de Robert, mais elle comptait également le financer. Sauf qu'en ôtant une potentielle objection elle en soulevait une myriade d'autres. Emma doutait fort que Robert apprécie qu'on lui rappelle de façon aussi directe combien sa situation financière avait été précaire en lui proposant davantage d'argent de la part de ses parents.

— Ce ne sera pas nécessaire, dit-elle. Mais je dois en discuter avec Robert avant que la moindre décision ne soit prise.

Et elle connaissait déjà sa réponse.

— Comment diable pourrait-il refuser ? objecta sa mère avec un large sourire destiné à rassurer une Mrs Wilson à l'air angoissé.

— Il n'est pas dans sa nature de participer à des rassemblements de cette ampleur, clarifia Emma en espérant ne pas trop en révéler sur les motifs de son époux.

— Mais il n'est pas contraint d'y participer, rétorqua aussitôt la matrone. Tout ce que nous demandons, c'est l'autorisation d'utiliser ses terres.

— Vous n'aurez pas besoin du manoir, comprit Emma en s'adressant presque à elle-même.

— En aucun cas. Vous ne serez absolument pas dérangés.

Sa mère faisait paraître tout cela si facile. Et, quand Mrs Harris arborait ce genre d'humeur, il était difficile de lui refuser quoi que ce soit. La matrone était capable de venir à bout des défenses les plus solides.

— À quelle date devait se tenir le festival ? s'enquit-elle.

Peut-être avaient-ils un engagement préalable. Ainsi n'aurait-elle pas à expliquer tout cela à Robert.

— Dimanche en huit, répondit Mrs Wilson avec un sourire encourageant. Merci infiniment pour votre aide, Lady Gascoyne. J'ignorais quoi faire, nous étions complètement perdus. Et cette fête est si importante pour les villageois.

— Je vous avais dit qu'il n'y aurait pas de problème, renchérit sa mère en tapotant la main de son amie. Comment aurait-elle pu refuser notre requête ?

Emma, bien que certaine de n'avoir rien accepté du tout, ne comprenait pas pourquoi les deux femmes partaient du principe qu'elle avait donné son accord. Incapable de rectifier la situation sans paraître impolie, elle se contenta de répondre :

— Je serai heureuse de faire parvenir votre demande à mon époux.

La voiture des Harris était de nouveau stationnée devant le manoir, et Robert s'efforça de se convaincre qu'il n'était pas en train de parcourir le domaine dans le seul but d'éviter sa belle-mère. Il n'éprouvait pas de réelle aversion pour la matrone, mais il abhorrait son influence sur Emma. Bien entendu, il était hors de question de la priver des visites de sa famille, mais il ne tenait pas à encourager l'obsession de cette femme pour sa demeure, d'autant que sa présence ici avait un effet des plus néfaste sur sa fille. Mais Robert devait bien admettre que ses propres efforts pour inciter son épouse à prendre confiance en elle et à se montrer plus indépendante comportaient des risques. Il avait espéré que quelques baisers la réconforteraient après l'incident de la veille, au concert. Mais chaque fois qu'il faisait un pas vers Emma, Robert éprouvait de plus en plus de difficultés à revenir en arrière.

À son expression abasourdie dans la voiture, Robert avait deviné qu'elle n'avait jamais atteint l'extase auparavant. Peut-être était-ce pour cela qu'il avait fallu si peu pour le déclencher ? Cela l'avait surpris autant qu'elle, et il s'inquiétait à présent des conséquences futures. Maintenant qu'elle avait goûté à la volupté, elle voudrait certainement en découvrir davantage.

Il y avait une troisième raison pour laquelle il se cachait au milieu du verger, à bonne distance de la maison, se contentant d'écouter le bruit sourd que faisaient les fruits en tombant sur le sol. « Verger » était peut-être un terme exagéré pour désigner ce maigre bosquet mais, d'aussi loin que remontait sa mémoire, Robert savait qu'à eux seuls les arbres qui le peuplaient avaient produit suffisamment de pommes chaque année pour que le domaine n'ait pas besoin d'en acheter.

À l'exception de cette année. Le verger des Gascoyne était infecté jusqu'au dernier arbre. Il n'y aurait ni cidre, ni tarte, ni sauce au manoir, à moins que Robert n'acquière des fruits auprès d'une autre ferme.

Il se demanda ce qu'en penserait Emma, s'il lui parlait de ce problème. Sans doute voudrait-elle savoir s'il considérait ce souci comme lié à la malédiction. Puis elle chercherait à découvrir si les vergers des voisins étaient eux aussi infectés, et si ces derniers considéraient également la contamination comme un signe surnaturel ou s'ils l'attribuaient aux aléas de l'agriculture et au fait que les maladies étaient autant contagieuses chez les arbres que chez les hommes.

Au lieu de l'agacer, cela le fit sourire. Quand elle ne passait pas son temps à se reprocher tout ce qui allait de travers, Emma avait le don d'alléger ses angoisses, de lui montrer ses problèmes sous un nouvel angle, jusqu'à les rendre ordinaires et faciles à résoudre.

Bien entendu, elle n'avait toujours pas assisté au pire, et Robert espérait que cela n'arriverait jamais. Il n'avait pas fait de crise depuis avant leur mariage. Se pouvait-il qu'elle en soit la raison ? L'espace d'un instant, il s'autorisa à rêver qu'elle l'avait libéré de cette malédiction et qu'il était enfin libre de vivre comme les autres.

Puis il rejeta cette idée. Elle lui facilitait peut-être la vie, mais il ne pouvait pas escompter que cela perdure. Après tout, il avait cru exactement la même chose lors de son premier mariage, pendant lequel il n'avait subi ni crise ni accident. Mais la malédiction n'avait fait qu'attendre son heure, le frappant au pire moment. Si la mort d'Elizabeth lui avait appris quelque chose, c'était combien la paix était fugace et combien la perte était douloureuse.

C'était pour cette raison qu'il avait décidé de garder ses distances avec Emma… même si, jusqu'à présent, il avait lamentablement échoué. Il n'avait pas vu sa nouvelle épouse depuis la veille au soir, mais cela n'avait rien changé à son désir ardent pour elle. Pire encore, sa compagnie lui manquait et, s'il n'avait nullement l'intention de partir à sa recherche, il savait que, lorsqu'il regagnerait le manoir, ce serait dans l'espoir de lui parler de cette dernière catastrophe, afin qu'elle puisse la balayer comme un simple revers du quotidien.

Robert haussa un sourcil. Visiblement, il n'aurait pas à aller à sa rencontre, puisque sa femme grimpait la colline dans sa direction, la tête basse sous son bonnet à large bord qui protégeait son visage du soleil. Dehors, sans langue acérée pour la critiquer, elle marchait librement, avec de grandes enjambées adaptées à ses interminables cuisses. En la voyant avancer ainsi avec détermination, il réalisa à nouveau combien elle se retenait d'être elle-même lorsqu'ils étaient en société et à quel point il devait être difficile pour elle d'entrer dans le moule.

Elle n'était plus très loin à présent et, lorsqu'elle leva les yeux vers lui, Robert comprit que quelque chose n'allait pas. Elle se mordit la lèvre et ralentit, comme si elle craignait de l'approcher. Avant même qu'elle soit à portée de voix, il vit sa bouche former les mots : « Pardonnez-moi. »

Robert croisa les bras et patienta en silence.

— Je sais que vous avez interdit les réceptions au manoir, commença-t-elle.

— Mais votre mère a suggéré le contraire, et vous n'avez pas su lui dire « non », grogna-t-il avec mépris, ses bons sentiments envers elle s'évanouissant presque immédiatement.

— Non, ce n'est pas tout à fait ça, répondit-elle avec un gloussement nerveux. Et ce n'est pas comme si l'on nous demandait d'organiser un bal.

— À quoi avez-vous consenti ?

Robert n'arrivait pas à savoir s'il éprouvait simplement de la colère à l'idée qu'elle lui ait désobéi, ou une émotion plus complexe et plus confuse en réalisant qu'en l'espace de quelques semaines il avait perdu le contrôle de sa vie et de sa demeure.

— Je n'ai consenti à rien, contra-t-elle en fronçant les

sourcils. Seulement à vous consulter. L'incendie au village a détruit le terrain paroissial, et les habitants n'ont plus aucun endroit où organiser leur festival du solstice d'été. La femme du vicaire est venue solliciter notre aide. Vous possédez des terres si vastes. Comment pourrions-nous leur refuser cela ? demanda-t-elle en adoptant une expression des plus innocente.

— Grâce à un tout petit mot. « Non », rétorqua-t-il. Vous auriez dû m'appeler, je lui aurais donné ma réponse sur-le-champ.

— J'ai eu la sensation que vous ne vouliez pas vous trouver en ma présence, répliqua-t-elle. Vous n'avez pas passé plus de dix minutes en ma compagnie depuis ce matin.

— Cela ne vous donnait aucun droit de...

Mais il s'interrompit. Qu'avait-elle fait de mal, à part lui transmettre une requête ? Et puisqu'il avait passé tout son temps caché dans le verger, il ne pouvait guère lui en vouloir de ne pas être venue le quérir pour lui demander son avis.

Mais cela ne résolvait en rien le problème du festival.

— Nous ne pouvons pas accueillir des hordes de gens sur la propriété, déclara-t-il. C'est bien trop dangereux.

Certes, le concert s'était déroulé sans accident grave, mais un festival impliquait bien plus de monde... Il n'en réchapperait pas sans une nouvelle crise, c'était certain.

— Tant qu'ils restent à distance du pré d'Hercule, je vois mal ce qu'il pourrait leur arriver, répondit Emma, qui semblait visiblement bien plus partiale dans cette histoire qu'elle ne le laissait entendre. Le terrain est plat et bien entretenu. Et ce ne sont pas quelques tentes et jeux qui abîmeront le paysage.

— Mais...

— Mais que se passera-t-il si la malédiction s'en prend à quelqu'un ? termina-t-elle pour lui, un soupçon de mépris dans la voix. Si vous pensez réellement que le presbytère a brûlé parce que vous l'avez approché de trop près, alors vous devriez vous sentir obligé de remédier à ce problème de festival.

Elle était en train de le piéger avec ses propres mots et de retourner contre lui sa réticence à lui expliquer ce qu'il encourrait en se retrouvant au milieu de pareille foule. Mais à moins de prendre la décision drastique d'enfermer sa femme comme une princesse dans sa tour, il devrait accepter que le monde extérieur vienne bouleverser sa vie bien rangée de temps en temps. Il poussa un long soupir et tendit une main en signe de compromis.

— Admettons que je consente à héberger cet événement…

— Je ferai en sorte que vous ne soyez pas importuné, promit-elle aussitôt. Et rien ne vous… ne *nous* oblige à y participer. L'épouse du vicaire m'a assuré qu'ils avaient tout le nécessaire, à l'exception du lieu.

Il eut un rire amer.

— Vous savez très bien que ce n'est jamais le cas. Vous devrez en discuter avec l'intendante et évaluer les réels besoins de ce festival en matière de personnel et de préparatifs. Vous apprendrez vite que cela demande plus de travail que quiconque l'imagine.

— Cela ne les dérangera pas, contra-t-elle avec empressement. J'ai déjà échangé avec Mrs Hill et, d'après elle, les domestiques sont prêts à relever le défi. Ils sont très fiers du domaine qu'ils servent et impatients de voir les villageois le découvrir.

— Eh bien, je m'en voudrais de priver notre personnel de ce plaisir, grogna-t-il.

Apparemment, tout s'était décidé avant même qu'elle soit venue le consulter. Emma poussa un long soupir de soulagement, passant complètement à côté de son ton sarcastique.

— Vous ne le regretterez pas.

— Je le regrette déjà, rétorqua-t-il.

Mais elle se jeta dans ses bras et déposa un bref baiser de gratitude sur ses lèvres. Puis elle s'écarta tout aussi rapidement et couvrit sa bouche de la main, visiblement surprise par sa propre initiative et curieuse de voir sa réaction.

Robert sourit de toutes ses dents. Ses lèvres papillonnaient encore de ce baiser, et tous les problèmes potentiels que pourrait lui attirer ce festival ne se produiraient pas avant des jours. Il était inutile de s'en inquiéter si tôt.

Il tendit les bras pour faire mine de l'attraper, et Emma l'esquiva d'un bond en gloussant.

— Vous feriez mieux de courir, menaça-t-il avec un sourire carnassier en feignant à nouveau de plonger sur elle.

Elle éclata d'un rire claironnant, tourna les talons et s'enfuit en direction du manoir. Et Robert la laissa partir pour le simple plaisir de la regarder courir.

13

Le jour du festival arriva et, en dépit des ferventes prières de Robert pour qu'un orage éclate et force les villageois à annuler la fête, la météo s'annonçait radieuse. Il avait fait en sorte d'éviter tout contact, de près ou de loin, avec l'organisation et la planification, convaincu que moins il en saurait, mieux il accepterait la situation le jour J.

Jusqu'à présent, cela avait parfaitement fonctionné. Depuis la fenêtre de l'étage, il observait les festivaliers monter tentes et tendelets sur sa propriété, mais il n'éprouvait rien de plus qu'une certaine curiosité et une légère appréhension. Le ciel était d'un bleu limpide et sans nuages, le temps rêvé pour tous les enfants. Nombre d'entre eux cavalaient déjà à travers les pelouses, esquivant les adultes qui mettaient en place les étalages qui accueilleraient leurs produits phares et les stands de pains au sucre et de feuilletés à la saucisse.

Évidemment, en gardant ses distances avec le festival, il en faisait de même avec son épouse, feignant davantage de colère qu'il n'en ressentait vraiment face à son insistance pour recevoir tout le village sur ses terres. En vérité, c'était sa propre perte de contrôle qui le dérangeait le plus. Dès qu'il se retrouvait en compagnie de sa femme, Robert cherchait des prétextes pour l'embrasser. Il s'était convaincu que coqueter innocemment avec elle n'aurait aucune conséquence tant qu'il n'y succombait que seul dans sa chambre.

Mais sa réaction dans la voiture, l'autre soir, avait changé la donne. Robert n'avait pas oublié l'expression émerveillée qu'il avait lue sur son visage quand elle avait cédé à l'euphorie. Cette simple image suffisait à éveiller son désir et, hélas, l'idée lui était venue qu'il aurait pu contempler ce même visage extatique encore et encore... s'il s'autorisait à partager sa couche.

C'était pour cette raison qu'après ce baiser dans le verger il l'avait laissée gagner la course jusqu'à la maison. Puis il avait déposé une bise sur sa joue en guise de récompense et s'était rendu sur la tombe de sa défunte femme et de son fils mort-né afin de ne pas oublier les dangers d'une plus grande intimité. Il y avait des choses en jeu, des choses bien plus importantes que d'assouvir temporairement son désir. Robert devait absolument protéger Emma.

Depuis son poste d'observation privilégié, il l'aperçut. Sa peau claire abritée du soleil sous un large bonnet de paille, elle allait de groupe en groupe afin de s'assurer que tout le monde avait ce qu'il lui fallait. De temps en temps, il percevait son rire ou une bribe de conversation, porté jusqu'à lui par le vent.

Loin de paraître hésitante comme cela lui arrivait si souvent dans des situations plus formelles, son épouse semblait confiante et à l'aise dans son rôle d'hôtesse du festival. Et Robert savait, à la façon dont les villageois touchaient leurs chapeaux ou inclinaient la tête, qu'ils avaient accepté son autorité. Cette image reflétait tant de normalité, comme si son couple et sa demeure étaient parfaitement ordinaires, qu'il sentit sa gorge se serrer.

Une bouffée de culpabilité le saisit à l'idée de l'avoir piégée dans une union atrophiée et contraignante. Si elle avait épousé un autre homme, elle aurait pu organiser ce genre d'événement sans avoir à se battre contre son mari à chaque étape. Elle aurait également un compagnon prêt à l'aimer comme elle le méritait.

À cet instant précis, elle se retourna et leva les yeux vers la maison… et sa fenêtre. Puis elle le salua d'un gracieux et ample geste du bras, comme pour l'inviter dans son propre jardin. Elle était trop loin pour qu'il puisse le discerner, mais il n'avait aucune difficulté à imaginer le sourire rayonnant caché dans l'ombre de son bonnet.

Il agrippa le rebord de la fenêtre et la contempla avidement. S'il avait été sur le point d'avoir un épisode, il l'aurait sûrement déjà senti. Il avait l'esprit clair, son rythme cardiaque et sa respiration étaient stables. Quel mal y aurait-il à se joindre aux festivités ? Au moindre signe de faiblesse, il n'aurait qu'à prendre congé et se réfugier au manoir.

Lentement, il quitta sa chambre, descendit l'escalier et sortit se mêler à l'effervescence de la fête qui se déroulait devant la maison. Une fois au cœur de la foule, le bruit et l'agitation furent presque trop pour lui. C'était la preuve indéniable qu'il avait passé trop de temps en solitaire… Avant, l'ambiance joyeuse d'un festival de si petite taille ne l'aurait pas tant frappé.

Il s'immobilisa pour tenter de calmer ses nerfs, se forçant à prendre de longues inspirations. Robert se concentra sur le visage rayonnant de son épouse et l'importance, pour elle, du succès de cette journée. Il était sur ses propres terres, le soleil brillait, il n'y avait rien à craindre. Tout irait bien, exactement comme lors de leur sortie au concert.

Avant qu'il ne puisse y songer davantage, quelqu'un lui cala une chope d'*ale*[1] dans la main. Mr Wilson, le vicaire, se tenait à ses côtés et lui souriait, béat d'admiration.

— Je ne saurais vous dire combien notre village vous est reconnaissant de lui avoir ouvert vos portes, Sir Robert.

— Eh bien...

Il toussota, mal à l'aise, et prit une gorgée de boisson. Techniquement, il n'avait rien fait : la maison était toujours fermée au public, selon ses souhaits, et il en aurait été de même pour l'extérieur sans l'intervention d'Emma.

— Dans ce cas, c'est mon épouse que vous devriez remercier, répliqua-t-il finalement.

Et probablement sa mère, songea-t-il avec une pointe d'amertume.

— Ah, la charmante Lady Gascoyne ! s'exclama le vicaire, son sourire s'élargissant davantage encore. Le Seigneur s'est montré généreux en la plaçant sur votre route, milord. Cette jeune femme est une bénédiction.

— Absolument, répondit-il automatiquement, car il aurait été grossier de prétendre l'inverse après seulement deux semaines de mariage.

Puis, avec stupeur, Robert réalisa qu'il disait la vérité. Il porta son attention vers l'extrémité opposée de la pelouse, où Emma jouait à faire rouler des cerceaux de bois avec un groupe d'enfants, riant comme si elle était l'une d'entre eux.

Soudain, elle leva les yeux et le surprit en train de l'admirer. Elle confia aussitôt son jouet à un gamin proche et courut à sa rencontre.

— Je ne pensais pas que vous vous joindriez à nous !

1. *Bière anglaise blonde.*

s'exclama-t-elle en lui prenant la main pour l'attirer au cœur de la fête.

— Je n'en avais pas l'intention, reconnut-il, incapable de rester de marbre face au regard pétillant de son épouse.

— Oh ! eh bien, je suis certaine que tout le monde sera ravi de vous voir, contra-t-elle. Ils m'ont presque tous posé des questions sur vous. Ils espéraient vous rencontrer pour vous remercier de votre générosité.

Emma ayant grandi dans un milieu citadin, Robert savait qu'il serait sans doute inutile de lui demander de se montrer plus réservée dans ses interactions avec les villageois. Il avait pu constater, depuis sa fenêtre, qu'elle s'entendait à merveille avec tous leurs invités. Mais visiblement, elle semblait s'attendre à présent à ce qu'il fasse preuve d'autant de bienveillance et de proximité qu'elle.

— C'est très aimable de leur part, répondit-il finalement, renonçant à l'espoir de prendre la fuite.

— Et il y a ceux d'entre nous qui vous connaissent déjà et ne réclament qu'un moment de votre temps, lança une voix bien trop familière dans son dos.

Robert pivota pour faire face à son demi-frère cadet, qui se tenait aux côtés d'une jeune femme, probablement son épouse. Comme chaque fois qu'il se retrouvait contraint de discuter avec Jack, Robert sentit sa gorge se serrer et son corps se tendre. Il était prêt pour une nouvelle querelle.

— Jack.

Le mot franchit ses lèvres avec difficulté, accompagné d'un hochement de tête roide.

— Robert, le salua Jack avec un sourire ironique. Je sais que nous n'étions pas invités mais, étant donné les circonstances de la journée, nous espérions au moins bénéficier du même accueil que le reste du bon peuple.

— Bien sûr, vous êtes les bienvenus, répondit-il automatiquement. Ce rassemblement est ouvert à tous.

Il tressaillit intérieurement, car sa phrase pouvait être perçue comme une pique, suggérant que, sans le festival, ils n'auraient jamais été acceptés au manoir. En toute franchise, Robert n'avait même pas songé que Jack puisse participer à la fête.

— Et si nous faisions les présentations ? proposa Jack, interrompant ses pensées. Je crois que vous ne l'avez pas encore rencontrée... Voici mon épouse, Lucy.

Il laissait entendre que cette omission était la faute de Robert, mais le mariage s'était tenu six mois plus tôt et Jack n'avait fait aucun effort pour organiser une entrevue.

— Mrs Gascoyne, dit-il en s'inclinant, aussi formel et mal à l'aise que s'il parlait avec une étrangère et non à un membre de sa famille.

— Sir Robert, répondit la jeune femme avec un sourire hésitant, comme si elle était déjà persuadée qu'il ne l'apprécierait pas.

Il y eut un court silence, puis le couple le dévisagea avec une mine impatiente jusqu'à ce qu'il se rappelle que lui aussi avait des présentations à faire.

— Voici mon épouse, Emma.

Contrairement aux salutations timides de l'autre lady, Emma sembla ne pas remarquer la tension qui flottait dans l'air. Elle s'avança gaiement et saisit les mains de Jack et de Lucy.

— Oh ! major Gascoyne, quel plaisir de vous rencontrer enfin ! Ainsi que votre femme, bien entendu.

— J'en déduis que c'est à vous que nous devons ces festivités, lança Jack avec un sourire chaleureux.

— Quand l'épouse du vicaire est venue me trouver pour me soumettre sa demande, j'ai tout de suite su que nous ne pouvions refuser, répondit-elle avec générosité, ses joues légèrement rosies d'embarras.

— D'ordinaire, Robert n'a guère de difficultés à imaginer de bonnes raisons, répliqua Jack, surpris. Je n'aurais jamais cru le voir un jour accepter d'organiser pareil rassemblement.

— Emma peut être très persuasive, intervint Robert pour épargner à la jeune femme l'obligation de mentir pour le défendre.

Jack lui adressa un large sourire, songeant sans doute que les négociations avaient eu lieu dans la chambre à coucher.

— Félicitations, Lady Gascoyne. Si vous avez trouvé le moyen d'instiller le moindre changement chez mon frère, vous êtes une véritable fée ! À présent, veuillez nous excuser. Nous vous laissons à vos autres invités.

Ils se mêlèrent aux festivaliers, et Emma tourna vers Robert un visage radieux.

— Je suis si heureuse d'avoir enfin rencontré votre frère.

— Je ne puis en dire autant, maugréa Robert en regardant Jack s'éloigner dans la foule.

Le sourire d'Emma vacilla lorsqu'elle remarqua son expression.

— Je vous interdis de vous excuser, prévint-il. Vous ignoriez tout des difficultés qui existent entre mon frère et moi. Et celles-ci ne vous concernent pas.

— J'en suis néanmoins navrée, dit-elle avec douceur en saisissant sa main dans un geste de réconfort.

Il se força à sourire.

— Mais ne le laissons pas gâcher cette belle journée. Montrez-moi le festival et convainquez-moi que j'ai pris la bonne décision en acceptant de l'héberger.

Quand le soleil déclina, les tentes furent démontées, et Emma découvrit avec surprise que tous les villageois parlaient de sa première tentative de réception au manoir Gascoyne comme d'un retentissant succès. Pourtant, elle n'avait quasiment pas participé à l'organisation de l'événement. Emma n'avait fait que leur ouvrir les portes et les accueillir sur le terrain, mais tout le monde semblait la considérer comme la bienfaitrice du festival et l'abreuvait de remerciements.

Ils montrèrent la même gratitude débordante envers son époux, qui l'accepta d'un air abasourdi, comme s'il se demandait toujours comment tout le village en était venu à camper sur sa propriété.

Sans doute avait-il été encore plus surpris de croiser son frère à la foire, car il s'était comporté d'une façon très étrange avec lui. C'était à croire qu'il ignorait comment converser avec sa propre famille. Et il était clair que, même si le major avait convolé en justes noces depuis un long moment, Robert avait fait la connaissance de sa belle-sœur pour la première fois aujourd'hui.

Mais la véritable réussite, pour Emma, était d'être parvenue au terme de cette journée sans qu'un accident susceptible de renforcer les sinistres croyances de Robert ne survienne.

Elle se tourna vers lui et tira légèrement sur sa manche.

— Allons, admettez-le, cette journée s'est mieux déroulée que vous ne l'aviez craint.

— Aucun problème ne m'a été remonté, concéda-t-il.

— Vous admettez donc qu'il est possible de recevoir des visiteurs sans que la malédiction familiale ne pointe le bout de son affreux nez, lança-t-elle en s'efforçant de contenir le ton triomphant de sa voix.

— Il est impossible de prédire de telles choses, répliqua-t-il en écartant son argument d'un geste de la main. C'est pourquoi il est préférable de ne pas tenter le diable.

— Oh. Eh bien, dans ce cas, les bienfaits l'ont emporté sur le risque, aujourd'hui, raisonna-t-elle, bien décidée à lui faire ressentir au moins un soupçon de l'enthousiasme ambiant. Reconnaissez-le : vous avez passé un bon moment ! Ne vous ai-je pas vu jouer au fer à cheval avec le vicaire ?

— Il m'a défié. Je n'ai pas pu résister.

L'espace d'un instant, il baissa sa garde et sourit largement, comme il l'avait fait lorsqu'ils avaient été seuls tous les deux.

— Vous n'avez pas pu résister, répéta-t-elle dans un gloussement en hochant la tête.

Soudain, quelqu'un de l'autre côté du terrain poussa un cri de douleur. Robert sursauta, et Emma vit son visage se vider de toutes ses couleurs juste avant qu'il se précipite en direction du hurlement, prêt à intervenir.

Elle lui emboîta le pas. Quand ils atteignirent l'endroit d'où provenait le vacarme, ils ne découvrirent rien de plus alarmant qu'une bagarre entre deux enfants. Emma tendit le bras pour apaiser le petit garçon offensé, résolut rapidement le conflit, puis se tourna vers son époux, heureuse de lui prouver qu'il s'était affolé pour rien.

— Vous voyez ? Vous n'aviez aucune raison de vous inquiéter.

Mais il ne l'entendit pas. La respiration laborieuse, il tenait fermement d'une main le pied du tendelet le plus proche, tandis que l'autre agrippait férocement sa veste, à hauteur de son cœur. Une épaisse couche de sueur luisait sur son front. Il avait le teint livide.

Emma, alarmée, le rejoignit en trois enjambées et le saisit pour qu'il retrouve son équilibre, sentant les épaules de son mari trembler sous ses doigts.

— Ne vous inquiétez pas, murmura-t-il d'une voix sifflante tout en s'efforçant de se redresser.

Mais lorsqu'il lâcha le pied du tendelet, il tomba à genoux, visiblement incapable de rester debout.

— À l'aide, s'il vous plaît ! rugit Emma, soulagée lorsque deux valets de pied se ruèrent vers son époux.

Ils l'écartèrent délicatement du passage, puis saisirent Robert chacun par une épaule et le portèrent jusqu'au manoir sans qu'il leur oppose la moindre résistance.

C'était la première fois que son épouse pénétrait dans sa chambre, et il n'aurait pu imaginer pour ce faire une raison plus décevante que celle-ci. Robert ne voulait pas qu'elle le voie ainsi, affalé sur ses oreillers comme un maudit invalide, tous ses sens émoussés par le mélange de brandy et de laudanum qu'il avait ingurgité. Mais pour l'instant, il n'avait pas la force de lui demander de partir. Elle était assise à son chevet, l'inquiétude barrant son joli front, les poings serrés sur les genoux. Au moins, elle ne lui tapotait pas la main, comme à un enfant malade.

— Le docteur a dit que c'était votre cœur et que vous aviez déjà fait ce genre de crise par le passé, murmura-t-elle d'un ton légèrement accusateur.

— Bah ! Le docteur ne comprend rien au mal qui me ronge, s'exclama-t-il sèchement.

Et il ne le comprendrait jamais. Si Robert lui avait

expliqué ses malheurs, il aurait sans doute recommandé qu'on l'enferme dans un asile au lieu de lui prescrire du repos et des médicaments.

— Pourquoi ne m'avez-vous pas parlé de vos problèmes ?

— Il me semble vous avoir répété à plusieurs reprises que je ne souhaitais pas recevoir d'invités au manoir, gronda-t-il.

Il était injuste de sa part de lui aboyer dessus de la sorte, quand il était en colère contre sa propre faiblesse. Il avait toujours su qu'elle finirait par découvrir par elle-même les effets de la malédiction, mais il n'aurait jamais imaginé tomber à ses pieds comme un vieillard impotent. Il n'avait plus eu de crise aussi violente depuis que Jack était revenu du front.

Apparemment, son ton la blessa, car elle fronça les sourcils.

— Mais vous ne m'avez jamais dit que vous étiez malade. Pourquoi ne pas m'avoir simplement expliqué que ce genre d'événement prélevait un si lourd tribut sur votre santé ? Je n'aurais jamais insisté pour que nous accueillions ce festival, si j'avais su.

— Je ne suis ni malade ni épuisé, rétorqua-t-il. Il n'y a absolument rien de stressant à participer à une partie de fer à cheval ou à faire le tour du parc.

Le festival n'était pas le problème, s'il devait se montrer honnête, même si parler avec Jack l'avait quelque peu perturbé. C'était le cri qui l'avait fait basculer. Il avait cru entendre une femme hurler, et cela lui avait rappelé la nuit où Beth était morte.

— Je suppose que vous allez encore blâmer la malédiction, marmonna-t-elle avec amertume.

Si ces attaques n'étaient pas le fruit d'une malédiction, alors il ignorait comment les qualifier.

— Je vous l'ai dit, les Gascoyne meurent jeunes, maugréa-t-il.

— Vous n'allez pas mourir, contra-t-elle avec détermination. Je ne le permettrai pas.

Son entêtement passionné lui fit plus de bien que tous les élixirs du monde, et il rit.

— Vous ne le permettrez pas ? Si vous avez le pouvoir de choisir le jour de mon trépas, j'aurai gagné bien plus en vous épousant que je ne l'avais imaginé.

— Je ne vous laisserai pas mourir pour quelque chose d'aussi ridicule que de la malchance, s'agaça-t-elle. Et je promets de ne plus insister pour que nous recevions des invités au manoir...

— Parce que vous craignez que je m'évanouisse comme une jouvencelle et nous fasse honte à tous deux, comprit-il.

N'était-ce pas exactement ce que *lui* avait craint ? Et ses peurs avaient fini par se concrétiser.

— Ce n'est pas du tout ce que je crains, s'exclama-t-elle. Vous n'avez fait honte à personne, aujourd'hui. Mais vous m'avez fait peur, parce que j'ignorais tout de votre condition.

— Vous n'avez aucune raison de vous alarmer, répliqua-t-il.

Robert avait bien assez peur pour eux deux. Comme à chaque fois, son cœur s'était emballé, il avait éprouvé des difficultés à respirer et une terreur irrationnelle, née de la certitude qu'il allait mourir là, sur sa pelouse au pied du tendelet.

— Je vais bien, à présent, ajouta-t-il.

Mais c'était un autre mensonge. Comme à chaque fois, il était terrifié à l'idée que cet affreux et incontrôlable sentiment revienne l'emporter sans crier gare. Et la prochaine fois, il n'y aurait peut-être aucun moyen de l'arrêter. Peut-être mourrait-il juste devant elle, en agrippant son cœur de panique, sans que ni lui ni personne ne puisse rien y faire.

Emma lui lança un regard incrédule.

Il reposa son verre de brandy sur la table de chevet et tenta d'apaiser ses craintes.

— J'irai mieux dès que les effets du laudanum se seront estompés.

— Hmm, marmonna-t-elle. D'ici là, vous avez besoin de repos.

Et cette fois, elle lui tapota la main comme s'il n'était plus qu'un trousse-pet pleurnichard.

— Je suis désolée de vous avoir infligé tout cela. Je vous promets d'être plus prudente, à l'avenir.

Il ôta sa main de la sienne avec colère.

— Combien de fois devrai-je vous répéter de cesser de vous tancer pour des maux qui ne sont pas de votre fait ?

— Vous ne vouliez pas de ce festival, lui rappela-t-elle.

— Et j'avais tort. Tout le monde s'est amusé, et la journée s'est avérée une franche réussite, contra-t-il.

Du moins, elle l'avait été jusqu'à ce qu'il s'effondre devant les derniers visiteurs et soit transporté à l'intérieur tel un vieillard en fin de vie. Mais seule sa fierté avait été blessée. Et dépit de cette sensation tenace d'être condamné, Robert savait qu'il survivrait probablement à cette crise comme aux précédentes.

— Mon avis sur les réceptions au manoir demeure inchangé, dit-il fermement. Toutefois, je ne regrette pas votre implication dans ce festival. Vous avez fait ce qui était juste.

Un sourire étira lentement les lèvres de son épouse, qui parut se détendre légèrement quand elle reprit :

— Il est vrai que tout s'est bien déroulé.

Robert acquiesça, mais sa tête se mit à tourner. Le laudanum commençait à faire effet.

— Nous pourrons en discuter demain, déclara-t-elle en se levant. Pour l'instant, vous avez besoin de repos.

— Je n'ai pas besoin de repos, marmonna-t-il.

Il tapota le lit à ses côtés et sourit en guise d'invitation.

— C'est hors de question, le gronda-t-elle en s'éloignant, les sourcils froncés. Je ne vais certainement pas me joindre à vous maintenant. Vous pourriez blâmer l'opium pour ce qui se produirait entre nous. Dormez. Nous parlerons demain. Je suis persuadée que vous ne voudrez plus de moi, au petit matin.

— Demain, répéta-t-il tandis qu'elle quittait la pièce et refermait la porte derrière elle.

Elle se trompait, bien évidemment. Il voudrait toujours autant d'elle. Mais il aurait suffisamment retrouvé ses esprits pour ne pas risquer d'agir sur un coup de tête.

14

La journée du festival avait été l'une des plus étranges de sa vie. Emma ne pouvait s'empêcher d'éprouver une joie intense et une certaine fierté chaque fois qu'elle se remémorait les visages ravis des villageois, mais ses sentiments étaient à présent teintés d'une légère culpabilité, car cette réussite avait coûté affreusement cher à son époux. Évidemment, tout cela ne serait jamais arrivé si Robert l'avait simplement prévenue qu'il subissait occasionnellement ce genre d'épisodes, et ce, depuis son enfance, comme le lui avait expliqué son médecin.

Il avait insisté sur le fait que le cœur de Robert n'était pas malade. Mais alors, de quoi pouvait-il bien souffrir ? Après sa course paniquée, il avait agrippé sa poitrine, comme s'il craignait qu'elle explose. Avait-il couru trop vite ? Sa partie de fer à cheval l'avait-elle stressé au point de le pousser au malaise ?

Robert prétendait peut-être qu'une malédiction le forçait à garder ses distances avec ses voisins, mais à présent Emma connaissait la vérité. Elle allait devoir prendre davantage soin de lui et faire en sorte qu'il évite de se surmener de façon inutile. Autant commencer tout de suite : elle s'assurerait qu'il demeure au lit toute la journée. Avec suffisamment de repos, il ne tarderait pas à se remettre complètement. Le médecin avait prescrit beaucoup de sommeil et des repas constitués de bouillon et de toasts au lait. Robert ne devait pas consommer d'aliments qui décuplaient les risques d'emballement du cœur. Mais quand Emma monta le voir dans sa chambre, la pièce était vide et sur le matelas gisait un plateau sur lequel traînaient les restes d'un petit déjeuner copieux, visiblement composé de plats interdits. Son valet l'informa que le maître de maison était sorti tôt dans la matinée pour faire une promenade à cheval et qu'il était probablement rentré depuis. D'après lui, elle le trouverait sûrement à son bureau. Emma suivit son conseil, mais ne vit aucun signe qu'il était passé par là.

Son absence l'effraya. Peut-être avait-il chevauché plus loin qu'il n'était sage ? Et s'il avait eu une nouvelle attaque ? Sur un domaine aussi vaste, combien de temps faudrait-il pour qu'on le retrouve ? Et s'ils arrivaient trop tard pour lui venir en aide ?

Ce fut alors qu'elle perçut un bruit étrange provenant de la salle de bal, au bout du couloir.

Paf ! Paf. Ploc. Paf ! Paf. Ploc.

Sonore et rythmé, il se répétait encore et encore, à une cadence qui, bizarrement, apaisa ses nerfs en pelote. Quand Emma gagna la pièce pour mener l'enquête, elle y trouva son mari en bras de chemise, une raquette à la main, en train de jouer au tennis contre la fresque de la salle de bal.

Elle le vit lancer la balle dans les airs pour servir, puis la propulser contre le mur.

Paf !

Le projectile heurta le mur.

Paf.

Puis revint vers lui et frappa le sol.

Ploc.

— Oh ! Seigneur. Cessez immédiatement ! s'exclama Emma en portant une main à sa bouche, horrifiée.

Robert saisit la balle au vol avec aisance de sa main gauche, puis se tourna vers elle avec un sourire.

— Craignez-vous que je m'effondre à nouveau ?

Il écarta largement les bras avant d'ajouter :

— Comme vous pouvez le constater, je suis en pleine forme.

Il paraissait effectivement en pleine forme, même après cet exercice épuisant, mais cela ne changeait rien au fait qu'il avait semblé à l'article de la mort à peine un jour plus tôt.

— Vous avez peut-être *l'air* d'aller bien, concéda-t-elle, mais vous avez dit vous-même qu'il était préférable de ne pas tenter le diable.

Il rit.

— Ainsi, les péripéties d'hier vous ont enfin ouvert les yeux ?

— Je ne parlais pas de votre malédiction, contra-t-elle.

Il haussa les épaules.

— Ah non ? Car, pour être franc, je ne puis imaginer preuve plus flagrante de son existence que ce à quoi vous avez assisté hier.

Il servit à nouveau, et la balle s'écrasa contre la fresque suffisamment fort pour expulser une poignée de plâtre qui recouvrit le sol de la salle de bal.

— Je suis fort comme un bœuf dans l'intimité, mais je me transforme en chaton frêle chaque fois que je me retrouve en public.

— C'est pour cette raison que vous avez interdit les réceptions au manoir, comprit-elle.

Il opina du chef.

— Dans le calme et la solitude, j'arrive à étouffer le problème et à arrêter les crises. Mais en société... je ne saurais prédire ce qui pourrait se produire.

— Peut-être que si vous vous limitiez à des rassemblements moins éprouvants...

Il secoua la tête.

— Vous ne saisissez toujours pas. Le problème ne vient pas de ma force physique. Son origine est... autre.

Il se tapota le front.

— Vous pensez que c'est... mental ?

— La malédiction des Gascoyne, répondit-il avec un hochement de tête. Quand je suis confronté à un problème que je ne peux résoudre ou lorsqu'un danger menace autrui sans que je puisse lui porter assistance, une terreur insurmontable s'empare de moi, avec tant de violence qu'elle affole mon cœur et me coupe le souffle.

— Et pourtant, hier, quand vous avez cru à un danger, vous avez couru au-devant de lui. Vous n'avez pas fui, lui rappela-t-elle. Vous n'avez pas non plus hésité à venir en aide aux villageois pour tenter de sauver le presbytère des flammes. Si cette malédiction vous effraye tant, pourquoi prendre pareils risques ? l'interrogea-t-elle, perplexe. Éteindre un incendie est dangereux en soi, même pour quelqu'un qui n'est pas sujet à ce genre d'épisodes.

— Vous me demandez pourquoi je viens en aide aux gens dans le besoin ? s'étonna-t-il. Eh bien, parce que, contrairement à ce que vous pensez certainement de moi, je ne suis pas un lâche. Lorsque mes actions ou décisions entraînent un accident ou un malheur, je suis prêt à en assumer toutes les conséquences. Je ne puis supporter de regarder les autres souffrir sans rien faire. Si quelque chose peut être tenté pour arranger la situation, je me dois de prendre tous les risques nécessaires.

— Tous les problèmes de la région ne sont pas de votre fait, répliqua-t-elle en secouant la tête. Et même si c'était le cas, vous ne pourriez jamais tous les résoudre.

— Mais je me dois d'essayer, répondit-il, davantage pour lui-même. Pouvez-vous imaginer, Emma ? Vous trouver figée de terreur pendant un désastre, votre propre faiblesse distrayant le docteur quand quelqu'un d'autre requiert son attention bien plus urgemment ? Vous entendre dire après coup que personne n'aurait rien pu faire ? Ce terrible, terrible sentiment... *d'impuissance* face à la détresse... Je ne puis concevoir plus cruelle malédiction infligée à un homme.

Il était en train de parler de la mort de sa femme et de son enfant. Tandis qu'elle l'observait, Emma vit la main de Robert qui tenait la raquette se mettre à trembler, sa respiration se transformer en halètement à mesure que le souvenir le submergeait... le noyait.

Il secoua la tête, comme pour chasser ces idées noires de son esprit.

Robert se reprochait le décès de sa compagne et de leur bébé... Voilà qui expliquait son besoin irrationnel de protéger sa nouvelle épouse, ainsi que sa crainte de laisser une intimité s'installer.

— Il est des choses dans une vie que nul ne peut contrôler, lui rappela-t-elle.

— C'est pour cette raison que j'évite tout le monde, rétorqua-t-il en luttant pour ralentir sa respiration. Si je suis incapable d'empêcher un malheur d'arriver, alors je préfère encore ne pas le voir.

Si la simple pensée de se retrouver impuissant face à une situation suffisait à déclencher chez lui un nouvel épisode de panique, Emma devait trouver une distraction. Elle aperçut la balle dans sa main.

— Hmm… Tout cela n'explique en rien votre étrange habitude de jouer au tennis dans la salle de bal, lança-t-elle d'un ton exagérément contrit.

Surpris, il jeta un œil au projectile et à la fresque en ruines qui lui servait de défouloir, comme s'il n'avait jamais songé que son comportement puisse paraître bizarre à une personne extérieure. Emma constata avec plaisir que sa respiration avait retrouvé un rythme normal lorsqu'il lui répondit :

— Étant donné que l'espace était inutilisé, je me suis dit que je lui trouverais une nouvelle fonction.

— Je croyais que le manoir disposait d'un court de tennis ? fit-elle remarquer en haussant un sourcil.

— Sans partenaire, je ne voyais guère l'intérêt de m'y rendre.

Emma eut un sourire en coin.

— Bien, au moins, je sais désormais ce qui est arrivé à cette fresque. Ma mère sera consternée.

— Vous n'êtes pas obligée de lui en parler, contra-t-il avec un sourire.

Emma cala ses poings sur ses hanches.

— Peu importe que cette salle n'accueille plus jamais d'invités ou que personne ne sache ce que vous en faites ! En tant que dame de la maison, je me dois d'insister pour que vous cessiez de la maltraiter !

Elle déglutit. Emma avait oublié qu'elle n'était pas censée lui donner d'ordres dans sa propre demeure mais, puisqu'il n'appréciait pas de la voir s'excuser à tout bout de champ sans véritable raison, elle tint sa langue et attendit sa réaction.

Comme pour lui rappeler qu'il était toujours le propriétaire, il servit à nouveau et déclara :

— Une dernière partie ne causera pas beaucoup plus de dégâts. Il y a une seconde raquette, si vous désirez vous joindre à moi.

— Je n'ai jamais joué au tennis, répondit-elle avec un regard légèrement envieux en direction de sa raquette.

Robert s'approcha et la glissa dans sa main.

— Tenez. Laissez-moi vous montrer.

Il lui enseigna ensuite comment servir simplement et frapper correctement, faisant rebondir la balle contre le mur, qui revint atterrir à ses pieds.

— Allez-y, essayez. Visez donc l'œil de ce chérubin, à gauche.

Elle n'oserait jamais, songea Emma. Pourtant, cette activité avait l'air des plus divertissante… Et de toute évidence, le tennis avait la capacité de faire oublier ses problèmes à son mari. En lui obéissant, elle l'aiderait à se sentir mieux. Emma récupéra la balle et servit comme il le lui avait montré, heurtant la fresque à quelques pouces de l'œil du chérubin qu'elle visait.

Robert frappa à son tour, en utilisant sa paume, renvoyant la balle contre le mur. Puis il s'écarta pour laisser son épouse prendre le relais.

Emma éclata de rire lorsque sa raquette entra en contact avec la balle. Puis elle se tourna vers lui et sourit, stupéfaite.

— J'ai réussi.

— Sans surprise.

Il paraissait aussi ravi qu'elle l'était.

— Vous êtes le genre de personne à qui le sport vient naturellement. Cela a-t-il toujours été le cas ?

— Je l'ignore, reconnut-elle en fronçant les sourcils. On s'est contenté de me dire que ces activités n'étaient pas dignes d'une dame. Je ne les ai donc jamais essayées.

— J'imagine que ce « on » désigne votre mère ? demanda-t-il avec un hochement de tête entendu.

Qui d'autre ? songea Emma.

— Les autres étaient d'accord avec elle, répondit-elle malgré tout en repensant à toutes ces dames pondérées du concert des Weatherby.

— Je vous l'ai déjà dit : vous devez apprendre à vous affranchir de l'avis de ceux qui tentent de vous diminuer, de masquer votre vraie valeur, dit-il en ramassant la seconde raquette pour un nouveau service.

Sans même y réfléchir, Emma frappa la balle au retour, et la partie commença.

Une heure plus tard, elle émergea, revigorée, de la salle de bal. La fresque avait perdu de nouvelles poignées de plâtre, mais elle ne pouvait nier avoir pris un plaisir coupable à la détruire. À en juger par ce qu'il en restait, le tableau était probablement hideux depuis sa création et n'allait certainement pas s'embellir avec le temps.

Par ailleurs, son époux et elle avaient trouvé un jeu à partager et, pour le plus grand plaisir d'Emma, c'était une activité à laquelle elle excellait. Robert ne l'avait pas réprimandée pour ses petites erreurs et maladresses et, si elle s'était inquiétée, au début, de le voir subir une nouvelle crise, elle avait pu constater que, bien que la compétition gagne en vigueur, son époux n'avait montré aucun signe de faiblesse ou d'essoufflement. Il lui avait même assuré que, s'il avait disposé de suffisamment de temps, il aurait pu continuer ainsi pendant des heures sans problème. Cerise sur le gâteau, en voyant combien son épouse semblait prendre plaisir à jouer, Robert avait promis qu'ils disputeraient leurs prochaines parties sur le terrain de tennis, comme il se devait. Emma était heureuse ; elle espérait vivre d'autres matinées comme celle-ci en compagnie de son mari, simples et agréables, sans avoir à craindre de faire quelque chose qui le pousserait à l'ignorer à nouveau.

Tandis qu'elle longeait un couloir, le majordome l'interrompit avec une annonce :

— Milady, Mrs Harris vous attend dans le salon de compagnie.

Et, avec ces quelques mots, Emma sentit sa confiance et son bien-être éclater comme une bulle de savon. La dernière chose dont elle avait besoin était d'une nouvelle visite de sa mère qui critiquerait son comportement et la questionnerait sur la santé de Robert. Mais si la matrone était déjà là, il était trop tard pour éviter une rencontre. Elle espéra que son époux s'était retiré dans ses appartements et qu'elle n'aurait pas à lui relater la conversation qui ne manquerait pas d'avoir lieu.

Emma rejoignit donc Mrs Harris dans le salon de compagnie. Cette dernière se leva à son arrivée, lui prit les mains et l'admira avec un hochement de tête approbateur.

— Je suis soulagée de constater que vous avez survécu à votre première tentative d'héberger un événement.

— Merci, mère, dit Emma, peu convaincue qu'il s'agissait

là d'une réponse appropriée étant donné que le commentaire de Mrs Harris n'avait pas grand-chose d'un compliment. Doutiez-vous réellement que j'en sois capable ?

— Eh bien, vous savez comment vous êtes, critiqua la matrone avec un geste vaguement dédaigneux. J'ai été heureuse d'apprendre que presque aucun incident n'était survenu.

Elle s'interrompit, puis examina Emma d'un air soupçonneux.

— Votre époux se sent-il mieux, ma chère ?

— Beaucoup mieux, merci, s'empressa-t-elle de répondre.

— J'espère qu'il n'avait pas abusé du cidre ? La boisson qu'ils servaient n'était pas très forte, mais parfois cela peut nous prendre par surprise.

— Cela n'avait rien à voir, la rassura aussitôt Emma. Ce n'était qu'un simple coup de chaud. Rien d'inquiétant.

— Oh ! bien. C'est donc la réponse que je ferai à tous ceux qui me poseront la question, reprit la matrone.

Emma sentit son cœur tomber dans sa poitrine. Elle n'avait pas imaginé que les commérages se répandraient aussi vite.

— Mais cela ne les concerne pas, rétorqua-t-elle en se mordant le bout du pouce.

— Ôtez immédiatement ce doigt de votre bouche, Emmaline, aboya sa mère comme par automatisme. Et n'allez pas croire que vous pourrez empêcher la noblesse de mettre son nez dans vos affaires. Votre époux est devenu la cible de ragots de tous genres en se terrant chez lui et en jouant les hommes mystères. Je doute que sortir en société empire les choses.

Elle adressa un nouveau regard appuyé à sa fille.

— Vous sortez en société, n'est-ce pas ?

— Évidemment, mentit Emma, consciente que c'était la réponse qu'attendait sa mère.

— Merveilleux ! s'exclama cette dernière. Quelle est la prochaine invitation que vous avez acceptée ?

Le problème, avec le mensonge, c'est qu'il a toujours tendance à en entraîner un autre. Puis un autre. Emma se retrouvait à présent contrainte d'en inventer un deuxième pour couvrir le premier. Elle s'efforça de se rappeler les invitations qui étaient arrivées par le courrier du matin.

— Les Pritchett organisent un dîner, annonça-t-elle.

Ce qui était parfaitement vrai. Elle avait reçu leur invitation, mais n'y avait pas encore répondu, et déclarer que ce dîner existait n'était pas un mensonge.

— Un excellent choix, approuva la matrone avec un sourire. Nous nous y rendrons aussi. Nous vous verrons là-bas.

— Formidable, dit Emma en sentant ses genoux flancher.

Maintenant, elle allait devoir accepter ladite invitation ou reconnaître avoir menti.

— C'est une bonne chose, que vous sortiez, asséna sa mère avec un hochement de tête satisfait. Pour autant que je sache, vous n'avez pas envoyé la moindre invitation à dîner, ou pour un événement de plus grande ampleur, à qui que ce soit. Si vous ne laissez pas la société venir à vous, vous vous devez *a minima* de venir à elle.

— Nous avons accueilli la totalité du village tout juste hier ! répliqua Emma, exaspérée.

— Parce que je vous en ai fait la demande, rétorqua Mrs Harris.

— C'était une situation exceptionnelle. En règle générale, Robert n'aime guère recevoir.

Et maintenant qu'elle connaissait la raison de cette interdiction, Emma comprenait mieux son époux.

— Nous savions que cet homme était un reclus lorsque nous l'avons choisi pour vous, admit sa mère en reniflant avec mépris. Mais je ne m'attends pas à ce que son avis sur la question demeure inchangé une fois marié.

Mrs Harris lui adressa un sourire évasif.

— Avec le temps, vous apprendrez à le mener par le bout du nez afin qu'il se plie à votre volonté.

— J'en doute sincèrement, rétorqua Emma en fronçant les sourcils.

Sa mère éclata de rire.

— Ah, mais vous ne savez encore rien de la vie d'épouse, gloussa-t-elle.

Sur ce point, Emma ne pouvait lui donner tort.

— Robert refuse que nous organisions un événement au manoir, répéta-t-elle. Et je vais vous montrer la salle de bal, qui était verrouillée lors de votre dernière visite. Vous constaterez par vous-même qu'il est parfaitement impossible d'y accueillir des invités.

Elle conduisit sa mère jusqu'à la pièce en question et lui désigna la fresque en miettes.

En découvrant l'endroit, Mrs Harris secoua la tête.

— Je m'attendais à ce que vous rencontriez des problèmes dans cette maison, mais c'est encore pire que ce que j'avais imaginé, grogna-t-elle en fixant d'un regard désapprobateur les morceaux de plâtre qui jonchaient le sol et les chérubins écaillés.

Puis elle se baissa et ramassa une balle de tennis.

— Ne me dites pas que vous avez participé à un jeu pour enfants dans une salle de réception.

— Ce n'était pas moi, rétorqua Emma.

Techniquement, ce n'était pas un jeu pour enfants, mais cette demi-vérité suffit à lui brûler les joues d'embarras.

— Votre époux, dans ce cas, comprit la matrone en poussant un soupir dramatique avant de désigner la peinture du doigt. Vous ne pourrez pas arranger cela. Cette fresque est trop abîmée pour être restaurée. Pourquoi a-t-il fait une chose pareille ?

— Il semblait trouver cela plus commode que d'utiliser le court, répondit Emma.

— Dans ce cas, c'est une chance qu'il vous ait épousée, déclara Mrs Harris d'un ton définitif. Vous devez absolument mettre un terme à ces sottises.

Elle l'avait déjà fait. Mais Emma était-elle réellement obligée de s'expliquer devant elle, sous son propre toit ? Hélas, cet éclair de rébellion mourut aussi vite qu'il était apparu quand elle découvrit la moue contrariée de Mrs Harris.

— Bien sûr, mère, s'empressa-t-elle alors de répondre en sentant la chaleur de ses joues se répandre dans tout son visage.

La matrone la récompensa d'un hochement de tête satisfait.

— Les hommes sont tels des jardins, ma chère. Livrés à eux-mêmes, ils cèdent à tous les excès. Leurs vilaines habitudes s'enracinent comme autant de mauvaises herbes jusqu'à ce qu'ils ne soient plus présentables. Ils détestent l'admettre, mais ils ont besoin qu'une main, douce mais ferme, les dégrossisse de temps à autre pour leur permettre d'atteindre leur plein potentiel.

— Je ne songe pas à Robert en ces termes, rétorqua Emma en s'efforçant de réaffirmer son autorité.

— Songez ce que vous voulez, ma chère, mais il n'est pas acceptable de jouer au tennis dans une salle de bal et il n'est pas normal de fermer sa demeure au monde extérieur ni de défaillir en plein milieu d'un événement public, autorisant toutes sortes de rumeurs à circuler.

Sa mère faisait preuve d'une terrible impolitesse. Mais Emma n'avait-elle pas nourri le même genre de pensées ?

— Et qu'escomptez-vous que je fasse ? finit-elle par s'exclamer, consciente que Mrs Harris le lui dirait, qu'elle le souhaite ou non.

— La décision vous revient, ma chère, répondit la matrone avec un soupir laissant entendre qu'Emma n'aurait guère le choix. Évidemment, je sais ce que, *moi*, je ferais dans de telles circonstances. Tout d'abord, j'ordonnerais le plâtrage de cette horrible fresque. Ensuite, j'informerais mon époux qu'il est impératif d'organiser un bal et d'inviter tous les voisins.

Mrs Harris plaqua ses paumes l'une contre l'autre, visiblement ravie de son propre plan.

— Il devrait également inviter son frère. Qu'il en ait conscience ou non, leur désunion est un sujet de discussion récurrent au village qui jette l'opprobre sur toute sa famille.

Était-il donc impossible de faire quoi que ce soit dans ce manoir sans susciter un torrent de ragots ? se demanda amèrement Emma. Quand elle était célibataire, elle avait suffisamment souffert des critiques de Mrs Harris chaque fois qu'elle avait fait le moindre faux pas en société. Et voilà qu'on attendait d'elle qu'elle protège également la réputation de son époux ?

— Mère, reprit-elle, Robert s'est montré très clair : nous n'organiserons pas de bal ici. Et s'il a rompu tout lien avec son frère, je n'ai aucun moyen de résoudre un problème qui subsiste depuis des années et auquel je n'ai pas pris part.

— Vous ne saurez jamais tout ce que vous pouvez accomplir tant que vous n'aurez pas essayé, rétorqua fermement la matrone. Il n'y a pas si longtemps, je désespérais encore de vous fixer, mais regardez la situation que je suis parvenue à vous dénicher !

— Merci, mère, marmonna Emma, hébétée, en se demandant si un mariage sans amour était réellement le mieux qu'elle ait pu lui offrir.

— Mais tout ceci peut attendre que vous ayez participé au dîner chez les Pritchett et prouvé à la haute société que vous êtes tous deux capables de passer une soirée en compagnie de vos pairs sans déclencher un incident malencontreux.

— Bien sûr, mère, capitula Emma.

Comparé à un bal, un simple dîner ne devrait guère poser de problème. Quant à une réconciliation entre les deux frères, le mieux qu'Emma puisse espérer était que sa mère finirait par oublier cette idée folle et qu'elle ne déciderait pas de prendre elle-même les choses en main pour arranger la situation. Emma étant désormais mariée, sa loyauté irait toujours à son époux, quelles que soient ses relations avec son frère. Elle le soutiendrait, même s'il n'avait guère pris la peine de lui expliquer les raisons de leur désaccord, quand le comté tout entier semblait au courant.

Emma sourit pensivement. Si elle choisissait de s'en mêler, cela lui servirait peut-être de leçon !

15

Robert était assis dans son bureau. Cela faisait des années qu'il ne s'était pas senti aussi bien. Cette partie de tennis lui avait permis de prouver, à Emma comme à lui-même, qu'il s'était entièrement remis de l'épisode de la veille. Il avait oublié à quel point il était agréable de jouer avec quelqu'un plutôt que contre un mur.

Et, pour une débutante, Emma s'était révélée une adversaire douée. Avec un peu d'entraînement, elle ne tarderait pas à s'améliorer et pourrait même devenir un défi pour lui. Bien que sa propre fierté l'ait empêché d'acquiescer à sa remarque, il devait bien admettre qu'il serait plus pratique d'utiliser le court, à l'avenir. Aussi, comme Emma l'avait suggéré, il avait donné aux valets de pied l'instruction de rouvrir le terrain de tennis.

Mais le plus gratifiant, à ses yeux, avait été de voir sa femme s'épanouir et rayonner de son succès. Elle s'était inquiétée lorsqu'elle l'avait trouvé en train de s'exercer dans la salle de bal, mais moins d'une heure plus tard elle avait ri sans pudeur, insouciante, tandis qu'il propulsait la balle contre la fresque afin de la faire rebondir à ses pieds.

C'était cela qui l'avait le plus soulagé. Il refusait qu'Emma, plus que quiconque, le croie faible et vulnérable, même s'il venait de dévoiler cette déficience à la moitié du comté. Peut-être était-ce ainsi dans tous les couples, mais Robert éprouvait une vive surprise chaque fois qu'il réalisait combien l'opinion de son épouse en était venue à compter pour lui, si tôt après leur union.

Hélas, lorsqu'il leva la tête, il découvrit sa charmante femme debout dans l'encadrement de la porte, hésitante. Son assurance de la matinée s'était à nouveau volatilisée et, à en juger par son expression, elle s'apprêtait à lui présenter des excuses.

Robert lui fit signe d'entrer et attendit qu'elle lui explique la situation.

— Je... j'ai accepté une autre invitation. Chez Mr et Mrs Pritchett. Pour un dîner.

Les mots avaient bondi hors de sa bouche comme une bête sauvage. Elle s'interrompit et patienta, craignant visiblement une réaction négative de sa part.

À l'idée d'une nouvelle sortie, Robert sentit son sang quitter ses mains. Il les cacha derrière son bureau et les secoua pour chasser le froid qui commençait à lui engourdir les doigts.

— Et vous n'avez pas songé à me consulter avant de prendre cette décision ?

— Cela me donnera une autre chance de prouver que le problème avec la carafe de limonade n'était qu'un incident isolé, tenta-t-elle avec un regard optimiste.

— Je suis certain que tout cela est déjà oublié, contra-t-il. Vous avez été parfaite, hier.

Contrairement à lui.

— Quand bien même, nous ne pouvons rester éternellement cloîtrés chez nous, coupés du monde. Cela fait naître des rumeurs.

— Et, d'après vous, quelles rumeurs circuleront si je fais un malaise et m'effondre au beau milieu du salon de nos invités ? répliqua-t-il.

— Craignez-vous tant que cela ce qu'ils penseront de votre santé ? demanda-t-elle, son regard franc et direct. Ou avez-vous peur d'avoir une nouvelle crise ?

— Je n'ai pas peur d'avoir une nouvelle crise, riposta-t-il.

Ce n'était pas complètement un mensonge. Il était *terrifié* à l'idée d'avoir une nouvelle crise. Le souvenir de la veille était encore frais dans son esprit : l'affreuse sensation de compression dans sa poitrine et cette terrassante certitude qu'il allait mourir d'une seconde à l'autre. Il pouvait sentir ses poumons se raidir à la simple pensée de passer une nouvelle soirée en compagnie d'étrangers, si tôt après son dernier épisode.

— Non, bien sûr, répondit-elle sans masquer son incrédulité. Mais, dans le cas où vous craindriez un grand rassemblement, j'ai choisi un dîner intime, où rien de véritablement intéressant ne se produira. Vous ne devriez pas avoir de mal à vaincre la malédiction, cette fois encore. Pour ma part, si rien de plus gênant qu'une carafe de limonade ne m'atterrit dessus, je pense pouvoir survivre à l'épreuve.

— Il est vrai que le concert chez les Weatherby avait été plutôt paisible, reconnut-il.

Mais il ne parvenait pas à se défaire de son intuition. Un désastre allait se produire, c'était certain.

Il y eut un nouveau silence, comme si son épouse choisissait soigneusement ses prochains mots.

— Par ailleurs, la dernière image que les gens ont eue de vous est celle de votre moment difficile, au festival. Sans doute serait-il plus sage de paraître en public et de leur montrer que ce n'était que passager et que vous vous portez comme un charme.

S'il s'était inquiété de ce que les autres disaient de lui, Robert aurait probablement été d'accord avec elle. Mais il ne s'en souciait plus depuis des années. Hélas, ce n'était pas le cas d'Emma. Sa mère avait fait en sorte que l'opinion de la haute société devienne une véritable obsession à ses yeux. Son épouse n'avait pas l'air de souhaiter cette sortie plus que lui, mais elle s'était déjà engagée et paraissait résignée à la mener à bien.

Il soupira.

— Très bien. Nous irons à ce dîner. Mais ne soyez pas surprise si la situation dégénère.

Emma se prépara pour le dîner chez les Pritchett avec autant de soin que pour le concert des Weatherby, débattant de chaque détail de sa toilette avec sa femme de chambre et s'entraînant à proposer des sujets de discussion adaptés afin d'être certaine de ne jamais se retrouver muette en présence de ses voisins de table. Elle ne pouvait pas forcer les autres ladies de la haute société à la considérer comme leur égale, mais cette fois elle ferait en sorte de n'être à l'origine d'aucun incident ni de devenir la cible de nouveaux commérages sur sa maladresse. Ses manières seraient exemplaires et son comportement sans défaut.

Elle aurait tant souhaité que Robert éprouve la même assurance qu'elle. Il avait toujours tendance à imaginer le pire, mais elle s'efforça de se rappeler qu'il l'avait assurée ne pas craindre de nouvelle crise. Et si la tranquillité d'esprit de son mari dépendait de la quiétude de la soirée, alors

Emma était prête à tous les sacrifices pour ne pas causer de problème susceptible de l'affoler.

Le soir du dîner, ils se présentèrent à la demeure de Mr James Pritchett, un gentilhomme dont l'épouse était célèbre pour ses somptueuses réceptions. D'après sa mère, ils disposaient d'une ancienne fortune, d'une excellente réputation et d'une cuisinière de talent.

Mrs Pritchett les accueillit chaleureusement, mais cela n'avait rien de surprenant. Si Mr et Mrs Harris figuraient sur la liste de ses invités, cela signifiait que leur hôtesse ne tenait pas les bourgeois en mésestime. Elle n'avait donc aucune raison de se montrer désagréable avec leur fille. Cette fois, ce fut Robert qui dut subir la curiosité des autres participants, lesquels l'observaient comme s'ils s'attendaient à ce qu'il s'évanouisse à tout moment. Pour contrer cela, l'époux d'Emma fit mine de ne rien remarquer et circula dans la pièce de réception aussi serein et flegmatique qu'elle aurait souhaité l'être. Il perçut le regard de sa compagne, se tourna vers elle et lui adressa un sourire d'encouragement à travers la salle avant de se diriger vers elle. Puis il lui prit la main et l'escorta à table.

Si la nourriture était aussi délicieuse que l'avait promis Mrs Harris, Emma se rendit rapidement compte qu'elle avait perdu son temps à imaginer des sujets de discussion. Ses voisins de table étaient formidablement insipides, si bien qu'elle n'eut guère besoin de faire d'efforts pour se distinguer. Son rôle consistait à écouter poliment les deux gentilshommes assis à ses côtés et à acquiescer à tous leurs dires.

Ce soir-là, l'homme à sa droite était Lord Fairfax, un noble âgé doté d'un appétit vorace et d'une très haute opinion de lui-même. Pour le satisfaire, Emma n'avait qu'à hocher la tête pendant qu'il commentait le menu ou dissertait sur les affaires du monde.

Aussi s'étonna-t-elle quand, au beau milieu du repas, Lord Fairfax interrompit cette conversation à sens unique en plein milieu de sa phrase.

Au début, Emma se demanda si elle avait manqué une partie de son discours requérant une véritable réponse mais, lorsqu'elle se tourna vers lui, elle constata qu'il paraissait tout aussi surpris qu'elle de son propre silence. Sa bouche était ouverte, et ses lèvres s'agitaient comme pour former un mot, mais sans émettre le moindre son. Puis, lentement, elle vit la peau pâle de son visage virer au rouge, de son col jusqu'à la racine de ses cheveux, puis au violet quand l'air sembla ne plus parvenir à ses poumons.

— Lord Fairfax ? l'interrogea Emma d'un ton hésitant quand il porta la main à sa cravate pour tenter d'en desserrer le nœud.

Oh ! Seigneur. Le vieil homme était en train de s'étouffer avec son steak.

Emma jeta un vif coup d'œil autour d'elle, se demandant qui, parmi tous ces invités, pourrait se montrer le plus utile dans cette situation. Son époux se trouvait à l'extrémité opposée de la table, hors d'atteinte. La lady à droite de Fairfax n'avait pas remarqué son silence soudain, et le gentilhomme à la gauche d'Emma était absorbé par sa conversation avec son autre voisine. Mais Emma avait conscience du problème. Il devait bien y avoir quelque chose qu'elle puisse faire.

Elle bondit sur ses pieds si promptement que sa chaise bascula et tomba sur le sol avec fracas. Autour d'elle, des exclamations alarmées retentirent, ainsi qu'un gémissement choqué de la part de l'hôtesse. Mais Emma les ignora et saisit l'épaule de Fairfax qui avait commencé à s'affaisser vers l'avant. Elle lui envoya une colossale claque dans le dos, habilement placée entre les deux omoplates, dans l'espoir de déloger ce qui lui obstruait la gorge.

Sans résultat. Peut-être n'y était-elle pas allée assez fort. Elle le frappa à nouveau, avec assez de vigueur pour faire partir une vache au galop. Mais l'homme s'étouffait toujours et semblait de plus en plus faible.

Mue par le désespoir, la jeune femme passa les mains sous les bras de Lord Fairfax, le ceintura et le tira hors de sa chaise, le traînant en arrière pour tenter de le secouer. La pression des bras d'Emma sur son thorax sembla activer quelque chose, car elle entendit soudain un souffle puissant et le morceau de viande qu'il mâchait s'envola à travers la table pour aller renverser le verre de vin de Robert.

Le silence retomba sur l'assemblée, ponctué seulement par le bruit émis par Lord Fairfax qui s'empressait de prendre de longues goulées d'air, et qui retrouvait peu à peu des couleurs. Puis, tout d'un coup, la pièce sembla reprendre vie, et tout le monde se mit à parler en même temps. À l'autre bout de la table, Emma entendit le cri horrifié de sa propre mère et elle s'efforça de ne pas songer à la conversation qu'elles auraient le lendemain. Ses genoux se mirent à trembler, le choc de ce qu'il venait de se produire la rattrapant progressivement, et elle se laissa choir sur son siège. Du moins en eut-elle l'intention. Mais la chaise qu'elle visait gisait à terre, renversée, et Emma poursuivit sa chute jusqu'au sol où son derrière entra en collision avec le plancher dans un bruit sourd, tandis que le chaos régnait au-dessus d'elle.

Son épouse continuait de l'ébaubir. N'importe quelle autre femme, confrontée à la vision d'un homme en train de mourir d'étouffement, se serait sans doute figée sur place. Pire, elle aurait pu défaillir ou paniquer et gêner les secours, engendrant davantage de confusion. Au lieu de cela, Emma avait pris les choses en main et sauvé la vie d'un homme. Robert n'avait même pas eu le temps de se rendre compte de l'existence du problème qu'Emma l'avait déjà réglé.

Mieux encore, il n'avait pas aggravé la situation en succombant à une nouvelle crise. L'incident s'était terminé si vite qu'il n'avait pas eu le temps de réagir, se contentant d'être un spectateur passif pendant que sa femme portait secours à son voisin de table.

Ils étaient à présent dans la voiture, sur le chemin du retour, et, à en juger par son attitude, Emma n'était pas aussi impressionnée par ses propres performances que lui.

— Je crois que nous allons devoir établir une nouvelle définition d'une « sortie réussie », dit-il en s'efforçant de contenir son sourire, car il ne devait pas oublier qu'un homme avait failli mourir.

Mais Robert ne pouvait s'empêcher d'éprouver une incontrôlable bouffée de fierté chaque fois qu'il repensait à la bravoure d'Emma.

— Cette soirée a été un désastre, gémit-elle en plongeant son visage au creux de ses paumes.

— Personne n'est mort, lui rappela Robert. Et tout le monde a déclaré que vous aviez eu un comportement héroïque en sauvant Fairfax. Vous avez fait preuve d'un remarquable sang-froid en lui portant secours. De nombreux autres gentilshommes m'ont fait part de leur éblouissement.

— Ils vous ont peut-être parlé de moi en bien, mais les dames ne m'ont pas dit un mot, à part : « À votre place, je n'aurais jamais pu faire une chose pareille », répondit-elle en tressaillant.

— C'est uniquement parce qu'elles s'imaginent incapables d'accomplir quoi que ce soit d'utile, rétorqua-t-il avec humeur.

— Pour être franche, j'ignore ce que j'aurais pu faire d'autre, admit-elle.

— Vous auriez pu appeler à l'aide, observa-t-il.

— Mais cela aurait demandé du temps, et Fairfax n'en avait pas. Non, j'ai pris la bonne décision, déclara-t-elle, sans paraître se sentir mieux pour autant. Je regrette seulement que ce ne soit pas arrivé à quelqu'un d'autre. Je déteste me retrouver au centre de l'attention.

— Ce ne sera pas toujours le cas, lui rappela-t-il.

Mais sans doute était-ce un mensonge, songea-t-il. À cause de sa taille, Emma dominerait toujours les autres femmes. Et, hélas, sa propension à attirer les problèmes ne faisait qu'aggraver les choses.

— Ça ne coûte rien d'espérer, soupira-t-elle. Mais d'ici là, je crains de devoir continuer à présenter mes exc…

Avant qu'il puisse l'interrompre, elle se redressa et se corrigea toute seule.

— Non, pas d'excuses. Pas ce soir.

Il sourit. C'était la première fois qu'elle ne paraissait pas terrassée de honte par son propre comportement.

— Cette situation était embarrassante, reconnut-elle. Mais je refuse de m'excuser parce que Lord Fairfax a mangé trop vite. Il l'a admis lui-même quand il est venu me remercier, après le dîner. Il a promis d'être plus prudent, à l'avenir.

— Ce serait sans doute plus sage, acquiesça Robert.

— Je suis certaine que notre prochaine sortie se déroulera sans incident, ajouta Emma d'un ton bien plus optimiste qu'une minute plus tôt.

— Je n'en doute pas, consentit-il, surpris.

Une petite part de lui avait cru qu'en acceptant cette deuxième sortie il serait enfin débarrassé de cette obligation mais, maintenant qu'ils s'étaient présentés en société deux fois sans qu'il soit victime d'une nouvelle attaque, pourquoi ne pas envisager une troisième sortie, ou même plus ? Après tout, il était marié désormais. La vie d'époux exigeait d'entretenir un certain degré de vie sociale, c'était inévitable. Emma poussa un long soupir de soulagement en l'entendant acquiescer et elle lui sourit à travers l'habitacle de la voiture.

En contemplant son visage radieux, Robert eut l'impression qu'un nouveau morceau de glace fondait dans sa poitrine, libérant un peu plus son cœur. Ils ne se trouvaient qu'à environ un mille du manoir, trop près pour tenter le diable, mais suffisamment loin pour profiter d'un instant d'intimité. Il tendit la main à sa jeune épouse.

Elle traversa la voiture et s'installa sur ses genoux pour l'embrasser.

Le lendemain matin, Emma s'éveilla avec un sourire. En dépit de l'incident survenu au dîner la veille, la soirée s'était mieux terminée qu'elle n'aurait osé l'espérer. Non seulement Robert avait consenti à de futures sorties, mais ils avaient passé le restant du trajet à mêler langoureux baisers et brûlantes caresses. Bien sûr, à leur arrivée, Robert l'avait envoyée se coucher seule, et cela l'avait attristée, mais elle n'avait ressenti qu'une douce mélancolie, au lieu de cette froide solitude de leurs premières nuits suivant le mariage.

Son humeur s'améliora encore lorsqu'elle descendit et reçut un flot ininterrompu de visites de la part des ladies qui n'avaient pas osé parler avec elle la veille, mais qui tenaient à connaître tous les détails de son audacieux sauvetage de Lord Fairfax.

Emma fit de son mieux pour leur narrer l'incident sans l'embellir, car toute cette histoire n'avait été, ni plus ni moins, qu'une réaction purement instinctive de sa part. Chacune de ses visiteuses l'écouta, les yeux écarquillés, et déclara qu'il s'agissait de la chose la plus intrépide au monde et qu'Emma était la femme la plus courageuse qu'elles aient jamais rencontrée.

Emma trouva cela terriblement embarrassant, mais d'une façon bien plus gratifiante que d'ordinaire. Elle s'était attendue à une visite de sa mère, venue rajouter une couche d'humiliation à la gêne qu'elle ressentait encore et de critique pour s'être fait remarquer, une fois de plus. Mais elle n'aurait jamais imaginé recevoir à la place un torrent d'éloges de la part des autres invitées. Ce qui surprit le plus Emma fut que ce qu'elle avait cru être un terrible faux pas en bonne société lui valut de nombreuses nouvelles invitations, comme si les hôtesses étaient impatientes de voir les prochains miracles qu'elle réaliserait.

Emma hésita, puis accepta. Même si son époux avait consenti hier soir à participer à de nouvelles sorties, il ne s'attendait sans doute pas à recommencer si tôt. La veille, il avait paru aussi impressionné que toutes ces ladies par sa capacité à affronter le problème. Peut-être lui ferait-il désormais suffisamment confiance pour prendre les choses en main, si une nouvelle catastrophe se produisait ?

Quand la marée de visiteurs cessa enfin et qu'Emma eut raccompagné la dernière dame à la porte, le majordome l'interrompit pour lui annoncer qu'une personne attendait encore de la voir.

— Évidemment.

C'était très certainement la visite de sa mère. Elle l'avait anticipée. Au moins, Emma pourrait lui assurer que cette soirée n'était pas considérée comme un désastre par la haute société, en fin de compte. À en juger par ces deux dernières heures, Emma était même devenue la coqueluche du comté.

Le majordome lui présenta une carte de visite sur un plateau d'argent et annonça :

— Mrs Jack Gascoyne.

— La belle-sœur de Robert ? s'étonna Emma avec prudence. Enfin… *notre* belle-sœur, je suppose.

Le domestique inclina la tête d'une fraction de pouce.

— Elle ne souhaitait pas interrompre vos autres visites et a préféré patienter. Je l'ai installée dans le salon vert.

C'était un excellent choix, si l'on cherchait à mettre en avant l'opulence du manoir Gascoyne. La pièce avait été nommée ainsi en raison de la couleur de la cheminée en marbre sculpté qui occupait presque la totalité d'un des murs. C'était également une salle idéale pour éviter de rencontrer le maître de maison, puisque le salon vert se situait à l'opposé de son bureau. Emma s'empressa de longer le couloir pour accueillir son invitée.

Le majordome annonça Emma, et la jeune femme se leva pour lui faire face, son expression quelque peu embarrassée.

— J'espère que vous ne m'en voudrez pas de me présenter ici sans invitation, Lady Gascoyne. Je suppose que c'est une chance que nous nous soyons croisées hier. Sans cette rencontre au festival, je crois que nos époux respectifs ne nous auraient même pas permis de nous voir. Ils ne se parlent plus, vous savez.

— Je ne l'ai appris que très récemment, répondit Emma avant de tendre le bras pour lui prendre la main. Mais quel que soit leur problème, j'estime qu'il ne devrait pas avoir d'incidence sur vous et moi. Je suis heureuse que vous soyez venue. Sachez que vous êtes ici chez vous. Et, je vous en prie, appelez-moi Emma.

— Dans ce cas, vous devez absolument m'appeler Lucy, renchérit la jeune femme avant de désigner la pièce d'un air émerveillé. Jack a grandi dans ce manoir, mais il ne m'avait jamais dit qu'il était si impressionnant.

Emma lui adressa un regard stupéfait.

— Vous n'étiez jamais venue ici ? Mais votre famille habite à peine à quelques milles !

— Nous n'avons jamais été invités, répondit Lucy avec un sourire triste. Son grand-père vivait aussi reclus que Sir Robert aujourd'hui, et ce devait être quelqu'un de particulièrement irritable. Jack n'a jamais osé nous faire entrer en douce dans le manoir. Pourtant, à l'époque, il était le garçon le plus téméraire que je connaisse.

— Et son grand-père vivait seul ici avec lui ? Il s'est occupé de son petit-fils sans aide ? l'interrogea Emma.

— Il y a eu toute une procession de gouvernantes et de précepteurs, mais aucun n'est resté longtemps. Quand il était encore en vie, leur père résidait à la capitale, se rembrunit Lucy. Il préférait vivre à proximité des tripots de

Londres. Même avant cela, il ne consacrait guère de temps à sa famille tant qu'il y avait une partie de cartes à disputer.

— Robert a mentionné son suicide, demanda prudemment Emma.

— D'après les informations que je suis parvenue à rassembler, cela s'est produit peu de temps après que leur grand-père est venu les chercher, expliqua-t-elle.

Ce qui amena Emma à lui poser la question qui lui brûlait les lèvres :

— Et quand ils étaient jeunes, votre mari a-t-il remarqué le moindre problème de santé chez son frère ?

Lucy hocha la tête d'un air compatissant.

— Nous avons appris ce qu'il lui était arrivé après que nous avons quitté le festival. Se sent-il mieux, depuis ?

— Bien mieux, merci, répondit Emma en jetant un regard nerveux en direction du couloir.

Même si Robert avait retrouvé la forme, elle craignait qu'il n'apprécie guère d'être leur sujet de conversation. Lucy observa la porte également.

— Lorsqu'ils vivaient encore avec leur père, j'ai cru comprendre qu'ils étaient souvent livrés à eux-mêmes dans leur chambre, sans même un domestique pour s'assurer qu'ils étaient bien nourris et soignés. Ce fut une période très difficile pour deux garçons de leur âge, mais plus encore pour Robert, qui était l'aîné et se sentait responsable de son jeune frère. L'angoisse qu'il ressentait en serait venue à l'affecter physiquement.

— C'est terrible, murmura Emma en imaginant ces deux petits garçons, abandonnés et affamés, Robert s'efforçant de trouver une solution.

— Mais ensuite, leur grand-père est venu les chercher, et tout a changé, soupira Lucy.

— Il les a séparés, se souvint Emma. Il a envoyé Robert à l'école et a fait en sorte qu'il soit formé pour prendre sa place plus tard.

— Ils étaient inséparables, enfants, mais aujourd'hui Jack a l'impression d'à peine le connaître.

Lucy se rembrunit à nouveau avant d'ajouter :

— Mon mari semble penser que votre époux peut être un homme assez difficile.

— Difficile, répéta Emma d'un ton songeur en mesurant le terme employé. Je crois que « complexe » serait un meilleur qualificatif.

« Déroutant », également, sous de nombreux aspects qu'Emma n'était pas encore prête à décrire à une femme qui demeurait une étrangère pour elle.

— Dans ce cas, je garde espoir que leur désunion ne soit qu'un fâcheux malentendu, ou une incompréhension du caractère de l'autre, déclara son invitée. Je suppose qu'il voit toujours Jack comme un enfant qui a besoin de sa protection.

— Robert m'a dit qu'il s'était beaucoup inquiété pour la vie du major Gascoyne, quand celui-ci était au front.

Et maintenant qu'elle savait ce qu'il se produisait quand Robert s'inquiétait pour les autres, elle n'avait aucun mal à imaginer combien cette période avait dû être difficile pour lui.

Lucy haussa les sourcils à ces propos.

— Il a essayé d'empêcher Jack d'y aller en menaçant de lui couper les vivres.

Emma secoua la tête songeusement. Elle voyait aisément

Robert tenter d'imposer sa loi à son frère devenu adulte avec ce genre d'ultimatum. Puis elle demanda :

— Votre époux vous a-t-il déjà parlé d'une malédiction familiale ou d'une malchance héréditaire ?

Lucy secoua la tête.

— Il lui arrive souvent de broyer du noir et de maudire la chance qui lui a valu de survivre à la guerre quand tant de ses camarades ont péri. Il s'en veut de ne pas avoir réussi à les protéger. Mais il n'a jamais mentionné de problèmes familiaux, si ce n'est qu'il trouve les Gascoyne déraisonnables et difficiles.

— Je vois. Ils se battent donc tous les deux contre leurs propres démons, marmonna Emma, réfléchissant à voix haute. Et ils se soucient du bien-être des autres avant de songer au leur. Je suppose que c'est pour cette raison qu'ils peinent à s'entendre. Ils sont un peu trop semblables.

— C'est possible, reconnut Lucy.

— Que diriez-vous d'unir nos forces pour tenter de les réconcilier ?

Son invitée tourna vers elle des yeux ronds comme des soucoupes.

— Je dirais qu'il nous faudrait un véritable miracle pour y parvenir. Toutefois... je pense que cela allégerait le cœur de mon époux de savoir qu'il a un frère vivant dans les environs et non un étranger.

— Ce serait certainement bénéfique à Robert aussi, renchérit Emma. Il est resté seul bien trop longtemps.

Des bruits de pas retentirent dans le couloir, et Robert apparut dans l'embrasure de la porte, une expression anormalement neutre plaquée sur son visage.

— J'ignorais que vous aviez encore des visites.

Était-ce un avertissement lui signalant qu'elle avait reçu trop de monde ce matin ? Si tel était le cas, Emma choisit d'en faire fi.

— La dernière, répondit Emma avec un sourire qu'elle espérait suffisamment innocent. Les membres de la famille sont toujours les bienvenus.

— Mrs Gascoyne, salua-t-il en s'inclinant d'une façon très protocolaire devant Lucy.

Avant qu'il ne puisse l'interroger sur sa présence, Emma mentit :

— Après notre charmante rencontre au festival, il m'a paru tout naturel de l'inviter pour prendre le thé.

Elle se tut et attendit sa réaction.

— Bien sûr, marmonna-t-il.

De toute évidence, il n'allait pas la contredire en public, mais tout dans son attitude, de la raideur de sa posture à sa mâchoire serrée, suggérait qu'il en mourait d'envie.

— Bonjour, Sir Robert, répondit Lucy sans corriger le petit mensonge d'Emma.

— Nous discutions de la perspective d'organiser un rassemblement afin de fêter nos mariages respectifs, s'empressa d'ajouter Emma.

— Le bal de votre mère, grommela Robert sans prendre la peine de masquer son désaccord, cette fois.

— Oui, je suppose que ma mère aimerait beaucoup cette idée, concéda-t-elle. Mais je ne songeais pas à elle.

En vérité, Emma n'avait même pas envisagé quelque chose d'aussi complexe qu'un bal mais, maintenant que son époux l'avait suggéré, il aurait été terriblement malpoli de se rétracter. Elle poursuivit :

— Étant donné que les deux frères Gascoyne ont convolé

en justes noces à seulement quelques mois d'écart, je ne vois aucune raison de ne pas organiser une célébration de nos unions.

Il haussa un sourcil.

— Vous ne voyez aucune raison ?

— Aucune que je souhaite évoquer, répondit-elle en se tournant vers Lucy.

— Nous serions profondément honorés d'être vos invités, renchérit sa nouvelle amie avec un sourire. Mais il y aura énormément de choses à planifier avant qu'un tel événement puisse avoir lieu.

— Cela pourrait prendre des mois, ajouta Emma en lançant un regard conciliant à son mari. Ce ne sera sans doute pas faisable cette saison. Mais peut-être le major Gascoyne et vous pourriez-vous venir dîner demain pour en discuter ?

Emma n'eut pas besoin de jeter un œil en direction de Robert pour savoir qu'il était furieux. Elle pouvait presque sentir les ondes de chaleur qui émanaient de son corps.

— Ce serait fantastique, acquiesça Lucy en se levant pour partir. Je vais en informer mon époux, et nous nous joindrons à vous demain soir.

— Merveilleux. De mon côté, je vais consulter notre calendrier et faire une liste de dates envisageables, continua Emma en la raccompagnant jusqu'à la porte.

Quand elle regagna le salon vert, son mari l'attendait de pied ferme.

— Vous savez ce que je pense des réceptions, gronda-t-il avec un regard noir.

— Si vous faites référence à l'organisation d'un événement de grande ampleur...

— Comme un bal, maugréa-t-il entre ses dents.

— Rien n'est arrêté pour le moment, contra-t-elle. Et pour le reste, vous ne m'avez jamais interdit d'inviter la famille à venir dîner et, de toute façon, je doute fort que vous fassiez une crise de panique en compagnie d'une personne que vous avez connue toute votre vie.

— Vous savez que mon frère et moi sommes en mauvais termes, rétorqua Robert.

— Et comment pouvais-je le savoir ? s'agaça-t-elle. La famille de votre belle-sœur fait partie de votre voisinage depuis un long moment, mais au festival votre frère a dû vous la présenter comme si elle était une étrangère.

— Parce que je l'ai rencontrée hier pour la première fois, répliqua-t-il.

— Votre frère n'est pas venu vous demander votre bénédiction ? s'étonna Emma.

— Rien ne l'y contraignait, répondit Robert. Il est adulte, après tout.

— Ce n'est pas une question d'obligation, mais d'affection, répliqua Emma en secouant la tête.

— Il n'aurait pas eu le temps de venir me voir avant de prendre sa décision, même s'il l'avait souhaité. Leur mariage est le résultat d'une fugue, expliqua son époux.

— Et depuis ?

— J'ai peut-être dit quelque chose, lors de notre dernière entrevue, laissant entendre qu'il n'était plus le bienvenu ici, marmonna Robert en fuyant son regard.

— Que lui avez-vous dit ? soupira Emma.

— Que je voulais qu'il aille au diable, avoua Robert, un très léger sourire étirant les coins de ses lèvres.

— Et qu'est-ce qui vous a motivé pour dire une chose pareille ?

— Je crois qu'il avait menacé de me donner un œil au beurre noir.

— Oh ! vous êtes impossibles, tous les deux ! s'exclama Emma en secouant la tête, incrédule.

— C'est une façon de voir les choses.

Emma soupira.

— Que comptez-vous faire ? finit-elle par demander.

— Faire ?

— J'ai promis un bal à votre belle-sœur, lui rappela-t-elle. Ce serait terriblement embarrassant si nos époux étaient incapables de demeurer dans la même pièce sans se battre.

— Nous ne nous sommes jamais battus, la rassura-t-il. Du moins, nous ne sommes jamais restés suffisamment longtemps en compagnie l'un de l'autre pour que les choses dégénèrent à ce point.

— Dans ce cas, cette invitation à dîner est exactement ce dont vous avez besoin. Je suggère donc que, demain soir, quand Lucy et moi regagnerons le salon, vous invitiez votre frère à boire un porto entre hommes. Vous ferez un effort pour vous comporter en gentilhomme avec votre frère, comme vous le faites avec moi. S'il est votre seul parent encore en vie et qu'il a survécu à Napoléon ainsi qu'à votre stupide malédiction, je pense qu'il a bien mérité le droit de passer une soirée agréable dans ce manoir sans que vous fassiez tout votre possible pour l'en chasser.

16

Emma s'immisçait dans ses affaires et, Robert avait beau se creuser la tête, il ignorait comment réagir. Imposer des interdits, étonnamment, n'avait eu que très peu d'effet.

Peut-être Jack avait-il raison ? Était-il possible que le mariage l'ait adouci, même après si peu de temps ? Et en parlant de son frère, qu'allait-il bien pouvoir faire maintenant que son épouse l'avait invité à dîner et attendait d'eux qu'ils se comportent comme des membres d'une famille normale ?

Sous la tutelle laxiste de leur grand-père, son cadet était devenu un jeune homme téméraire, puis un héros de guerre décoré, mais Robert n'avait pas oublié le petit garçon effrayé dont on l'avait séparé, étant enfant. Chaque fois qu'ils se croisaient aujourd'hui, il avait la sensation de voir un étranger et de devoir feindre un lien fraternel.

D'ailleurs, c'était exactement ce qu'Emma avait exigé de lui... Sauf que ce n'était pas à elle de lui dicter sa conduite ! C'était à Robert de lui dire ce qu'elle était autorisée à faire, ou non, dans cette demeure. Toutefois, il en était de toute évidence incapable.

Le plus frustrant était que les efforts de sa femme avaient, pour la plupart, porté leurs fruits. À l'exception de sa crise pendant le festival, les problèmes survenus avaient été suffisamment anecdotiques pour que son refus de la vie sociale passe pour un excès de prudence. Et quand Emma s'était retrouvée face à un véritable péril, au dîner des Pritchett, elle avait pris la situation en main sans jamais céder à la panique. Contrairement à lui.

Peut-être était-elle réellement sa moitié ? Sa meilleure moitié. Chaque fois qu'il pensait à Emma, Robert se sentait plus léger, comme s'il devenait soudain possible d'affronter le pire sans avoir peur. Il n'était pas habitué à un tel optimisme et n'était pas certain de pouvoir lui faire confiance.

Quelqu'un frappa prudemment à la porte, et le majordome entra pour annoncer :

— Mr Watt est ici, monsieur. Il demande une entrevue.

Apparemment, Robert allait avoir l'occasion de mettre à l'épreuve son étrange humeur. Mr Watt était son administrateur, et ses visites n'auguraient jamais rien de bon. Instinctivement, Robert serra les dents et les poings, prêt à encaisser une nouvelle catastrophe.

— Faites-le entrer.

Son employé pénétra dans la pièce et s'installa sur la chaise que lui désigna Robert.

— J'ai des nouvelles de la mine des Cornouailles, milord, déclara l'homme sans préambule.

— Comment les choses pourraient-elles être pires qu'elles ne le sont déjà ? soupira Robert en se coulant contre son dossier dans l'attente d'une inévitable déception.

— Ah, je me doutais que vous réagiriez ainsi. C'est pourquoi j'ai décidé de vous apporter l'information moi-même, répondit Mr Watt avec un sourire.

Était-ce un soupçon d'amusement dans sa voix ? Comme

s'il prenait plaisir à prolonger l'attente avant de lui faire son annonce ?

Voilà que ça me reprend ! songea Robert.

Cette petite étincelle d'espoir, cette voix lui rappelant que tout n'allait pas forcément se terminer de façon funeste. Robert souffla du nez en feignant le désintérêt.

— Très bien, vous m'apportez des nouvelles et vous escomptiez mon scepticisme, mais vous ne m'avez toujours pas expliqué de quoi il retourne.

— L'activité a repris dans la mine, monsieur, déclara Mr Watt, le visage triomphant. Les ouvriers ont trouvé une autre veine, encore plus riche que la précédente. L'extraction a déjà commencé et devrait rapporter des profits conséquents, exactement comme nous l'avions anticipé lors de l'investissement.

La maigrelette étincelle d'espoir fut aussitôt balayée par un choc si grand que Robert ne put qu'ouvrir la bouche comme un poisson hors de l'eau. Il ne s'était pas du tout attendu à un tel revirement.

— V... vous en êtes absolument certain ? Il n'y a aucun risque que vous ayez mal compris la situation ? balbutia-t-il, toujours réticent à accorder du crédit à ce qu'il venait d'entendre.

— Je reviens de la mine, monsieur, répondit Mr Watt, son sourire s'élargissant encore, si c'était possible. J'ai vu le minerai de mes propres yeux.

— C'est très... intéressant, articula prudemment Robert tout en analysant la nouvelle sous tous les angles.

Il avait déjà cru avoir des coups de chance, par le passé, mais ces derniers n'avaient jamais duré, allant parfois jusqu'à se muer en calamités. Mais il eut beau fouiller sa mémoire, c'était bien la première fois que sa malchance se transformait en quelque chose d'aussi positif.

— Fort bien. Tenez-moi au courant de tout nouveau développement.

— Bien sûr, Sir Robert.

Mr Watt lui souriait toujours gaiement, sans doute dans l'attente de le voir partager son enthousiasme. Quand rien ne se produisit, il toussota, prit congé et promit à Robert de l'informer de tout changement, bon ou mauvais.

Quand son administrateur fut reparti, Robert s'assit et demeura silencieux un long moment, abasourdi. Si la mine lui rapportait les profits escomptés lors de l'achat, cela signifiait qu'il n'avait eu aucun besoin de se marier à la hâte pour restaurer ses finances. S'il avait fait preuve d'un petit peu plus de patience, son investissement aurait fini par porter ses fruits.

Mais Robert ne pouvait tout simplement pas regretter son union avec Emma. Même s'il n'était toujours pas parvenu à lui faire respecter les règles qu'il avait établies, il aimait la façon dont elle le défiait, le poussait à s'améliorer. D'ailleurs, peut-être son mariage avec elle était-il responsable de ce revirement de fortune ?

Peut-être avait-elle brisé la malédiction et mis un terme à sa malchance ? Si tel était le cas, il serait enfin libre des terreurs qui l'enchaînaient depuis des années. Robert était perdu. Il avait grandi persuadé par son grand-père de ne jamais pouvoir aspirer à une existence normale, où le succès serait à portée de main et son décès une perspective lointaine. Mais... et s'il s'était trompé ? Et si tout ce dont il avait eu besoin, c'était de temps, de patience et d'une personne assez forte pour lui enseigner l'optimisme et le contraindre à affronter ses peurs ?

Un large sourire étira ses lèvres. Si une mine morte pouvait revenir à la vie, alors peut-être que lui aussi ? Mais aurait-il le courage de tester ses limites, de forcer la chance ?

Robert bondit sur ses pieds, quitta la maison d'un pas rapide et gagna les écuries. Là, il ordonna au palefrenier de seller son cheval le plus fougueux. Titan était un énorme hongre à la robe noire qu'il ne chevauchait que trop rarement, en partie parce qu'il connaissait les risques de monter un animal aussi grand et puissant. Mais aujourd'hui, le soleil brillait, et Robert se sentait plus confiant qu'il l'avait été depuis des années. C'était une journée idéale pour mettre ses nerfs au défi.

Il s'éloigna du manoir au trot, puis poussa Titan à adopter un galop paisible avant de virer et d'accélérer, visant une barrière au pied de la colline. Cela faisait des années qu'il n'avait pas franchi le moindre obstacle. À cette époque, Beth était encore en vie et lui suffisamment jeune pour se gausser du danger, certain que rien ne l'atteindrait jamais. Aujourd'hui, il devait retrouver ce souvenir, se réapproprier cette sensation de courage et d'insouciance. Alors il prit une inspiration et tenta le saut. Le hongre bondit par-dessus la barrière comme s'il n'y avait rien eu sur son passage et, pendant ce trop court instant, Robert savoura avec délices cette impression de liberté, de s'élever dans les airs.

Puis les sabots touchèrent le sol, et il sourit. Il était entier. Ni le cheval ni lui ne s'étaient blessés. Mieux, Robert ne perçut pas la moindre trace de nervosité dans son corps ni le moindre signe d'une nouvelle crise. Pendant une seconde, il se crut invincible. Le cœur léger, il exécuta une demi-volte et reprit le chemin du manoir, sa poitrine se gonflant de joie lorsqu'il aperçut son épouse en train de sourire vers lui tout en applaudissant avec enthousiasme. Robert tira sur les rênes pour stopper sa monture et prit le temps d'admirer les mouvements d'Emma, sa longue et gracieuse foulée ne tardant pas à couvrir la distance qui les séparait encore. Elle avait les joues roses et le souffle court, mais elle souriait toujours, comme si le voir était le plus beau cadeau qu'elle puisse recevoir. Robert sentit son cœur bondir dans sa poitrine, mais d'une manière inédite, comme si tout ce bonheur l'avait soudain fait déborder.

— Magnifique ! s'exclama-t-elle d'un air émerveillé.

Il baissa les yeux vers elle et sourit en passant une main dans ses cheveux ébouriffés par le vent.

— Moi ou le cheval ?

Il accompagna la pression de ses mollets d'une légère tension sur les rênes, et Titan se fendit d'une révérence.

Emma applaudit à nouveau, radieuse.

— Les deux, bien sûr ! Votre monture est splendide.

— Vous pouvez le caresser, si vous le souhaitez, dit-il, toujours rayonnant. Il est étonnamment doux pour un animal aussi fougueux.

Emma avança d'un pas et fit glisser ses doigts sur le museau velouté du cheval, lequel souffla d'un air déçu sur sa paume en découvrant qu'elle était vide.

— Je suis navrée, je n'ai pas de friandise pour toi, s'excusa Emma en riant. Mais je vais parler avec ton cavalier et m'assurer que tu sois récompensé pour tes efforts.

— Nous avons plusieurs juments qui pourraient vous convenir, vous savez, si vous souhaitez vous joindre à moi, proposa Robert.

Emma s'empressa de reculer en secouant la tête.

— Malheureusement, je ne monte pas à cheval.

— Vous ne montez pas à cheval, répéta-t-il, incrédule.

— On m'a souvent qualifiée d'amazone, maugréa-t-elle, mais je ne maîtrise pas du tout la monte du même nom. Les selles à fourches ne m'apprécient guère, ajouta-t-elle avec un frisson qui rappela à Robert toutes les autres activités où les efforts d'Emma pour se conduire comme une jeune femme bien élevée avaient entravé sa réussite.

Soudain, une idée parfaitement choquante lui vint, mais c'était probablement la solution la plus logique au problème de son épouse.

— Avez-vous déjà essayé de monter à califourchon ?

— Bien sûr que non.

Comme il s'y était attendu, elle semblait mortifiée à cette simple mention.

— Comme pour beaucoup d'autres sujets dont nous avons discuté, je pense que vous vous faciliteriez la vie en cessant de chercher à tout prix à rentrer dans un moule sociétal qui ne vous correspond pas. Avec une jambe de chaque côté, vous aurez une bien meilleure assiette, et contrôler le cheval vous paraîtra plus aisé.

Elle secoua catégoriquement la tête.

— Je ne peux pas monter à califourchon avec une robe.

— Dans ce cas, empruntez l'un de mes pantalons, répondit-il en songeant à la façon dont la peau de daim mettrait en valeur ses belles et longues jambes. C'est une tenue bien plus adaptée à ce genre d'activité.

— Je ne peux pas m'habiller comme un homme, déclara-t-elle. Pas même pour avoir la chance de…

Mais elle jeta à nouveau un regard en direction de la

barrière, et il lut sur son visage combien elle brûlait de tenter un saut.

— Je pourrais vous apprendre à franchir un obstacle, renchérit-il sur un ton de défi. Et à galoper. Je suis prêt à parier que vous n'avez jamais essayé.

— Hélas non, confirma-t-elle. Lors des quelques promenades que j'ai faites sur Rotten Row, nous sommes restés au pas. Mère répétait toujours que les autres allures n'étaient pas nécessaires à mon éducation et que je risquais de me briser le cou.

— Il ne vous arrivera rien si un cavalier expérimenté tient les rênes, insista Robert en tendant une main vers elle.

Emma contempla la paume offerte, comme si elle ne savait qu'en faire.

— Allons, montez avec moi, l'encouragea-t-il d'un ton cajoleur. Nous ne ferons qu'un tour du terrain. Vous ne craindrez absolument rien.

Elle leva vers lui un regard effaré, et Robert ne pouvait lui en vouloir : il promettait que tout irait bien. Quand avait-il fait preuve d'un tel optimisme pour la dernière fois ? Mais aujourd'hui, il était sûr de lui, sûr de sa chance.

— Juste un tour du terrain, répéta-t-elle.

Apparemment, c'était elle qui avait besoin d'une petite impulsion, pour une fois. Elle déglutit pour chasser son appréhension et prit sa main.

Robert la hissa aisément et l'installa en amazone devant lui, sa hanche et sa cuisse gauches fermement pressées contre son bassin. Encore hier, il se serait reculé dans sa selle, mettant de la distance entre eux pour éviter la tentation. Mais aujourd'hui, rien ne l'effrayait, et il la serra plus étroitement contre lui.

En guise de réponse, Emma étreignit timidement sa taille.

— Voilà, c'est parfait, approuva-t-il avec un sourire. Accrochez-vous bien.

Il encadra son corps de ses bras et ferma les mollets pour lancer son cheval au trot.

— Oh ! s'exclama-t-elle.

Il la sentit trembler contre lui quand l'air leur fouetta le visage, mais d'excitation et non de peur. Il exhorta donc le hongre à forcer l'allure. L'animal bondit en avant, au galop, et Emma poussa un petit cri de ravissement. Lancés à pleine vitesse, ils suivirent la route qui s'éloignait du manoir, et les arbres qui bordaient le chemin se fondirent autour d'eux en un tunnel verdoyant.

Au bout de près d'un mille de promenade dynamique, Robert fit ralentir leur monture jusqu'à s'arrêter. Il relâcha sa prise sur les rênes et son étreinte autour de sa femme.

— Alors, qu'en dites-vous ?

— C'était formidable ! s'exclama Emma, les yeux pétillants de joie.

— Et si vous montiez à califourchon, vous pourriez faire la course avec moi le long de la route, sur votre propre cheval, suggéra-t-il.

— Le simple fait de me le proposer est terriblement inconvenant, lui rappela-t-elle.

— Je suis votre mari, contra-t-il. Je pourrais vous l'ordonner, si je le souhaitais.

Robert eut soudain l'impression que l'air se mettait à frémir entre eux, fiévreux et excitant, et il ne put s'empêcher d'imaginer toutes les autres choses qu'il pourrait exiger d'elle s'il abandonnait l'idée de lui refuser son lit.

— Je crains de ne pas être très douée pour suivre vos ordres, gloussa-t-elle avec audace.

— Dans ce cas, peut-être devrais-je vous interdire de monter à cheval ? Ainsi, vous pourrez contrecarrer mes volontés pour le simple plaisir de me vexer, plaisanta-t-il gaiement.

Elle se mordit la lèvre, toujours hésitante.

— Je suppose que, si nous ne quittons pas la propriété, personne ne le saura.

— Personne, sauf moi, approuva-t-il.

Et sa femme de chambre et le palefrenier qui sellera les chevaux. Ce qui signifiait que tous les domestiques seraient au courant avant l'heure du souper. Mais si son épouse n'y avait pas songé, il préférait se couper la langue plutôt que de le lui rappeler.

— Ma mère serait horrifiée si elle apprenait que je me suis habillée comme un homme. Elle trouverait cela des plus malséant. Et parfaitement inconvenant pour une jeune femme, évidemment.

Puis elle haussa les épaules.

— Mais si elle n'en sait rien, je n'aurai pas à subir de nouvelle leçon d'étiquette. Et si cela me permet de galoper sans tomber de mon cheval, je suis prête à essayer.

— Excellent ! lança Robert, surpris de constater à quel point cette perspective le ravissait. Je ferai apporter un pantalon dans votre chambre. Ainsi, la prochaine fois que nous sortirons, ce sera pour une vraie promenade à cheval.

Chapitre 17

Pour le dîner avec sa belle-famille, Emma choisit le menu avec soin. Elle écrivit à Lucy pour lui demander si son époux avait un plat préféré et, se souvenant d'une conversation qu'elle avait eue avec son mari concernant un repas qui avait mal tourné, elle ordonna la préparation d'un plat de poisson composé de brochet poché qui avait été pêché dans la rivière le matin même.

À 20 heures, quand leurs invités se présentèrent, Emma accueillit chaleureusement Lucy. Sa belle-sœur la salua avec un plaisir évident. Puis cette dernière s'écarta pour révéler Jack, lequel s'arrêta sur le seuil de la porte d'entrée, comme s'il devait franchir une barrière invisible avant de poser un pied dans le hall.

Le major Gascoyne n'était plus en uniforme, mais il avait conservé le maintien rigide d'un militaire et l'œil affûté d'un homme habitué à repérer le danger. Il contemplait d'ailleurs son ancienne demeure comme s'il s'attendait à une attaque d'un moment à l'autre. Était-il lui aussi secrètement obsédé par la malédiction ? Ou était-ce son frère en qui il n'avait pas confiance ? Car il jaugeait Robert comme il l'aurait fait d'un ennemi.

En représailles, ce dernier le dévisageait d'un air dur. Il ignora complètement Lucy et se contenta de saluer son frère d'un simple :

— Jack.

— Robert.

La réponse du major Gascoyne fut tout aussi dénuée de chaleur. Robert s'effaça pour les laisser entrer. Son frère franchit l'embrasure de la porte et jeta un œil autour de lui, visiblement bougon.

— Cet endroit n'a pas changé d'un pouce depuis mon enfance.

— Je ne suis pas marié depuis très longtemps, se justifia

Robert. Il faudra un peu de temps à Emma pour moderniser les lieux.

Était-ce ce qu'il attendait d'elle ? se demanda Emma. Elle avait certes ordonné que la fresque de la salle de bal soit plâtrée et repeinte, mais Robert et elle n'avaient jamais abordé d'autre sujet de décoration dans leurs discussions. Était-il possible qu'il ait récemment changé d'avis ? Il fallait bien admettre que, pour le moment, les lieux paraissaient des plus mornes, en dépit des hauts plafonds et du mobilier de qualité.

— Vous-mêmes n'êtes mariés que depuis six mois, il me semble ? renchérit Emma dans une tentative quelque peu désespérée de relancer la conversation.

— Le lendemain de Noël, en Écosse, répondit Lucy avec un large sourire.

— Leur union fut très soudaine, ajouta Robert sur un ton presque malpoli.

— Bien au contraire, nous avions bien cinq ans de retard, le corrigea le major en tournant un visage radieux vers son épouse. Mais j'ai dû trouver un moyen de faire ma fortune avant de pouvoir être considéré comme un prétendant sérieux.

— Par ma famille, seulement, répliqua Lucy avec des étoiles dans les yeux. Je vous aurais épousé dès que vous me l'auriez proposé.

— *Votre* mariage, en revanche, reprit Jack à l'intention de son frère, a été plutôt hâtif. Je suppose que vous n'avez pas eu le temps d'envoyer des invitations ?

C'était une belle attaque par le flanc de la part du major, dut admettre Emma en tressaillant. Sa mère n'avait probablement même pas pris la peine de dresser une liste d'invités ; sans doute était-elle trop impatiente de voir sa fille épouser Robert... et son titre.

— Je ne pensais pas que vous souhaiteriez être présents, rétorqua Robert en plantant son regard dans celui de Jack.

— Nous ne le saurons jamais, gronda ce dernier.

— C'est une chance que nous vivions si près les uns des autres, nous allons ainsi pouvoir remédier à ce terrible manque d'hospitalité, s'empressa d'intervenir Emma en fusillant son époux du regard. Je crois que le dîner de ce soir sera à la hauteur du petit déjeuner de notre mariage.

— Et cela nous donnera l'occasion de discuter sans être interrompus par les autres invités, renchérit Lucy, en transperçant son propre mari avec des prunelles aussi affûtées que des dagues.

— Nous avons sans doute beaucoup à nous dire, marmonna Robert sur un ton qui laissait entendre qu'il n'avait pas la moindre idée de ce que l'on attendait de lui.

Malheureusement, le dîner n'égala pas le petit déjeuner de leur mariage. Si le poisson était excellent, le bœuf arriva trop cuit et la crème glacée fondue. Peut-être Robert avait-il raison depuis le début ? Ils étaient maudits. Emma avait fait tout son possible pour que cette soirée, plus que n'importe quelle autre, se déroule à la perfection, mais de toute évidence elle n'était pas à la hauteur de la tâche.

Au moins, cette proximité forcée entre les deux frères lui conféra une bonne excuse pour les interroger sur le passé dans l'espoir de trouver des points communs susceptibles de les rapprocher.

— Quand êtes-vous venu vivre ici pour la première fois, major Gascoyne ? s'enquit-elle.

— J'avais tout juste sept ans, répondit-il avec un sourire. Robert en avait douze et il a été envoyé à l'école pour parachever son éducation.

— Et avant cela ? sonda Emma.

— Avant cela, nous étions sous la responsabilité affectueuse de notre père et de notre belle-mère, ironisa Robert en levant les yeux au ciel. Je doute que Jack ait beaucoup de souvenirs de notre vie à Londres.

— Je n'étais pas un nourrisson, gronda sèchement son frère. Je me rappelle un cortège de nourrices et de précepteurs.

— Quand nos parents pouvaient se le permettre, nuança Robert.

— Et une éducation plutôt laxiste lors de nos heures de liberté, ajouta Jack avec un sourire en coin.

— Sont-ce là tes seuls souvenirs de cette période ? s'exclama Robert, les yeux écarquillés, si choqué qu'il en oublia le vouvoiement protocolaire.

— Je me souviens que tu volais de la nourriture aux cuisines pour nous et que nous partagions d'étranges festins avec ce que tu étais parvenu à ramener, répondit Jack d'un air guilleret.

— Je te ramenais le peu de nourriture que je dénichais dans la maison, maugréa Robert d'un ton écœuré. Et lorsque je ne trouvais rien, il m'arrivait d'aller mendier des restes auprès des domestiques de nos voisins.

Un silence gêné tomba sur leur petit groupe. Puis Jack brisa la tension avec un rire nerveux.

— Eh bien, je m'en souviens comme d'une aventure !

— Oui, comme pour tout le reste, s'agaça Robert.

— C'était l'un de mes nombreux défauts que grand-père a tenté de corriger, marmonna Jack amèrement. C'est ce qui m'a poussé à passer tant de temps parmi la famille de Lucy. Pour échapper à la liste interminable de règles absurdes qu'il imposait au manoir.

— Tu aurais aussi pu envisager d'en suivre certaines, grommela Robert.

Cette fois, le major aboya un rire authentique, comme si cette suggestion était bien trop ridicule pour qu'il la prenne au sérieux.

— Nous étions tellement navrés pour lui, renchérit Lucy avec un sourire. Seul dans cette grande maison, sans même un camarade de jeu.

— Il aurait été bien mieux à l'école, avec moi, intervint Robert.

— C'est la première fois que tu dis cela, s'étonna Jack.

— Hmm... Après réflexion, peut-être pas, rectifia prestement Robert. J'ai eu beaucoup de mal à rattraper mon retard parmi ces garçons correctement éduqués. La plupart de mes premières leçons m'ont été inculquées à grands coups de canne par le directeur de l'école.

Emma se figea, sa fourchette suspendue devant sa bouche.

— C'est affreux !

Étant donné l'enfance à laquelle il avait survécu, Emma était émerveillée que Robert ait si bien tourné.

— Dans ce cas, je peux m'estimer heureux de ne pas avoir été correctement éduqué, sourit Jack. Je doute que des punitions régulières m'auraient aidé à m'améliorer.

En guise de réponse, Robert haussa les épaules, comme s'il jugeait que des punitions régulières n'auraient sans doute pas fait de mal à son frère. Puis il ajouta :

— Vous étiez plus jeune. En commençant plus tôt, vous n'auriez peut-être pas eu besoin d'être violenté.

— À condition que je me résolve à travailler, lui rappela Jack. Quand grand-père prenait la peine d'embaucher un précepteur, j'étais un élève indifférent, dans le meilleur des cas. Il valait probablement mieux pour tout le monde que je m'engage dans l'armée.

— J'ai perdu des années d'espérance de vie à m'inquiéter pour toi, marmonna Robert d'une voix épuisée.

Quand Emma tourna les yeux vers lui, elle remarqua qu'une fine couche de sueur faisait luire sa lèvre supérieure. La respiration de son époux semblait saccadée, comme s'il luttait pour en garder le contrôle.

— Qu'étais-je censé faire d'autre ? Je n'avais aucun avenir, ici, grogna Jack en retour. La maison, la fortune, tous les biens de la famille t'étaient destinés, alors que tu n'avais jamais vécu au manoir.

Lucy lança un regard de détresse à Emma, comme pour lui rappeler que, puisque l'idée de les réconcilier était la sienne, il lui revenait de rétablir la paix.

— Parlez-moi de votre grand-père, intervint donc Emma pour leur couper l'herbe sous le pied.

— C'était un vieux fou tyrannique, répondit Jack sans hésiter.

— C'était un homme sévère qui voulait notre bien, corrigea Robert.

— Mais... est-ce que vous l'aimiez ? leur demanda Emma. Avez-vous été plus heureux, une fois qu'il vous a éloignés de votre père ?

Visiblement, l'idée d'éprouver une émotion tendre pour un membre de leur famille leur était étrangère. Pendant un long moment, ni Jack ni Robert ne parut trouver les mots pour lui répondre. Finalement, Robert prit la parole, raide comme un piquet :

— Il a agi par sens du devoir. Nous ne pouvions pas rester à Londres. Pas dans de telles conditions.

— Mais ce ne fut qu'un maigre réconfort pour certains d'entre nous, maugréa Jack. Du moins, pour ceux d'entre nous qui n'avaient rien connu de mieux, ajouta-t-il en adressant un regard à la fois exaspéré et compatissant à son frère.

Mais Robert ne parut pas le remarquer. Il continuait de fixer son assiette comme si la réponse à tous ses problèmes y avait été gravée.

Emma reposa sa petite cuillère bruyamment dans son assiette à dessert, signalant la fin du repas. Puis, avec un sourire faussement radieux, elle déclara :

— Lucy, retirons-nous au salon et laissons ces gentilshommes à leur porto.

Sur ce, elle lança un regard orageux à son époux pour lui rappeler qu'il devrait bel et bien se comporter en gentilhomme.

— Je suis certaine qu'ils ont beaucoup à se dire, renchérit Lucy.

Avec une prière muette, Emma se leva et guida sa belle-sœur jusqu'au salon. Une fois ces dames parties, Robert et Jack prirent en silence le chemin de la bibliothèque.

Il n'aurait pas dû être tant surpris que Jack n'ait pas réalisé qu'ils avaient failli mourir de faim, enfants. Il avait tout fait pour lui cacher la triste vérité, à l'époque. Mais comme toujours lorsqu'ils discutaient, Robert s'étonnait du conflit d'émotions qui faisait rage en lui chaque fois que son frère lui démontrait toute l'étendue de son ignorance.

C'était comme si toute la peur et l'impuissance qu'il avait ressenties lors de ces terribles années revenaient en force, le submergeant au point de le menacer d'une nouvelle crise.

Lorsque cela se produisait, il était bien plus facile de céder à la colère que d'écouter patiemment ce que Jack tentait de lui dire.

Pour apaiser ses nerfs, Robert pensa à Emma, à son rire quand il avait galopé le long de la route avec elle. Il devait cesser de songer aux choses telles qu'elles avaient été. Il devait se rappeler que peut-être, *peut-être*, sa vie avait changé pour le mieux.

Dans tous les cas, Robert savait qu'il ne tenait qu'à lui d'améliorer sa relation avec son frère. Comme souvent, lorsqu'ils se retrouvaient seuls tous les deux, une tension palpable emplit la petite pièce, tel le calme précédant la tempête. Jack l'avait sans doute perçu, lui aussi, car il observait Robert d'un air méfiant, s'attendant probablement à ce qu'une nouvelle querelle éclate dès la porte refermée.

Emma n'avait pas tort. Jack et lui se chamaillaient comme des enfants, et ce n'était pas une manière très adulte d'affronter la situation. Mais que pouvait-il bien faire pour mettre un terme à tant de rancœur ? Robert craignait qu'une autre conversation empire leurs relations au lieu de les arranger.

En tant qu'hôte, c'était à lui de faire le premier pas. Il désigna un fauteuil, invitant son frère à s'installer d'une façon qu'il espéra suffisamment accueillante, mais à l'expression de Jack il devina que son geste passait pour celui d'un lord habitué à commander son entourage et à être obéi. *Vite.*

Robert tressaillit intérieurement, se demandant ce qu'Emma penserait de sa maladresse. Sans doute qu'il s'évertuait à compliquer inutilement les choses. À en juger par le regard qu'elle lui avait adressé au dîner, son épouse ne tolérerait pas d'échec avec le major.

— Je doute que le porto soit assez fort pour nous permettre d'avoir une conversation polie, déclara Robert en s'efforçant d'adopter un ton léger. Mais nous avons un excellent brandy, si tu le souhaites.

Jack fronça les sourcils un instant, comme s'il cherchait un piège dans ces paroles. Finalement, il haussa les épaules.

— S'il s'agit du même genre de boisson que celle que grand-père cachait dans son bureau, je pourrais me laisser tenter.

— Celle-là même, promit Robert. Et j'imagine que le temps lui a conféré plus de moelleux, depuis la dernière fois que tu y as goûté. Cela fait bien des années, maintenant.

— Avant la guerre, reconnut Jack.

— Alors nous devrions porter un toast à ton retour, annonça Robert en leur servant deux verres. Nous ne l'avons pas fait comme il se doit.

Cela fit rire Jack.

— Si je me fie à ta réponse lors de notre dernière entrevue, je n'aurais jamais songé que tu puisses trouver ma présence en Angleterre digne d'être célébrée.

De l'honnêteté. C'était cela que l'on attendait de lui.

Emma aurait choisi ce genre de simplicité.

— Si c'est l'impression que je t'ai donnée, j'en suis navré, s'excusa Robert. Ton retour m'a juste surpris.

— Parce que tu m'avais imaginé mort sur le champ de bataille ? C'est vrai que tu n'as jamais eu confiance dans mes capacités.

— Bien au contraire, je te savais fort. C'était le destin

que je craignais. Et de te voir marcher au-devant de lui. Tu connais la terrible malchance de notre famille.

— De la malchance ? répéta Jack d'un air interloqué. Non, je n'avais pas spécialement remarqué, ajouta-t-il, comme si les années d'infortune glissaient sur lui comme l'eau sur le plumage d'un canard.

— Tu n'avais pas…

Robert n'en revenait pas.

— Tu as grandi dans cette maison, n'est-ce pas ? Grand-père ne t'a jamais dit que nous étions maudits ?

— Grand-père marmonnait sans arrêt tout un tas d'inepties, répliqua Jack en sirotant son brandy. Je crois surtout qu'il s'estimait maudit de devoir s'occuper d'un enfant superflu. Il m'avait clairement fait comprendre que, puisque je n'étais pas destiné à hériter, je ferais mieux d'apprendre à apprécier le peu que l'on m'offrait.

— Il m'a traité de chiot ignorant et a déclaré qu'il ne voulait rien avoir à faire avec moi tant que je n'aurais pas été convenablement dressé, renchérit Robert en se rappelant les incessantes réprimandes du vieil homme, chaque fois qu'il l'avait vu. Je pensais qu'il avait une préférence pour toi, puisqu'il t'avait gardé auprès de lui au lieu de t'envoyer en internat.

— Une préférence pour moi ?

Jack rit.

— Il menaçait de me battre comme plâtre chaque fois que je m'approchais de lui à moins de dix pas. Je passais le moins de temps possible avec lui. La seule chose dont je lui suis reconnaissant, c'est d'avoir laissé les voisins s'occuper de moi.

Jack pointa ensuite Robert du doigt, l'accusation de son geste adoucie par l'alcool.

— Non, c'était toi qu'il préférait. Il m'en rebattait les oreilles à la moindre occasion.

— Vraiment ? contra Robert. Parce qu'il me répétait que je n'étais digne ni de son temps ni de son argent à chaque fois que je le voyais. Il me trouvait trop niais pour être de son sang, car mes notes étaient basses et mes professeurs désespéraient de me voir progresser.

— Dans ce cas, je suppose qu'il n'avait d'affection pour aucun d'entre nous. Il n'en avait guère pour père non plus. Il lui en voulait de ne pas avoir trouvé une femme suffisamment robuste pour survivre et s'occuper de nous.

— Père et sa femme étaient trop occupés à la table de faro pour penser à leurs enfants, reconnut Robert.

— Certes, acquiesça Jack. Mais je me suis toujours demandé comment il avait pu nous laisser partir sans la moindre objection. Cela m'a donné l'impression d'être aussi désirable que du crottin de cheval.

— Ils étaient impatients de se débarrasser de nous avant que tu ne meures de leur négligence, expliqua Robert en secouant la tête d'un air répugné.

— Que je meurs ? répéta Jack, effaré. Allons, les choses n'étaient tout de même pas si dramatiques.

— Tu ne te souviens pas ? Enfant, tu avais une constitution terriblement fragile, clarifia Robert, tout aussi abasourdi.

Dans ses souvenirs, Jack serait toujours ce petit garçon malingre, aux yeux profondément enfoncés dans leurs orbites et soulignés de poches noires, dont chacune des inspirations s'accompagnait d'un sifflement inquiétant.

— Je me souviens d'avoir souvent feint de tousser quand

j'ai compris que cela me valait un second biscuit, à l'heure du thé.

— Peut-être que grand-père t'a gardé parce que nous pensions tous que tu ne survivrais pas longtemps, songea Robert à voix haute. Il m'a dit, un jour, que l'école ne t'accepterait jamais, de crainte que ton état soit contagieux.

Robert n'avait quasiment pas dormi pendant ses premiers mois à l'école, terrifié à l'idée que la prochaine lettre du manoir l'informe de la mort de son frère.

— Je suppose que feindre d'être malade aurait eu beaucoup de succès parmi leurs élèves, gloussa Jack. Tu sais, grand-père me disait que j'étais trop stupide pour aller à l'école.

— Dans ce cas, mon éducation n'a servi à rien, contra Robert, car il m'a dit que c'était toi, le cerveau de nous deux.

Jack leva son verre en direction de la cheminée.

— Une nouvelle preuve qu'il n'était qu'un vieux fou désagréable. Quel dommage que nous n'ayons pas pensé à comparer nos notes plus tôt !

— Nous aurions sans doute accordé moins de crédit à ses paroles, approuva Robert en s'efforçant de ne pas penser à la malédiction.

— Eh bien, nous n'avons plus à l'écouter du tout, désormais ! s'exclama Jack en lançant un regard curieux à Robert. Il ne reste plus que nous deux, aujourd'hui.

— Et la première chose que je tiens à faire pour recoller les morceaux entre nous est d'organiser un bal pour célébrer ton mariage avec Lucy et ton retour de Waterloo sain et sauf, déclara Robert, la gorge serrée, conscient qu'une autre des vieilles barrières qu'il avait érigées autour de lui commençait à s'écrouler.

— Tu ne sembles pas particulièrement enjoué à cette

perspective, lui fit remarquer Jack en retrouvant un peu de sa méfiance habituelle.

— C'était l'idée de ma femme, reconnut-il. Les grands rassemblements me mettent toujours mal à l'aise.

— Si tu n'en as pas envie, dis-lui que ce n'est pas nécessaire, le rassura Jack en vidant le reste de son verre.

— C'est aussi le vœu de ton épouse, lui rappela Robert. Et j'imagine que tu souhaiterais la satisfaire, étant donné tout ce qu'elle t'a apporté. Je ne t'avais pas vu aussi heureux depuis des années.

— Je n'avais pas été aussi heureux depuis avant la guerre, acquiesça son frère. Lucy m'a aidé à me débarrasser de ma culpabilité, à chasser mon chagrin. Tout comme Emma a su adoucir ton tempérament.

Cette conversation aimable entre Jack et lui était une preuve remarquable de l'influence positive que sa jeune épouse avait eue sur lui, même sur un laps de temps si court. Il n'en aurait jamais été capable, quelques semaines plus tôt.

— Elle ne cesse de m'impressionner, dit-il, davantage pour lui-même que pour son frère.

Jack acquiesça d'un hochement de tête entendu et leva les mains comme un homme qui capitule.

— Nos épouses sont effectivement merveilleuses mais, si elles continuent à comploter entre elles de la sorte, qu'allons-nous bien pouvoir faire d'elles ? soupira-t-il. Enfin, je suppose que nos préférences n'entrent guère en ligne de compte. Quand les femmes prennent une décision, nous n'avons d'autre choix que de suivre le mouvement... et avec le sourire.

— On croirait entendre un vieil époux, pas un jeune marié, gloussa Robert.

Jack leva son verre comme pour porter un toast.

— Puissent-elles continuer de nous surprendre ! À ta femme et à la mienne !

— À nos épouses, reprit Robert, car il aurait été grossier de ne pas l'accompagner. Même si je ne suis toujours pas certain d'aimer être surpris, ajouta-t-il en maugréant.

— Tu t'y habitueras, j'en suis sûr, répondit Jack. Mais d'ici là, évite de faire marche arrière et de redevenir celui que tu étais. La vie te pousse vers l'avant, laisse-la t'emmener vers des horizons plus verts.

Puis il tendit son verre pour que son frère le remplisse et, ensemble, ils rejoignirent ces dames.

Plus tard, après avoir raccompagné leurs invités à leur voiture, Robert escorta Emma jusqu'à sa chambre. Une fois devant la porte, elle leva vers lui des yeux pleins d'espoir.

— Le dîner n'était pas aussi réussi que je l'avais prévu, mais le reste de la soirée s'est bien passé, non ?

— En effet, reconnut-il.

— Et vous avez pu discuter avec votre frère sans vous emporter ?

— Oui, acquiesça-t-il à nouveau avec un sourire frustré. Et je n'aurais jamais essayé de converser avec lui sans votre ingérence.

— Alors vous acceptez que nous organisions un bal ? s'enquit-elle en guettant sa réaction.

— Je vois mal ce que ces deux sujets ont en commun, marmonna-t-il en s'efforçant d'ignorer la douce fragrance de son parfum qui obscurcissait ses pensées.

— L'un n'existerait pas sans l'autre, lui rappela-t-elle en avançant d'un pas vers lui.

Robert recula d'autant pour tenter de raffermir sa détermination.

— J'y réfléchirai. Peut-être que, si vous m'accompagnez demain matin pour ma promenade à cheval, nous pourrons deviser en chemin.

Emma se figea alors, comme si elle s'était brusquement souvenue de leur discussion pendant leur dernière balade. À son expression, Robert devina qu'elle regrettait d'avoir accepté sa suggestion, maintenant que l'heure était venue de passer à l'acte.

Il longea le couloir jusqu'à sa chambre et fouilla sa garde-robe pour y dénicher un pantalon d'équitation en cuir et une chemise propres. Les vêtements sentaient l'amidon et le cheval, le libérant de son odeur si féminine. S'il se concentrait sur eux, il parviendrait peut-être à dormir sans rêver d'elle.

Puis il retourna auprès d'Emma et lui tendit la tenue.

— Retrouvez-moi à 7 heures devant les écuries, si vous en avez le courage. Ensuite, nous parlerons de vos projets.

18

Le lendemain matin, tandis qu'Emma se préparait à retrouver son époux, elle contempla les vêtements qu'il lui avait confiés, partagée entre fascination et terreur. Elle tenait à poursuivre la discussion à laquelle il avait coupé court la veille au soir et le convaincre qu'organiser un bal n'était guère plus dangereux que leurs autres sorties en société. Il n'avait imposé cette condition que parce qu'il était certain qu'elle refuserait de céder, mais elle allait lui prouver le contraire.

Plus important encore, Emma désirait retrouver le sentiment de liberté qui l'avait envahie lors de leur dernière promenade à cheval. Si elle voulait galoper, il était logique d'aborder le problème sous un nouvel angle, plutôt que de s'évertuer à chevaucher vertueusement comme une jouvencelle.

Toutefois… porter un vêtement qui dévoilait ses jambes était tout bonnement scandaleux. Devait-elle demander de l'aide à sa femme de chambre ou se débrouiller toute seule ?

Emma essaya la chemise, puis y renonça, consciente qu'elle ne pourrait jamais dissimuler les courbes de son corps sous cette mince étoffe de lin. Puis elle enfila le pantalon et découvrit qu'elle n'avait nullement besoin d'assistance puisque la fermeture se trouvait, de façon fort pratique, sur l'avant. Mais même une fois le vêtement correctement boutonné, son reflet dans le miroir la choqua tellement qu'elle laissa retomber son jupon sur ses jambes pour les cacher. Puis elle chercha une pelisse dans sa garde-robe et l'attacha étroitement pour s'assurer que tout était bien dissimulé.

Quand elle eut la certitude d'être décemment habillée, Emma descendit l'escalier et sortit retrouver son époux. Elle fit la moue ; même marcher dans cette étrange tenue était difficile. Elle n'était pas habituée au frottement du tissu entre ses cuisses et semblait incapable de décider où ses pieds étaient censés aller. Elle s'efforça de résister à l'envie de se mouvoir tel un homme, à longues et altières enjambées, car cela n'aurait que davantage attiré l'attention sur sa toilette. Au lieu de cela, Emma se contraignit à faire des petits pas, comme il seyait à une femme, tandis qu'elle s'éloignait du manoir.

Quand elle parvint devant les écuries, Robert examina sa tenue, visiblement déçu.

Pour lui prouver qu'elle avait obéi, elle souleva timidement l'ourlet de son jupon jusqu'à ses genoux afin de lui dévoiler le pantalon caché dessous.

Il sourit.

— Je suppose que je n'aurais pas dû m'attendre à ce que vous le portiez à la vue de tous.

— Pour montrer mes jambes à tout le personnel ? riposta-t-elle, scandalisée. Étant donné que *vous* ne les avez toujours pas découvertes, je n'allais certainement pas m'exhiber devant les valets de pied.

— Vous seriez sans doute surprise d'apprendre ce que

j'ai déjà eu l'occasion de voir de vos jambes, répliqua-t-il d'un ton satisfait. Mais vous avez raison, je ne tiens pas à partager un aussi joli panorama avec les domestiques. C'est pourquoi j'ai congédié les palefreniers une fois les chevaux harnachés.

Emma n'avait pas remarqué qu'ils étaient seuls, mais elle lui en était profondément reconnaissante. Son époux fixa son jupon d'un air impatient.

— Pourquoi ne pas nouer cet excès de tissu au-dessus de vos hanches pour que je puisse trouver vos pieds et vous aider à vous mettre en selle ?

Il avait raison, bien sûr. L'objectif d'avoir revêtu une tenue d'homme était de ne plus être gênée dans ses mouvements par sa robe. Mais maintenant que le moment était venu de révéler ses jambes, elle se sentait étrangement hésitante. Toutefois, Robert était son mari, et Emma souhaitait plus que tout qu'il l'admire comme un homme admirait une femme. Sans doute était-ce une façon quelque peu scandaleuse de parvenir à ses fins mais, s'il y avait la moindre chance que cela fonctionne, elle devait essayer.

Avec une profonde inspiration, elle ferma les yeux, haussa son jupon en une boule de tissu au-dessus de ses hanches et la noua avec l'ourlet. Quand elle rouvrit les paupières, elle découvrit son époux en train de contempler ses cuisses dans un mutisme fasciné. Puis il s'éclaircit la gorge pour masquer cet instant de distraction, leva le regard jusqu'à son visage et forma une marche avec ses mains pour l'aider à enfourcher une belle jument rouanne.

Le simple fait de jeter une jambe par-dessus l'animal lui parut insolite, mais Emma y parvint sans difficulté et un large sourire étira ses lèvres lorsqu'elle se retrouva confortablement calée sur sa selle, forte d'une assurance qu'elle n'avait jamais ressentie jusque-là sur un cheval.

Elle tourna son visage radieux vers Robert.

— À votre tour.

Sans un mot, il mit le pied à l'étrier et l'imita. Puis ils menèrent tranquillement leurs montures vers la sortie et la cour des écuries. Emma était émerveillée. Sentir les gracieux muscles de sa cavale se mouvoir en dessous d'elle avait quelque chose de grisant, mais ce n'était rien comparé à la vision que lui offrait son époux. Même au pas, il semblait être né sur une selle. D'une simple pression des mollets ou d'une imperceptible tension sur les rênes, il parvenait à contrôler son coursier.

Emma calqua son attitude sur la sienne, ébahie de voir sa jument réagir au moindre de ses gestes. Ils s'engagèrent sur le chemin au petit trot puis, quand ils atteignirent la route, Robert stoppa son cheval et se tourna vers Emma avec un sourire.

— Êtes-vous prête à prendre un peu de vitesse ?

Emma opina du chef avec impatience. Ensemble, ils talonnèrent leurs montures, qui bondirent en avant et filèrent comme le vent sous les rires de leurs cavaliers. Quand Robert ralentit à l'approche d'un virage, Emma le devança, puis fit pivoter sa cavale avant de s'arrêter aisément à côté de lui d'un air triomphant.

Son époux l'admirait avec un regard pétillant, empreint de fierté et d'une autre émotion, plus chaleureuse encore.

— Attachons les chevaux et reposons-nous un instant, proposa-t-il en lui désignant d'un signe de tête un bosquet qui bordait la route.

Emma voulut arguer qu'elle n'avait guère besoin de repos

mais, lorsqu'elle descendit de selle, la plante de ses pieds lui parut étrangement engourdie et ses genoux se mirent à trembler, si bien qu'elle vacilla. Robert la rattrapa avant qu'elle chute, l'aida à se redresser, puis la laissa prendre appui sur son bras tandis qu'ils se dirigeaient vers les arbres. Emma s'adossa alors contre un chêne robuste pour se soulager d'une partie de son propre poids tout en prenant une longue inspiration.

— Je savais que monter à cheval vous plairait, déclara-t-il avec un sourire en repoussant de l'index une boucle de cheveux du visage de son épouse. Certaines femmes ne sont douées que pour la décoration d'intérieur. Mais vous, vous avez besoin de bouger.

— Et vous ne trouvez pas cela trop masculin ? s'enquit-elle, visiblement surprise par sa ferveur.

— Croyez-moi, ma chère, gloussa-t-il, il faudrait être fou pour douter de votre féminité.

Il contemplait à nouveau ses jambes. Puis il plaça nonchalamment une main caressante sur sa taille et, soudain, se pencha vers elle et l'embrassa.

Robert plaqua toute la longueur de son corps contre le sien, pressant le dos d'Emma contre l'arbre. Il glissa la langue entre ses lèvres, et elle gémit de délice, écartant les cuisses pour l'attirer au plus près d'elle. Elle sentit alors le relief saillant de son membre appuyer contre son bas-ventre, d'abord doucement, puis avec plus d'ardeur. Avant qu'il n'ait le temps de changer d'avis, Emma enlaça la taille de son époux de ses bras et se serra contre lui en ondulant les hanches.

Robert grogna contre ses lèvres et glissa sa dextre entre leurs deux nombrils. Emma poussa un soupir langoureux quand la paume chaude et masculine de son mari couvrit son abdomen et remonta paresseusement vers sa poitrine pour envelopper son sein et le masser avec une fougue possessive. La senestre de Robert bougea à son tour, cajoleuse. Elle engloba la courbe de ses fesses jusqu'à ses cuisses et s'insinua entre ces dernières, formant un tendre étau enflammé qui se referma sur le bassin d'Emma et le coinça contre celui de Robert. Puis il s'interrompit, mais juste le temps de s'attaquer aux boutons du pantalon que portait la jeune femme. Il les ôta avec une dextérité fébrile et plongea une paume à l'intérieur du tissu pour la toucher.

Tout cela était inconvenant, impertinent, licencieux, mais Emma s'en délectait. Et elle savait que, si elle laissait son époux recouvrer ses esprits, tout s'arrêterait. Alors elle l'imita, détacha sa ceinture et inséra une main maladroite à l'intérieur de son pantalon.

Il se raidit de stupeur lorsqu'elle frôla sa peau et recula d'un demi-pas en murmurant :

— Vous me faites perdre la raison. Vous me rendez fou depuis le tout premier jour. Et je vous interdis de vous en excuser.

— Je n'en éprouve pas la moindre honte, répliqua-t-elle juste avant d'effleurer son sexe du bout des doigts.

Elle frémit. C'était à la fois merveilleux et décadent de sentir sa chair si rigide et pourtant douce comme du velours sous sa paume. Puis Robert la caressa en retour, et tout le corps d'Emma se mit à palpiter au rythme des battements de son cœur.

Il planta un sillon de baisers fiévreux le long de sa gorge jusqu'à la base de son épaule, mordillant et suçotant sa peau. Emma bascula la tête en arrière et admira la canopée, loin au-dessus d'eux, éblouie par les rayons de soleil qui filtraient à travers les frondaisons et lui parurent briller plus intensément lorsque son mari trouva l'épicentre de son plaisir. Elle se tendit, comme dans l'attente de quelque chose qu'elle ne comprenait pas pleinement.

Instinctivement, elle chassa le tissu du pantalon qui couvrait le bassin de son époux pour le libérer, écarta sa main chaude et saisit son membre dressé à pleine main pour en placer la pointe contre son intimité brûlante. Les hanches d'Emma basculèrent de leur propre initiative et remuèrent légèrement, comme pour le masser et l'encourager à faire ce dont ils mouraient tous deux d'envie.

Robert n'hésita qu'une seconde, puis poussa vers l'avant. Il glissa à nouveau sa dextre entre eux pour l'aider à ouvrir le passage et, alors qu'il l'envahissait, pouce après pouce, Emma se mit à trembler.

C'était différent de ce qu'elle avait imaginé ; elle avait la sensation d'être si étroite que cela en devenait douloureux. Mais il bougea le bassin, lentement, et Emma sentit son corps s'adapter, s'ajuster pour l'accueillir tout entier et, soudain, une vague chaude, sulfureuse et extraordinairement agréable la parcourut de la tête aux pieds. Elle enlaça son époux et enfouit son visage contre son torse, grisée par son odeur masculine, à la fois exaltée et apaisée par les battements frénétiques qui résonnaient dans sa poitrine.

Elle était enfin sienne, corps et âme. Sans oublier son cœur. Car, si elle avait encore eu des doutes jusqu'alors, elle en était sûre, désormais. Elle l'aimait. La puissance de sa certitude se mêla à l'indescriptible plaisir qui la balayait chaque fois que Robert plongeait en elle, et Emma, ivre d'une joie et d'une volupté qu'elle ne pouvait plus contenir, poussa un sauvage cri d'extase. Il ne tarda pas à l'imiter et succomba aux frissons de sa propre euphorie avant de s'affaisser contre elle, le tronc du chêne étant la seule chose qui les empêchait de s'effondrer au sol dans un entrelacs passionné de bras et de jambes.

Quand il parvint enfin à reprendre son souffle, Robert se redressa et regarda Emma dans les yeux, choqué.

— Nous n'aurions jamais dû faire cela.

Elle préféra lui sourire, le serrant plus étroitement pour lui interdire tout repli.

— Mais nous l'avons fait.

— Contre un arbre, gémit-il en secouant la tête, à la fois émerveillé et frustré. J'aurais au moins pu vous traiter avec davantage de respect.

— Cela ne m'a pas dérangée, gloussa-t-elle avec empressement.

Il poussa un soupir exaspéré.

— Ce n'est pas le sujet. J'aurais dû savoir que nous en arriverions là. J'aurais dû faire preuve de retenue, comme je l'avais prévu.

Puis il coula une œillade vers le bas, contemplant les jambes de son épouse.

— Mais vous voir dans cette tenue... J'ai perdu tout contrôle.

Ce n'était pas tout à fait une déclaration d'amour et de dévotion éternels, mais cela demeurait flatteur.

— Merci, dit-elle avant de baisser la tête pour déposer un baiser dans son cou.

Il grogna, et Emma sentit son corps et l'intérieur d'elle se tendre contre lui.

— Je sais que je devrais jurer que cela ne se reproduira

plus, mais de toute évidence je n'en suis pas capable. Et de toute façon, une fois lancées, ces choses-là sont difficiles à arrêter.

Emma n'était pas certaine d'apprécier l'entendre qualifier de « choses » ce merveilleux acte d'amour qu'ils venaient de partager. Cela lui donnait l'impression que cet interlude n'avait rien de la profonde révélation qu'elle avait ressentie. Heureusement, l'aveu de Robert de ne pas avoir réussi à lui résister lui apporta un peu de réconfort.

— Tant mieux, dit-elle. Car je ne veux pas que cela s'arrête.

— Vous ne comprenez toujours pas combien cela pourrait s'avérer dangereux, pour vous, contra-t-il.

— Ça ne le sera pas nécessairement, modéra-t-elle avec une douce ondulation des hanches pour le distraire. Ce qui vous inquiète, c'est la possibilité d'avoir un enfant, n'est-ce pas ?

— Je demeure catégorique sur ce point, confirma-t-il. Peu m'importe que la malédiction semble s'être calmée. Je ne mettrai pas votre vie en péril.

Ainsi, il avait l'impression de ne plus être maudit, songea Emma. Voilà qui expliquait les risques qu'il avait courus avec son cheval, puis avec elle. Elle n'avait plus qu'à prier pour que le temps continue d'éroder sa détermination.

— Il existe des moyens d'éviter de concevoir, lui rappela-t-elle.

— Je dois commencer par me montrer bien plus prudent qu'aujourd'hui. Je n'aurais pas dû m'autoriser à lâcher prise.

Emma se demanda si un tel contrôle sur soi-même était seulement possible ; elle avait vu sa réaction, intense et passionnée, à la fin de leurs ébats.

— Et… si nous faisions preuve de plus de circonspection, à l'avenir ? insista-t-elle.

— Alors nous pourrions récidiver bien plus souvent, répondit-il avec un sourire laissant entendre que rien ne lui ferait plus plaisir.

Emma acquiesça avec enthousiasme.

— Nous devrions regagner le manoir afin d'en discuter plus avant, reprit-il plus sérieusement.

— Discutons-en dans une chambre, dans ce cas, gloussa-t-elle.

Il sourit.

— Remettons-nous en selle et voyons qui de nous deux rentrera le plus vite, conclut-il.

Robert éperonna sa monture en direction des écuries, douloureusement conscient de la présence de la jeune femme qui chevauchait à ses côtés. Il avait l'impression que tous ses nerfs fourmillaient. De toute sa vie, jamais il ne s'était oublié aussi complètement. Quand un homme ne voulait pas d'enfant, le plus efficace était d'éviter purement et simplement les rapports charnels. Et dans le cas où il cédait à la tentation, il était alors crucial de se retirer avant la fin de l'acte. Il ne pouvait pas succomber à tous ses désirs, et laisser le corps ou les baisers de sa partenaire lui faire perdre le sens des réalités.

Robert avait parfaitement conscience de tout cela. Puis il avait vu ses jambes. Il avait cru, en mettant sa femme au défi de porter un pantalon pour monter à cheval, lui suggérer une solution logique tout en s'assurant que la tenue masculine atténuerait ses charmes. Mais il s'était terriblement fourvoyé. Les chevilles gracieuses, les mollets harmonieux et les longues cuisses de son épouse avaient causé sa perte. Encore maintenant, le simple fait de les visualiser dans son esprit le faisait trembler de désir. Il était aussi impatient qu'un jeune puceau d'entraîner Emma dans une chambre et de verrouiller la porte derrière eux.

Mais les risques auxquels il les avait exposés tout à l'heure n'en demeuraient pas moins impardonnables : il n'aurait jamais dû aller jusqu'au bout. Il pria pour que la chance leur sourie et que cette première fois ne porte pas ses fruits.

Il faillit rire ; depuis quand faisait-il confiance à la chance ? Jusqu'à récemment, il n'avait même jamais envisagé qu'elle puisse bénir son existence. Il ne connaissait que la malchance. Mais lorsqu'il se trouvait en compagnie d'Emma, il avait soudain l'impression que tout était possible, y compris sa bonne fortune… Toutefois, il devait se montrer prudent. Il avait fait montre d'un optimisme similaire avec Elizabeth, et tous ses rêves avaient été réduits à néant.

Mais, et Robert devait bien le reconnaître, il ne se rappelait pas avoir éprouvé de besoin aussi dévorant d'être avec sa première épouse, contrairement à ce qu'il ressentait pour Emma. Peut-être les années d'abstinence avaient-elles amplifié son désir pour elle ? Maintenant que son plan avait échoué, Robert était réticent à revenir en arrière. Était-ce réellement si mal de souhaiter ce dont tous les autres hommes jouissaient dans un mariage normal ? Mais oui, ce serait terriblement mal, si Emma en venait à mourir à cause de lui.

Il se jura d'être plus prudent à l'avenir, comme il le lui avait promis, et de ne plus jamais succomber à son plaisir avant de s'être retiré. Il n'y aurait pas d'enfants. Les pages de la bible de famille ne pouvaient pas mentir : les épouses

Gascoyne ne survivaient pas à la délivrance. Se convaincre que la malédiction avait pris fin était une chose, risquer la vie de celle qui l'avait possiblement brisée en était une tout autre. Maintenant que Robert avait trouvé Emma, il était inconcevable de la perdre.

Quand ils atteignirent les écuries, il l'aida à descendre de sa jument et à dénouer le tissu dans le bas de son dos. Le jupon retomba sur ses jambes, masquant le vêtement masculin qui lui avait fait oublier jusqu'à son propre nom. Emma avança d'un pas vers lui et trébucha, sans doute délibérément, pour qu'il puisse la rattraper, l'attirer dans son étreinte et se noyer dans la perfection d'un autre baiser.

Quand il la relâcha, il constata que les yeux de la jeune femme pétillaient de malice.

— Et maintenant, êtes-vous prêt à discuter du bal ? Où dois-je attendre que nous ayons gagné la chambre ?

Il rit.

— Comptez-vous me prendre en otage en me demandant la permission au moment où je ne serai plus en mesure de vous refuser quoi que ce soit ?

Puis il leva les mains en signe de reddition et ajouta :

— C'est inutile. Lucy et vous pouvez organiser votre bal. Je ne peux qu'avoir confiance dans votre capacité à régler tous les problèmes qu'un tel événement risque d'engendrer.

— Il n'y aura aucun problème, s'empressa-t-elle de le rassurer. Je vous le promets, tout ira bien.

À son plus grand étonnement, il la crut. Sans le vouloir, il s'était attendu à se trouver de nouveau en proie aux habituels symptômes qui précédaient une catastrophe et qu'il ressentait chaque fois qu'elle l'exhortait à faire quelque chose d'imprudent. Mais aujourd'hui, constata-t-il avec surprise, ses paumes étaient chaudes et sa respiration fluide. Et lorsqu'il posa les yeux sur elle, Robert sentit sa sévérité routinière s'évaporer, remplacée par un extraordinaire optimisme.

Il tendit le bras, prit sa main et la porta à ses lèvres.

— Tout se passera bien, tant que vous serez là pour contrôler la situation.

Et c'était précisément pour cette raison qu'il devait la protéger à tout prix.

19

Robert se tenait dans l'embrasure de la porte de la salle de bal, entièrement rénovée et briquée du sol au plafond, et il devait bien admettre qu'elle lui paraissait cent fois plus agréable que lorsqu'il l'avait utilisée comme court de tennis. Les chandeliers avaient été descendus et astiqués, le sol de marbre récuré et poli pour en ôter jusqu'à la dernière rayure de botte, et l'affreuse fresque grattée, poncée, plâtrée et repeinte du même vert sauge sans prétention que les rideaux qui encadraient désormais les fenêtres fraîchement lavées. Il ne manquait plus qu'une chose : les invités.

Grâce à Emma, dans moins d'une semaine, une foule d'amis et de voisins emplirait la pièce pour célébrer le mariage dont il avait, sans le savoir, tant eu besoin. Une fois de plus, il s'imagina en présence de tous ces gens, comme pour mettre son sang-froid à l'épreuve, et fut surpris de constater qu'il conservait son calme. Pour être franc, il était même quelque peu impatient de revoir son frère. Était-il possible qu'il éprouve du plaisir à faire quelque chose qu'il avait pourtant fui pendant tant d'années ? D'ailleurs, il en allait de même pour ses rapports avec son épouse. Maintenant qu'ils avaient emprunté la voie de l'intimité, Robert peinait à se rappeler sous quel prétexte saugrenu il s'en était privé pendant leurs premières semaines de mariage. Tant qu'ils faisaient preuve de circonspection, il n'y avait aucune raison qu'ils ne puissent poursuivre sur leur lancée pendant toute la durée d'une longue et heureuse vie.

En toute franchise, l'évacuation de toute cette tension sexuelle lui avait fait un bien fou. Depuis leurs premiers ébats dans le bosquet, Robert n'était plus nerveux, ne paniquait plus et la poigne de l'angoisse avait relâché sa prise sur son cœur. Peut-être l'acte d'amour, si simple et naturel, était-il le remède ?

Robert jeta un œil dans le couloir et vit Emma arriver, un sourire hésitant étirant ses lèvres lorsqu'elle remarqua sa présence.

Il tourna vers elle un visage radieux.

— J'étais en train d'admirer le travail des domestiques. Ils ont fait des miracles. Tout comme vous.

— Je suis contente que vous approuviez, reconnut-elle en se détendant quelque peu.

Mais, étonnamment, elle parcourut la pièce du regard en fronçant les sourcils.

— Cela ne vous rend-il pas heureuse ? s'enquit-il.

— Je sais que les femmes sont censées aimer recevoir ou participer aux divertissements quels qu'ils soient, répondit-elle en s'efforçant de paraître plus enjouée, bien qu'elle s'exprime d'un ton plutôt morose. Et je sais que vous m'avez toujours cru impatiente d'organiser un bal.

— Mais ce n'est pas le cas ? s'étonna-t-il.

— Je ne l'ai fait que par obligation, pour être honnête, reconnut-elle, même si je suis convaincue que c'était la meilleure chose à faire, pour votre frère et son épouse.

C'est juste qu'étant donné mon passif en tant qu'invitée je me demande si je serai à la hauteur en tant qu'hôtesse...

Elle s'interrompit un instant avant de terminer d'un ton presque dramatique :

— C'est la danse, voyez-vous ?

— Qu'en est-il ?

— Je ne suis pas très douée, avoua-t-elle. Mes jambes sont trop grandes pour ces enchaînements de minuscules pas.

— Il n'est pas évident non plus d'être l'homme le plus grand dans la ligne de cavaliers, concéda-t-il. Je dois constamment ajuster mes mouvements pour contrer les lacunes de ceux qui m'entourent.

— Dites-vous que, si vous étiez une femme, l'on vous ferait comprendre sans équivoque que la faute vient d'un excès de votre part et non d'autrui, lui rappela-t-elle.

Robert retint une grimace. Quel dommage que sa merveilleuse épouse continue de tant craindre sa propre maladresse ! Il avait été heureux de voir son assurance grandir au fil du temps, au point de la libérer des petites erreurs qu'elle avait l'habitude de commettre au début de leur union. Si ce bal devait avoir lieu, Robert tenait autant qu'elle à ce qu'il se déroule bien. Il réfléchit à la situation un moment.

— Avez-vous ce genre de difficultés avec toutes les danses ou juste les danses en ligne ?

— Ce sont les seules danses que l'on m'ait permises, répondit-elle.

Il tendit les mains vers elle.

— Dans ce cas, je propose que nous tentions une valse. Les pas sont simples, et nos grandes tailles s'accordent. Je pense que vous trouverez cela bien plus facile.

Emma pénétra dans le cercle que formaient ses bras.

— Faites comme moi, reprit-il. Un, deux, trois. Et je vous guiderai à travers la piste de cette façon.

D'une légère pression de la paume, il l'incita à pivoter sur elle-même.

— Êtes-vous prête ?

Emma acquiesça, puis suivit ses pas. Comme pour tant d'autres activités physiques, Robert s'ébaubit de sa vitesse d'apprentissage. La pièce étant vide, il ne fit aucun effort pour minimiser ses mouvements et ils tournoyèrent autour de la piste à longues enjambées. Emma virevoltait dans ses bras et occupait toute la place qui lui revenait. Rapidement, ils regagnèrent leur point de départ. Robert ralentit, s'arrêta, puis la libéra.

— Vous savez danser, déclara-t-il avec un hochement de tête approbateur et catégorique. Vous aviez simplement besoin de trouver la bonne chorégraphie.

— Et le bon cavalier, répondit-elle avec un sourire affectueux.

Robert l'attira contre lui pour l'embrasser mais, quand leurs ventres se touchèrent, Emma recula d'un pas.

Il était surpris qu'elle cherche à garder une distance chaste entre eux, car elle n'avait guère fait preuve de tant de réserve dans la chambre, à peine quelques heures plus tôt.

— Que se passe-t-il ? gloussa-t-il avant de hausser un sourcil, légèrement inquiet.

D'ordinaire, Emma déployait la même énergie que lui dans toutes leurs activités communes et paraissait infatigable, mais cette fois elle avait le souffle court.

— Vous vous sentez bien ?

— Juste un peu surmenée, s'empressa-t-elle de répondre. Rien de grave.

— Dans ce cas, vous devriez rejoindre votre chambre et vous reposer, l'encouragea-t-il avec un sourire tendre. Vous avez travaillé dur, et il est important que vous soyez en forme pour accueillir nos invités.

— Vous avez raison, opina-t-elle du chef en reculant à nouveau. J'y vais de ce pas.

Puis elle fuit la pièce, la main sur la bouche.

Encore une nausée.

C'était la troisième fois cette semaine qu'Emma rendait son petit déjeuner, alors qu'elle n'avait rien avalé de plus qu'un morceau de pain grillé et une tasse de thé. Mais le plus exaspérant était sans doute l'absence totale de compassion de la part de sa camériste, Molly, qui souriait jusqu'aux oreilles, comme si ces désagréments étaient une bénédiction.

Robert, en revanche, faisait preuve de sollicitude pour deux. Quand il avait réalisé que son épouse était malade, il l'avait suivie jusqu'à sa chambre et lui avait demandé à travers la porte close s'il pouvait faire quoi que ce soit pour l'aider.

Emma lui avait assuré, d'une voix tremblante, que ce n'était qu'une petite contrariété et qu'avec un peu de temps et de repos, comme il l'avait recommandé, elle se sentirait bientôt mieux. Une fois son mari reparti, elle s'était mise à compter sur ses doigts en s'efforçant de se rappeler la date de ses dernières menstruations, qui s'étaient produites quelques semaines avant cette fameuse journée où Robert lui avait appris à monter à cheval et à aimer. Depuis lors, ils s'étaient montrés très prudents, selon les souhaits de son époux. Ensemble, ils avaient découvert tout un éventail d'activités passionnées minimisant les risques de concevoir car, si Robert avait renoncé à ses autres interdits, il refusait toujours catégoriquement d'avoir des enfants. Mais, pendant leur première fois, ils n'avaient pas fait preuve de tant de retenue. Il avait succombé au plaisir en même temps qu'elle... *en elle*, exactement comme la nature l'avait prévu. Lorsque sa mère lui avait expliqué les détails des relations intimes entre hommes et femmes, elle avait prévenu Emma que sa vertu était précieuse. Il suffisait, avait-elle insisté, d'une seule erreur pour tomber enceinte. Apparemment, elle n'avait pas exagéré.

Comme si elle avait deviné à quoi pensait sa maîtresse, Molly lança avec un sourire espiègle :

— Vous avez cinq semaines de retard.

Emma avait été si occupée à préparer le bal qu'elle ne s'en était pas rendu compte. Bien sûr, elle avait également passé beaucoup de temps avec son époux à faire précisément ce qui avait engendré sa situation actuelle.

Sans doute inconsciemment, elle avait évité de songer à de telles choses, par crainte de gâcher le bonheur presque parfait qu'elle connaissait depuis peu dans son mariage. Robert ne lui avait certes pas encore dit qu'il l'aimait, mais il lui prouvait, de jour comme de nuit, combien il l'admirait et la désirait. Mieux, cela faisait des semaines qu'il n'avait pas fait mention de la malédiction qui l'avait tant terrifié juste après leur union. Hélas, les nouvelles qu'elle allait devoir lui transmettre risquaient de tout changer.

— Devrais-je convoquer un docteur ? demanda-t-elle à Molly avec le fol espoir de s'être trompée.

Sa femme de chambre secoua la tête.

— Les médecins n'y pourront pas grand-chose, milady, du moins pas avant un moment. Certaines vous diront même qu'ils ne sont pas beaucoup plus utiles à la fin. En général, ces choses-là s'arrangent d'elles-mêmes, tant qu'on les laisse progresser naturellement.

Emma acquiesça mais, même si sa caméariste avait probablement raison, elle se sentait malgré tout dépassée par les événements. Et si elle avait tort ? Et si ce qui avait commencé par un accident se terminait en fausse couche, comme cela arrivait parfois ? Était-il réellement nécessaire d'en parler à Robert avant d'être totalement sûre de son état ? Et que faire de ces étranges superstitions selon lesquelles toutes les épouses Gascoyne mouraient en couches ? Tout allait si merveilleusement bien, entre Robert et elle... Mais maintenant, ce qui aurait dû être la plus fantastique des nouvelles allait tout bouleverser. Il lui avait demandé, sur le chemin du retour, juste après leur interlude, de l'en informer immédiatement si elle craignait un jour d'être tombée enceinte. Mais que comptait-il faire de cette information ? Cette question l'effraya.

La mère d'Emma lui avait parlé de certaines herbes capables d'arrêter le processus, à condition d'être consommées suffisamment tôt. Se montrerait-il insensible au point de suggérer pareille alternative, si elle le mettait au courant ?

Non, c'était inacceptable. Maintenant qu'elle avait enfin l'impression d'être une bonne épouse, Emma n'était plus aussi inquiète à l'idée de devenir maman. Elle voulait cet enfant, l'enfant de Robert, qui grandissait en son sein. Elle voulait plus qu'un mariage, elle voulait une famille.

Et elle voulait prouver à Robert qu'il n'avait rien à craindre, qu'elle ne mourrait pas. Ils ne seraient jamais complètement libérés de cette superstition tant qu'il n'aurait pas renoncé à ses derniers vestiges. Emma savait qu'elle serait suffisamment forte pour donner la vie... Restait à le convaincre, lui.

Mais cela prendrait sans doute un long moment. La meilleure façon d'affronter cette situation consisterait probablement à lui cacher les symptômes qui l'affectaient jusqu'à ce qu'ils n'aient d'autre choix que d'aller au bout, puis de le laisser fulminer, avant de l'encourager gentiment à accepter la vérité.

— Combien de temps faudra-t-il avant que notre entourage s'en rende compte ? demanda-t-elle à Molly, qui semblait en savoir plus sur le sujet que tout ce qu'Emma avait pu apprendre.

— Quelques mois, je pense. Cela varie, d'une femme à l'autre. Mais vous êtes...

Molly s'interrompit, comme si elle cherchait un terme poli pour le dire, avant d'abandonner.

— Vous êtes très grande, et le bébé est petit. Vous pourriez aller jusqu'à cinq mois sans avoir besoin de faire plus que relâcher votre corset.

— C'est bon à savoir, répondit Emma avec un soupir de soulagement. Vous ne devrez en parler à personne, c'est bien compris ?

— Oui, milady.

— Pas à un seul domestique et certainement pas à Sir Robert.

— Oui, milady.

Emma n'avait maintenant plus qu'à espérer que le secret soit préservé jusqu'à ce qu'elle ait trouvé un moyen de l'annoncer à son époux.

20

Quand Emma eut terminé son petit déjeuner, le lendemain matin, le majordome lui annonça que sa mère l'attendait dans le salon de compagnie. Elle la rejoignit et repéra la raison de sa visite avant même que Mrs Harris ait besoin d'ouvrir la bouche. La matrone serrait l'invitation au bal des Gascoyne au creux de son poing et la tapotait nerveusement contre son genou. Emma avait anticipé cette rencontre, mais elle était aussi impatiente d'avoir cette entrevue que d'expliquer sa situation à son époux.

— Mère, la salua-t-elle en s'efforçant de plaquer un sourire accueillant sur son visage afin de masquer sa panique. Je vois que vous avez reçu notre invitation. Êtes-vous venue l'accepter en personne ?

— Je suis venue vous demander ce que tout ceci signifie, gronda Mrs Harris en agitant le bout de papier sous le nez d'Emma.

— Je pensais que vous seriez satisfaite, contra-t-elle en feignant la surprise. Après tout, je me contente d'accéder à votre requête. Nous allons célébrer le mariage du frère de Robert, ainsi que le nôtre. Et bien entendu, vous êtes invitée.

— Et comment espérez-vous organiser un événement d'une telle importance sans mon aide ? s'emporta sa mère.

Vous savez bien que vous n'êtes pas à la hauteur de la tâche, Emma.

Pendant une seconde, Emma la crut. Puis elle se souvint que la plupart des préparatifs étaient déjà terminés.

— Tout s'est parfaitement déroulé jusqu'à présent, répondit-t-elle. Et Mrs Gascoyne est prête à m'épauler, au besoin.

Mais Emma avait été stupéfaite de constater qu'elle n'avait quasiment pas eu besoin d'aide.

— Les choses se présentent merveilleusement bien, ajouta-t-elle.

— Montrez-moi la liste des invités, lui ordonna la matrone en s'agitant comme une poule en colère. Et le menu.

— Non.

Emma n'avait jamais réalisé combien ce mot avait été absent de son vocabulaire avant qu'il ne sorte de sa bouche. Et visiblement, il était suffisamment rare pour infliger un véritable choc à Mrs Harris et envoyer une décharge de joie dans tout le corps d'Emma, comme un petit feu d'artifice célébrant sa nouvelle indépendance. Elle décida donc de le répéter.

— Non, mère. Je suis parfaitement capable d'organiser ce bal sans votre aide.

— M... mais je pensais, balbutia Mrs Harris.

Emma lui coupa la parole.

— Vous pensiez garder le contrôle sur ma vie, comme à l'époque où j'étais encore à votre charge. Mais je suis une épouse, désormais. Je ne suis plus une enfant. Je dois apprendre par moi-même.

Pendant un long moment, sa mère ne put qu'ouvrir et fermer la bouche comme un poisson hors de l'eau. Elle n'était guère habituée à ce que qui que ce soit lui refuse quoi que ce soit et elle détestait se faire couper la parole. Et elle n'avait jamais accepté ni l'un ni l'autre de ces comportements de la part de sa fille.

— Vous ne pouvez pas me parler sur ce ton, finit par articuler la matrone, trop secouée pour vraiment se mettre en colère.

— Je viens de le faire, rétorqua calmement Emma, époustouflée par sa propre performance. Je préférerais de ne pas avoir à recommencer, mais je le ferai si cela s'avère nécessaire.

— À votre guise ! Mais je refuse de rester là à vous écouter, s'exclama sa mère en se levant avec humeur.

— Dois-je comprendre que vous ne participerez pas au bal ? s'enquit Emma avec un regard innocent.

Une fois de plus, Mrs Harris se figea, bouche bée. La rébellion d'Emma l'avait certes vexée, mais pas assez pour qu'elle renonce à une invitation au plus grand événement social de la saison. Elle retomba lentement dans son fauteuil, comme si tout son corps se dégonflait.

— Je suis désolée si je vous ai donné l'impression de vouloir contrôler votre vie, finit-elle par marmonner. Ça n'a jamais été mon intention.

C'était sans doute vrai. Emma doutait que sa mère réfléchisse suffisamment à sa façon de se comporter avec autrui pour se rendre compte des conséquences de ses actes ou de ses paroles. Mais ses aveux n'étant pas tout à fait une excuse, Emma ne se sentait guère d'humeur à lui accorder son pardon.

— Je comprends, dit-elle donc, jugeant ces termes plus appropriés.

— Mais même si vous ne désirez pas mon aide pour le bal, je suis certaine que vous ferez bientôt appel à moi, reprit la matrone, un large sourire étirant soudain ses lèvres.

— Que voulez-vous dire ? demanda Emma, craignant de déjà connaître la réponse.

Mrs Harris désigna la taille de sa fille d'un geste.

— Ma chère, vous êtes enceinte. Vous le savez, n'est-ce pas ?

— Mère, gémit Emma en s'efforçant de trouver une réplique appropriée.

Mais la vieille femme se plaqua les paumes sur les joues, sa bouche formant un O de surprise.

— C'est toujours un secret ? l'interrogea Mrs Harris en baissant la voix.

Emma acquiesça, soulagée.

— J'attends d'en être sûre.

— Dans ce cas, je ne dirai pas un mot, promit la matrone en se levant pour venir lui prendre les mains. Et je prête serment que, désormais, je ne me mêlerai plus de vos affaires tant que vous ne m'en ferez pas la demande.

— C'est gentil, mère, répondit Emma avec un sourire dubitatif, consciente que, malgré toutes ses bonnes intentions, Mrs Harris serait incapable de se retenir de faire de l'ingérence.

Mais maintenant qu'elle était parvenue à refuser l'aide de la matrone une première fois, Emma était certaine de pouvoir renouveler cet exploit bien plus facilement.

La nuit du bal arriva, et le manoir se remplit de visiteurs. Au stress d'orchestrer le tout premier rassemblement de sa vie, Emma devait ajouter l'angoisse de réaliser un sans-faute.

Le moindre incident risquait de bouleverser Robert et de provoquer une crise. Il était donc crucial que tout se déroule à la perfection, sans quoi il déciderait peut-être de fermer les portes de leur demeure pour toujours.

Mais peut-être pas. Elle tourna les yeux vers lui. Il semblait serein et bien plus à l'aise avec l'événement qu'elle-même ne l'était. Bien sûr, contrairement à elle, il n'avait aucun secret à garder, et toute son énergie n'était pas redirigée vers un petit être en pleine croissance dans son ventre. Molly croyait peut-être qu'il serait possible de dissimuler sa grossesse pendant encore plusieurs mois, mais Emma doutait de pouvoir continuer ainsi bien longtemps. Sa mère avait deviné sa situation d'un simple coup d'œil, et Robert avait déjà remarqué sa fatigue et ses nausées. Il finirait par en comprendre l'origine. Et il vaudrait alors bien mieux pour tout le monde qu'Emma le lui explique en personne plutôt qu'il le découvre par lui-même.

Mais pour le moment, elle devait laisser tout cela de côté et se concentrer sur la soirée. Leurs invités d'honneur, le major Gascoyne et Lucy, furent les premiers arrivés. Le militaire balaya la salle de bal d'un regard critique et tourna vers Emma un visage surpris.

— Je vois que vous avez fait repeindre la pièce.

— Cela vous plaît ? s'enquit-elle en retenant son souffle.

Il opina du chef chaleureusement, puis coula une tendre œillade à son épouse, Lucy.

— Il y avait une fresque absolument hideuse, sur le mur du fond, lui expliqua-t-il. Des chérubins dansant dans une clairière. Grand-père m'a un jour surpris en train de faire rebondir une balle dessus et m'a sévèrement corrigé.

— Votre frère s'en servait pour jouer au tennis, relata Emma sans prendre la peine de dissimuler son sourire.

Le major haussa les sourcils, l'air émerveillé.

— Robert a fait une chose pareille ?

— Il le faisait encore le mois dernier, lui assura-t-elle. Vous serez heureux d'apprendre que nous avons depuis rouvert le court.

— Maintenant que j'ai une partenaire pour m'affronter, je n'ai plus aucune raison de jouer contre un mur, intervint Robert en les rejoignant.

— Tu as toujours été doué pour le sport, articula lentement le major, comme s'il peinait à retrouver ses souvenirs d'enfance.

— Et Emma s'est révélée une adversaire dangereuse dans tous les jeux que j'ai choisis, renchérit Robert avec fierté. C'est également une excellente danseuse.

— Il fabule, contra Emma en rougissant à l'idée d'ouvrir le bal.

Mais elle n'aurait pas dû s'inquiéter ; son époux s'était arrangé pour que les musiciens jouent une valse, et ils firent le tour de la piste ensemble comme s'ils étaient nés pour virevolter dans les bras l'un de l'autre.

Tout se déroulait extrêmement bien, mais Emma ne parvenait toujours pas à se départir de son appréhension, comme si un désastre était sur le point de se produire. Ce n'était pas qu'elle s'attendait à un problème en particulier, d'autant plus qu'elle avait tout fait pour se protéger des imprévus : elle avait commandé bien plus de nourriture qu'il n'était possible d'en manger et suffisamment de vin pour noyer un amiral.

Ses parents, comme à leur habitude, la mettaient dans

l'embarras en parlant bien trop librement à leurs convives, sans se soucier de respecter l'étiquette liée aux rangs et aux présentations officielles. Mais ce n'était guère une nouveauté, et Emma ne pouvait absolument rien y faire, si ce n'est tolérer leur comportement avec sérénité.

Les autres semblaient passer un merveilleux moment, et beaucoup lui exprimèrent volubilement leur joie d'avoir été invités. Le couple d'honneur paraissait tout aussi ravi. Lucy était une jeune femme pleine de gaieté et elle participa à presque toutes les danses. Le major Gascoyne était d'excellente humeur ; il sourit bien plus souvent que lors de leurs précédentes interactions et dansa presque autant que son épouse.

Puis quelqu'un ouvrit une fenêtre, et un pigeon pénétra dans la salle d'un battement d'ailes.

Si Emma avait réfléchi comme Robert, elle se serait fait la remarque que, d'ordinaire, les oiseaux dormaient à cette heure, au lieu de venir quémander des miettes dans une pièce bondée. Elle se serait sans doute dit qu'il aurait été bien plus probable d'apercevoir une chauve-souris, et aurait alors accusé la malédiction des Gascoyne pour ce mauvais présage.

Mais Emma étant Emma, elle en revint à ses bonnes vieilles habitudes et se convainquit qu'en dépit d'avoir changé de nom, de demeure et de statut social elle ne ferait jamais montre de la moindre grâce en société.

D'où la scène qui s'ensuivit.

L'oiseau survola paresseusement la salle, si bas que plusieurs invités baissèrent la tête avec des exclamations de surprise. Certaines jeunes ladies poussèrent même de véritables cris affolés en se couvrant de leurs châles pour se protéger des accidents.

Des valets de pied s'empressèrent d'aller chercher des balais, quelques gentilshommes légèrement éméchés ôtèrent leurs vestes et les jetèrent en direction de l'intrus, mais celui-ci leur échappa sans effort.

Si bien qu'Emma décida de prendre les choses en main. Une petite voix dans sa tête lui hurla de laisser les hommes gérer la situation mais, tout ce qu'Emma voyait, c'était que ces derniers n'accomplissaient pas grand-chose. Pire, le volatile se rapprochait dangereusement du buffet, et il était hors de question qu'il gâche la nourriture.

Emma souffla du nez, contrariée. Elle ôta sa chaussure, tendit le bras gauche telle une athlète pour mieux viser et la jeta de toutes ses forces. Le soulier s'envola comme une balle de cricket et heurta le pigeon en plein vol. L'oiseau, assommé par le coup, accompagna ensuite la chaussure dans sa chute, et tous deux atterrirent dans le saladier de punch, installé sur une petite table à part, éclaboussant le domestique chargé de remplir les verres.

Un long silence abasourdi tomba sur l'assemblée, puis plusieurs choses se produisirent en même temps. Le valet de pied aspergé sortit le pigeon et la chaussure du cocktail, enveloppa le volatile dans une serviette avant qu'il ait le temps de battre des ailes et se précipita vers la fenêtre la plus proche. Un second domestique se saisit du bol souillé et prit la direction opposée, vers les cuisines. À l'autre bout de la pièce, la mère d'Emma poussa un cri d'horreur devant le nouveau désastre social que venait de provoquer sa fille, tomba en pâmoison et ne put regagner le vestiaire qu'après que son époux l'eut furieusement éventée et lui eut offert un verre de ratafia.

Enfin, un bruit tonitruant rompit le silence ambiant quand Sir Robert Gascoyne et son frère, le major Gascoyne, se fendirent simultanément d'applaudissements magistraux tout en riant à gorge déployée.

— Cette soirée fut mémorable, déclara Robert une fois tous les invités repartis, tandis qu'il escortait sa femme jusqu'à sa chambre.

— Désastreuse, vous voulez dire, gémit Emma en fermant les yeux pour chasser l'image du pigeon trempé que l'on emportait à l'extérieur.

— Je m'y connais en désastre, répondit-il d'un ton léger, et croyez-moi, ce bal s'est bien mieux déroulé que je ne l'avais craint. Vous pouvez donc vous consoler en sachant que même votre époux n'oserait qualifier cette soirée de malchanceuse.

— Parce que vous n'êtes pas celui qui a lancé sa chaussure dans le saladier de punch, contra-t-elle.

— Un tir impressionnant, soit dit en passant, gloussa-t-il. Mon frère et moi sommes convaincus qu'aucun de nous n'aurait pu atteindre un oiseau en plein vol comme vous l'avez fait.

— Ravie d'apprendre que vous avez trouvé un terrain d'entente, répliqua-t-elle avec une moue boudeuse. Mais j'aurais préféré que vous ne vous soyez pas réconciliés à mes dépens.

Robert l'enveloppa de son bras et l'attira vers lui pour l'embrasser sur la joue avec tendresse.

— Demain, vous recevrez un torrent de lettres de

remerciements, proclamant ce bal le plus bel événement de la saison. Même ceux qui n'étaient pas présents ce soir vous supplieront de participer à leurs futurs rassemblements.

— Pour assister à mon prochain exploit excentrique, maugréa Emma.

— Il est vrai que l'on ne s'ennuie jamais en votre compagnie, concéda Robert. Mais je ne pense pas que l'on vous invitera simplement pour vous dévisager comme une curiosité. J'ai entendu plusieurs ladies vous qualifier de « bouffée d'air frais », et c'était après l'incident avec le pigeon.

— Une « bouffée d'air frais », répéta-t-elle. Je ne suis pas entièrement certaine que ce soit un compliment, mais je m'en contenterai.

Ils se tenaient maintenant devant la porte de la chambre de Robert et, quand il l'ouvrit, Emma posa une main sur celle de son époux.

Il lui sourit franchement.

— Attendez-vous une invitation ?

— Seriez-vous disposé à m'en offrir une ? répondit-elle, taquine.

— Cela fera-t-il l'affaire ?

Il se pencha vers elle et l'embrassa, lentement, intensément. Leurs langues dansèrent sensuellement, puis il fit pivoter complètement le vantail en bois et poussa doucement sa femme à l'intérieur de la pièce.

— Vous vous en êtes admirablement bien sortie, la complimenta-t-il tout en glissant une main brûlante dans le dos de son épouse à la recherche des boutons de sa robe.

— Suffisamment pour vous convaincre que nous pouvons recevoir sans crainte ?

— Suffisamment pour vous convaincre que vous faites une formidable hôtesse ? contra-t-il.

Elle tressaillit.

— Mais ne parlons plus de tout cela maintenant, ronronna-t-il avec un nouveau baiser, longeant la bordure de son corset du bout des doigts, mordillant la base de son cou. En fait, je préfère ne plus parler du tout.

Emma leva les mains jusqu'à sa cravate pour la lui ôter.

— Moi non plus.

Ils éparpillèrent les vêtements de Robert sur le sol dans leur sillage, de la porte jusqu'au lit, à mesure qu'Emma le mettait à nu, laissant ses paumes avides courir le long de son torse, l'embrassant avec ardeur tandis qu'il se débattait avec les boutons de son pantalon.

Il s'en libéra enfin et s'assit sur le matelas, attirant son épouse, toujours habillée, sur ses genoux. La soie de son jupon cascada sur ses mollets, et Emma sentit la main de son mari lui caresser l'entrejambe juste avant qu'il la pénètre. Ils se figèrent un instant, chacun s'ajustant à ce délicieux contact. Puis Robert l'enlaça, dénoua robe et corset, repoussa les vêtements par-dessus la tête de sa femme et les jeta au sol jusqu'à ce qu'elle soit aussi nue que lui.

Ils firent l'amour sans retenue, fiévreux et empressés, et comme à chaque fois Robert se retira pour conclure seul.

Elle devrait le mettre au courant bientôt, songea Emma avec inquiétude en avisant son ventre, d'ordinaire parfaitement plat et qui paraissait maintenant légèrement incurvé. Mais pas ce soir. À cette idée, elle frémit de nervosité.

— Avez-vous froid ? demanda-t-il en se saisissant du drap.

Elle acquiesça.

— Le tirage des cheminées du manoir n'est pas optimal, dit-il. Vous l'avez sans doute déjà remarqué.

— Au contraire, ma chambre est délicieusement chaude, contra-t-elle.

Il parut surpris.

— La mienne est constamment froide, y compris en été. Tout comme mon bureau.

— Les deux pièces se trouvent dans le même coin de la maison, il me semble, n'est-ce pas ? répondit-elle.

— La première est au-dessus de la seconde, confirma-t-il. Dans le coin nord-est.

— La partie nord-est d'une demeure est toujours la plus fraîche, par manque d'ensoleillement. Et je parie que votre chambre et votre bureau partagent la même cheminée défectueuse.

Il la dévisagea, ébahi.

— J'avais toujours pensé…

— Que c'était lié à votre malchance, conclut-elle pour lui. Et comme le froid accentue le sentiment de dépression, cela ne faisait sans doute que vous miner davantage le moral. Mais il est aisé de remédier à ce genre de problème. Si la cheminée est trop abîmée pour être réparée, vous n'avez qu'à déménager votre chambre et votre bureau de l'autre côté du manoir.

— Ma chambre s'est toujours trouvée de ce côté-ci, marmonna-t-il, confus.

— Très bien, dans ce cas. Mais ne blâmez pas la malédiction familiale pour votre propre entêtement.

— Je ne m'entête jamais, répliqua-t-il, même si l'angle de sa mâchoire en disant cela suggérait le contraire.

— Non, bien sûr, mon chéri, gloussa-t-elle en étirant

ses jambes pour mêler ses pieds à ceux de son époux. Mais vous avez froid. La prochaine fois, nous irons dans mon lit. Nous y serons bien au chaud.

Soudain, de puissants coups retentirent à la porte.

Robert jeta la couverture sur Emma, se leva et récupéra sa robe de chambre.

— Qui diable ose nous déranger à cette heure ?

— Sir Robert ?

La voix du majordome, bien que feutrée, leur transmit malgré tout une note d'urgence.

— Il y a eu un accident, milord. Avec la voiture du major.

Pendant une seconde, Robert se figea, le temps que son esprit assimile l'information. Puis les couleurs désertèrent son visage et ses mains se mirent à trembler tandis qu'il sonnait son valet. Il parcourut ensuite la pièce à la recherche des vêtements qu'ils avaient retirés avec tant d'empressement quelques minutes plus tôt.

— Que faites-vous ? l'interrogea Emma en le regardant saisir le dossier d'un fauteuil, comme s'il était soudainement submergé par une vague de faiblesse.

— Je vais leur porter secours.

Elle s'efforça de se rappeler ce à quoi il avait ressemblé, quelques minutes avant sa crise au festival. Un instant, tout allait bien ; le suivant, il pouvait à peine tenir debout. Et maintenant, après des semaines sans épisode, tout recommençait.

— Vous n'êtes pas en état de...

Il tourna vers elle un regard furieux, puis lui jeta sa robe sans cérémonie.

— J'en serai le seul juge. À présent, couvrez-vous avant que Jenks n'arrive.

Emma opina du chef, les yeux écarquillés.

Avant qu'elle n'ait le temps de lui offrir des platitudes inutiles, il maugréa :

— Comment ai-je pu vous laisser me convaincre d'organiser un bal ?

— Vous n'allez tout de même pas…

— Vous blâmer ? gronda-t-il.

— Blâmer la malédiction, le corrigea-t-elle.

— Alors que la tragédie qui a eu lieu il y a des années vient de se reproduire, exactement dans les mêmes circonstances ?

— Nous n'en savons rien, s'agaça-t-elle. Nous savons seulement qu'il y a eu un accident de voiture.

— Qui est arrivé aux invités d'honneur ! s'exclama-t-il.

— Une simple coïncidence. Les accidents sont légion, en sortie de soirée, et la plupart sont sans gravité.

— Je vous trouve bien désinvolte, quand la vie de mon frère est en jeu.

Au moins, songea Emma, il tenait profondément à son frère. Il n'était peut-être pas capable de montrer son affection, mais en cet instant Robert était bouleversé et ses mains tremblaient toujours quand il enfila son manteau.

— Je vais m'assurer qu'il va bien. Vous…

Il pointa un index menaçant vers elle.

— Retournez dans votre chambre.

Peut-être sa grossesse l'avait-elle rendue plus sensible. Ou peut-être était-ce parce que la colère froide de Robert succédait à une nuit de compliments et d'ébats amoureux. Mais son brusque courroux la blessa plus profondément que tout ce qu'il avait pu lui dire jusqu'à présent. Hélas, Emma craignait de déclencher une nouvelle crise chez lui si elle s'autorisait à déverser son propre trop-plein d'émotion.

Aussi prit-elle une longue inspiration avant de répondre d'un ton calme :

— Prévenez-moi quand vous aurez découvert ce qu'il en est.

Puis elle ramassa ses vêtements et se retira dans sa chambre pour pleurer en toute intimité.

21

Tout cela avait été trop beau pour durer.

Presque deux mois s'étaient écoulés sans qu'un désastre survienne qu'il puisse attribuer à la malédiction des Gascoyne et sans le moindre signe d'une nouvelle crise. Il avait réellement commencé à croire qu'Emma l'avait libéré.

Mais à présent, il luttait contre l'un des pires épisodes qu'il ait subis depuis des lustres et il ne pouvait pas se permettre de s'effondrer. Jenks, son valet, tenta de le dissuader de partir et déclara, tout comme Emma, qu'il n'était pas en état de sortir et qu'il devait laisser les domestiques et les autorités se charger de la situation.

Robert balaya son inquiétude d'un revers de main tout en s'efforçant d'ignorer les battements affolés de son cœur. Il avait besoin de profondes inspirations et d'un grand verre de brandy, mais il devrait se contenter du brandy, car il était tout bonnement incapable de respirer normalement sans l'aide d'un sédatif. Il exigea un verre, refusa le laudanum que Jenks lui proposa pour accompagner sa boisson et retrouva suffisamment d'aplomb pour descendre l'escalier et gagner les écuries.

La marche lui permit de s'éclaircir les idées. Il était sans doute en train de paniquer pour rien. Il aurait été d'une injustice sans nom que son frère, le héros de guerre qui avait survécu au pire du conflit contre Napoléon, trouve la mort dans un simple accident de voiture à quelques milles de chez lui.

Mais il se souvint alors que la malédiction des Gascoyne frappait sans justice ni logique. Cette pensée le heurta si fort qu'il glissa de sa selle au moment de monter sur son cheval. Les palefreniers parvinrent à le convaincre qu'il serait plus utile et peut-être plus sûr de prendre un chariot. Mais préparer l'attelage requit du temps et, quand Robert quitta enfin le domaine en direction du site de l'accident, l'aube était presque là.

Quand il arriva sur place, il apprit que les deux seuls blessés, à savoir le cocher, avec une épaule démise, et le tigre, avec une légère bosse sur la tête, avaient déjà été transportés à la demeure de Jack pour y être soignés. Mrs Gascoyne, bien que secouée, était indemne, tout comme le major. Le carrosse ne s'était pas renversé, mais un essieu brisé l'avait envoyé dans le fossé. Les chevaux s'en étaient également sortis sans mal. Le groom de son frère les avait détachés et les laissait paître un peu plus loin, sans doute pour leur permettre de s'apaiser.

Finalement, reconnut Robert, l'accident n'était peut-être pas aussi terrible qu'il l'avait craint. Mais il ne serait pas tranquille tant qu'il n'aurait pas vu Jack de ses propres yeux. Ainsi, pour la première fois de sa vie, il renvoya les domestiques au manoir avec le chariot et fit les derniers milles qui le séparaient de la demeure de Jack à pied.

La maison était grande, propre et moderne, l'un des nombreux domaines neufs construits dans la région au cours de la dernière décennie sur des terres qui avaient autrefois appartenu à la famille Gascoyne. Quand il se présenta sur le perron, le personnel était déjà debout et à pied d'œuvre, mais son frère et son épouse dormaient toujours et se remettaient de leur retour mouvementé.

Le majordome refusant de réveiller Jack, Robert s'installa dans la bibliothèque et déclara qu'il attendrait aussi longtemps que nécessaire et ne repartirait qu'une fois qu'il se serait assuré que son frère était en bonne santé. Il exigea une bouteille de brandy et demanda à ne pas être dérangé jusqu'à ce que le major se lève.

Ce ne fut qu'une fois seul que Robert s'autorisa à craquer. Il serra les dents et posa une main engourdie sur sa poitrine, car il avait parfois l'impression qu'elle était l'unique chose empêchant les battements effrénés de son cœur de transpercer sa cage thoracique. Il se raccrocha à la logique ; il ne mourrait pas aujourd'hui, parce qu'il n'était jamais mort jusque-là.

À moins que cette fois-ci soit la bonne ? Jack descendrait et trouverait son corps raide et froid dans sa bibliothèque sans la moindre explication. Quel dommage… Leur relation lui avait semblé s'améliorer, dernièrement. Mais il y avait encore tant de choses que Robert aurait souhaité dire et que son petit frère aurait mérité d'entendre.

Pendant un moment, il succomba au désespoir, et la terreur le submergea jusqu'à le rendre imperméable à tout raisonnement logique, emplissant chaque recoin de son être d'une implacable conviction : sa fin était venue. Les dernières paroles qu'il avait dites à Emma étaient des mots de colère dont il ne pourrait jamais s'amender. Il l'avait blâmée pour sa propre faiblesse et parce qu'il avait craint ce qui était justement en train de lui arriver. Il avait vécu comme un lâche et à présent il allait mourir comme tel. Robert ferma les yeux et attendit la fin.

Mais au bout du compte, comme à chaque épisode, son cœur ralentit et la panique s'estompa. Il ouvrit un œil pour lire l'horloge sur le manteau de la cheminée. Moins d'une demi-heure s'était écoulée depuis qu'il s'était assis, mais Robert avait l'impression d'être resté figé pendant une éternité. Il était épuisé, vidé de son énergie, à peine capable de lever le bras pour saisir le verre de brandy que le majordome de son frère lui avait servi. Il finit le récipient d'un trait, puis ferma les paupières et dormit d'un sommeil inconfortable en attendant Jack.

Il était presque midi quand l'homme en question fit son apparition, visiblement fatigué mais sain et sauf. Il jeta un coup d'œil à Robert, lequel était étendu dans un fauteuil près du feu, et bâilla.

— Au nom du ciel, mais que fais-tu ici ?

— Je suis venu m'assurer que tu avais survécu à votre accident, répondit-il en éprouvant un soudain embarras, maintenant qu'il contemplait ses actions avec un esprit un peu moins embrumé.

— Voilà qui est terriblement dramatique, gloussa Jack.

Son visage s'assombrit brutalement, et il ajouta :

— À ton expression, je pourrais presque croire que tu es sérieux.

— Je suis très sérieux. As-tu été blessé ?

Robert avait déjà entendu parler de plaies invisibles, provoquant la mort des heures plus tard, sans oublier l'infection qui pouvait vous emporter au bout de quelques jours.

— Je n'ai rien, souffla Jack. J'ai reçu un coup en essayant

d'aider mon groom à détacher l'un des chevaux paniqués, mais ce n'est qu'une simple contusion. Et je refuse de baisser mon pantalon pour te montrer où j'ai été touché.

— Le dernier bal qui s'est tenu dans la salle du manoir s'est conclu par la mort du couple d'honneur, lui rappela Robert d'un ton grave.

— Et qu'as-tu cru ? Que l'histoire allait se répéter ? répliqua Jack en lui adressant un regard encore plus sceptique que tous ceux d'Emma.

— L'idée m'a effleuré l'esprit, reconnut-il.

— Eh bien, ce n'est pas le cas. Je vais bien. Et puisque tu n'as pas posé la question, Lucy est elle aussi indemne.

— Bien sûr, c'est un soulagement, s'empressa de répondre Robert, avant d'ajouter : Mais Lucy est ta responsabilité, pas la mienne.

— Parce que, moi, je suis la tienne ? gloussa-t-il comme s'il s'agissait d'une bonne blague.

Mais une fois de plus, il s'interrompit et dévisagea son frère, surpris.

— C'est vraiment ce que tu crois, c'est ça ?

— Quand nous étions à Londres, je me suis juré de toujours prendre soin de toi, avoua Robert en haussant les épaules, embarrassé.

Même s'il avait lamentablement échoué.

— Nous étions des enfants, Robert, répondit Jack. Cela fait bien longtemps que je n'ai plus besoin que l'on veille sur moi et, de toute façon, je n'ai jamais beaucoup écouté la voix de la prudence.

— Pour ce deuxième fait, je suis au courant, oui, acquiesça Robert en retenant un sourire.

— Et pour le premier, je te demande d'arrêter de vouloir

contrôler ma vie, reprit Jack avec douceur. Quoi qu'il puisse m'arriver, ce sera mon choix. Mon destin, à moi seul. Le jour où tu cesseras de considérer mes actes comme ta responsabilité, nous nous en porterons tous les deux bien mieux.

— Tu dis cela comme si c'était facile, contra Robert en se remémorant sa terrible matinée.

— Avec le temps, cela deviendra plus simple, tu verras, surtout maintenant que tu as une épouse, lui assura son frère. Et puis, bientôt, tu auras aussi une famille.

— Pardon ?

Jack lui adressa un regard entendu.

— Lucy et moi n'avons pas encore eu cette chance. Mais si j'en crois la rumeur qui circulait dans la salle de bal, hier soir, je ne devrais pas considérer mon héritage comme acquis, car tu pourrais bien avoir un fils dans quelques mois.

— Dans ce cas, la rumeur est fausse, le détrompa Robert. C'est sans doute ma belle-mère qui l'a répandue… Je crains qu'elle n'arbore des espoirs quelque peu… prématurés, pour nous.

C'était une façon bien plus charitable de décrire Mrs Harris qu'elle ne le méritait, songea-t-il.

— Hmm, marmonna Jack, visiblement stupéfait de voir son frère tant se rembrunir face à ce qui aurait dû être une excellente nouvelle. Dommage. Mais vous avez tout le temps devant vous, n'est-ce pas ?

— Beth ne l'a pas eu, rétorqua Robert d'un ton sec et agressif.

— Les choses seront différentes, cette fois, promit Jack avec une confiance démontrant toute l'étendue de son ignorance.

— Je l'espère.

Les choses seraient différentes, à condition que Robert les empêche d'arriver.

— À présent, tu devrais rentrer chez toi, lui rappela Jack. Tout le monde va bien, ici, et je suis certain que ton épouse attend que tu lui transmettes la bonne nouvelle. Dis-lui que le bal a été une grande réussite, que ses chaussures sont bien plus seyantes à ses pieds et qu'il sera plus prudent de fermer les fenêtres, la prochaine fois.

— Je lui ferai parvenir ton message, affirma Robert.

Puis il se leva et quitta la demeure du major.

22

Emma n'avait quasiment pas fermé l'œil de la nuit, se rongeant les sangs pour son époux, le major et Lucy. Les domestiques étaient revenus avec le chariot au bout de quelques heures, lui assurant que l'accident n'avait causé aucune blessure sérieuse. Apparemment, la situation était bien loin de la catastrophe meurtrière que Robert avait imaginée en partant. Mais dans ce cas... pourquoi n'était-il pas rentré ? Lorsqu'il avait quitté la chambre, il avait été sur le point de subir une nouvelle crise, elle en était convaincue. Il n'avait pas été en état de battre la campagne, encore moins de voler au secours de quelqu'un. Et s'il lui était arrivé quelque chose sur la route, après le départ des domestiques ?

Emma s'apprêtait à envoyer un groupe d'hommes à sa recherche quand elle entendit la voix de Robert dans le hall d'entrée du manoir. Lorsqu'elle atteignit le sommet du grand escalier, elle le vit tendre son manteau au majordome et s'engouffrer dans le couloir qui menait à son bureau sans même prendre la peine de lui lancer un regard.

Emma dévala les marches, courut après lui, pénétra dans la pièce sur ses talons et referma la porte derrière eux.

— Où étiez-vous ?

Il se tourna vers elle, et Emma constata qu'il avait les traits tirés par la fatigue, tout comme elle.

— Je ne pensais pas avoir besoin de votre permission pour rendre visite à mon frère.

— Bien sûr que non, s'agaça-t-elle en faisant un pas vers lui.

Les épaules de son mari s'affaissèrent d'épuisement, et elle comprit qu'il avait certainement eu une nouvelle crise pendant la nuit. Hélas, elle doutait qu'il consente à aborder le sujet.

— Comment se portait Jack ? Le personnel m'a dit que l'accident était sans gravité.

— Il allait très bien, soupira Robert, tout comme sa femme. Personne n'a été blessé.

Mais étrangement, cette bonne nouvelle ne semblait lui être d'aucun réconfort.

— Vous admettez donc que vous n'aviez aucune raison de vous inquiéter autant lorsque vous avez quitté la maison, renchérit-elle.

— Mon frère m'a tenu le même discours.

Robert paraissait presque trouver cela déroutant.

— Vous avez placé de trop nombreux fardeaux sur vos épaules, s'adoucit-elle en glissant son bras sous celui de son époux. Je comprends que vous ayez voulu vous assurer que Jack était sain et sauf, mais vous devez prendre confiance. Beaucoup de choses s'arrangent d'elles-mêmes, sans que l'on ait besoin d'intervenir.

— Peut-être, concéda-t-il.

— Vous reconnaissez donc que le bal n'a pas provoqué cet accident ?

— Je doute toujours que nous ayons bien fait de prendre le risque d'organiser pareil rassemblement.

Je suis désolée, faillit-elle murmurer. Sa part la plus naïve attendait de retrouver son assurance ; ce sentiment de puissance qui l'avait guidée ces derniers jours lui répétait qu'elle n'avait rien à se faire pardonner. Mais visiblement, cette nouvelle et lumineuse version d'elle-même s'était évaporée, et Emma sentait son couple recommencer à glisser sur la pente de l'incertitude et de la superstition.

— La fête ne s'est peut-être pas terminée comme nous l'espérions, mais hier soir vous-même disiez que le bal avait été un succès.

— C'est ce que j'ai cru, sur le coup. Mais apparemment, votre mère, que vous autorisez à s'immiscer dans chaque aspect de notre vie, a raconté à qui voulait l'entendre que nous attendions un heureux événement. J'ai dû détromper mon frère à ce sujet, mais Dieu sait ce que nos autres convives doivent penser.

Tout le monde était au courant. Tout le monde, sauf son époux, qui demeurait convaincu qu'ils n'auraient jamais d'enfants et qui était prêt à ignorer l'évidence, simplement parce qu'il refusait que cela arrive.

Mais il remarqua son silence.

— Jack avait tort, n'est-ce pas ?

Il attendait qu'elle acquiesce. Quand le mutisme de sa femme se prolongea, il se tourna vers elle et posa avec douceur une main sur son abdomen.

— Vous êtes enceinte ?

Sur son visage, le choc chassa l'épuisement.

— Il y a toujours eu un risque que cela arrive, dit-elle. Lorsque l'on s'adonne à ce genre... d'activités, ce n'est pas une conséquence inéluctable, mais presque.

— J'ai pourtant été si prudent, répondit-il en secouant la tête, désemparé.

— Pas la première fois, lui rappela-t-elle. Et je vous interdis de mettre cela sur le compte de la malchance des Gascoyne.

Mais Emma sut, à l'expression de Robert, que c'était exactement ce qu'il pensait.

— Je vous interdis de considérer la naissance de notre premier enfant comme une malédiction, gronda-t-elle, tremblante de colère. C'est une bénédiction.

— Vous savez pourquoi je suis inquiet, contra-t-il en adoptant le ton froid et rationnel qu'il prenait lorsqu'il voulait éteindre toute opposition.

— Parce que vous croyez que je vais mourir ?

Elle eut un rire dur.

— Je suis surprise que cela vous importe. Je suis certaine que votre vie serait bien plus facile sans mes efforts constants pour vous pousser à faire des choses que vous regrettez.

— Mais cela ne signifie pas que je souhaite votre mort ! s'exclama-t-il, horrifié.

— Je ne mourrai pas, déclara-t-elle. Il n'y a aucune raison de croire que ce sera le cas, à l'exception d'une poignée de noms sur un vieux livre.

— Vous parlez de plusieurs générations de ma famille, rétorqua-t-il avec humeur.

— Le passé est le passé, articula-t-elle, exaspérée. L'avenir n'est que la somme de nos actions. Et je peux vous assurer qu'avec ma santé de fer et mon endurance je survivrai et notre enfant aussi.

— Vous avez pourtant été malade, argua-t-il.

Sans doute venait-il de se rappeler son comportement après leur danse dans la salle de bal, l'autre jour.

— Ces symptômes sont naturels au début et ils ne m'affectent déjà plus, expliqua-t-elle. Cette période-là est terminée.

— Cela fait donc si longtemps, murmura-t-il, abasourdi. Alors il n'y a plus rien à faire, à part assurer votre sécurité jusqu'au terme.

Emma sourit, ravie de constater qu'ils tombaient enfin d'accord.

— Vous devez partir immédiatement, conclut-il en s'agitant pour mettre son plan en action.

— Vous me chassez ? s'exclama-t-elle, choquée.

— Vous n'êtes plus en sûreté au manoir Gascoyne, répondit-il sur le ton d'un homme d'affaires, comme si ce qu'il disait était la logique même. Ou peut-être n'êtes-vous plus en sécurité à mes côtés.

Sa respiration s'emballait à mesure qu'il parlait, et perdait en force et en régularité.

— Vous pensez encore à cette stupide malédiction, pesta Emma en secouant la tête.

— Une stupide superstition qui s'est avérée réelle pour cinq générations d'épouses ! s'emporta-t-il.

— Raison de plus pour que cela ne se reproduise pas, écuma-t-elle. Aucune malchance ne dure indéfiniment. Vous-même avez reconnu que les choses s'étaient améliorées depuis notre mariage.

— Jusqu'à aujourd'hui, riposta-t-il. C'était trop beau pour continuer, je le savais. Aujourd'hui nous prouve bien que la malédiction est en train de revenir en force, comme elle l'a toujours fait. Et je refuse de laisser ma malchance vous mettre en danger.

— Dans ce cas, affrontons-la ensemble, le raisonna-t-elle,

changeant de tactique. Si votre malchance est si affreuse que cela, nous aurons plus de chance de la vaincre à deux.

— Et si nous échouons ? Nous serons heureux pendant quelques mois, et je vous perdrai, objecta-t-il. J'ai volontairement ignoré l'avertissement de mon grand-père, quand j'étais marié à Elizabeth. Mais lorsque le travail a commencé, au moment où elle a eu le plus besoin de moi, j'ai eu un terrible épisode et je suis devenu un fardeau au lieu d'un soutien. Peut-être que, si je l'avais écouté, si j'avais mis ma femme en sécurité loin d'ici, serait-elle toujours en vie ? Je ne referai pas cette erreur.

— Votre grand-père, ricana Emma avec amertume. Vous n'avez même pas vécu avec lui, enfant.

— Ce n'est pas moi qu'il a gardé, répliqua Robert comme si cela le dérangeait encore.

— Vous ne connaissiez donc pas cet homme, n'est-ce pas ? lui rappela-t-elle.

— Parce que vous, oui ? contra Robert. Vous ne l'avez jamais rencontré !

— Mais j'ai lu ses journaux, déclara-t-elle. Contrairement à vous.

— Je n'en voyais pas l'intérêt, riposta-t-il d'un ton cassant.

Emma resta muette un instant, soufflant longuement du nez, avant de reprendre :

— Dans ce cas, vous ne connaissez pas vraiment l'homme qui vous a appris à croire en cette malédiction. Lisez ses journaux et vous comprendrez que vous n'avez absolument rien à craindre.

— Rien à craindre ?

Il éclata d'un rire dur.

— Je sais déjà ce qui m'attend. Deux tombes et un vide

abyssal, dans ma demeure comme dans mon cœur. Je ne peux… je ne pourrai pas revivre ça.

Emma se précipita auprès de lui, tendant la main pour le réconforter, mais au lieu de l'accepter il la repoussa et se détourna, refusant de croiser son regard.

— Vous avez peut-être raison… peut-être que la naissance se passera bien, mais vous n'aurez nullement besoin de mon aide pour traverser cette période de votre vie. Et puis votre mère a toujours la solution à tout, laissez-la donc s'occuper de cela. Faites empaqueter vos affaires et rentrez chez vos parents.

— Je ne peux pas, dit Emma en sentant sa nouvelle existence s'écrouler autour d'elle. Quoi qu'il arrive, ma place est ici, avec vous.

— Vous auriez dû y songer avant de me cacher votre grossesse, rétorqua-t-il d'un ton froid. Je vous avais prévenue, avant notre union, qu'il n'y aurait aucune intimité entre nous.

— Vous aviez pourtant l'air bien heureux de changer d'avis, lui rappela-t-elle en repensant à leurs récents ébats. Je vous interdis de me blâmer pour les mensonges que vous vous êtes racontés à vous-même, ajouta-t-elle, la gorge serrée, tout en retenant ses larmes.

— J'ai consenti à vous épouser. Rien de plus. Mais il est de mon devoir de vous préserver, quand bien même vous n'avez eu aucun scrupule à me cacher la vérité sur les dangers qui vous guettent. Or je ne pourrai garantir votre sécurité tant que vous resterez ici. La meilleure option est donc que vous rentriez chez vos parents pour toute la durée de votre grossesse.

— Mais je vous aime.

Voilà. Les mots avaient franchi ses lèvres, mais Emma

n'en tirait aucun bonheur. Puis vint le moment où Robert allait, au moins, pouvoir atténuer la douleur de cet échange avec une réponse affectueuse.

— J'aurais préféré que non, dit-il d'un ton impassible en secouant la tête. Cela ne fait que rendre les choses plus difficiles.

À quoi s'était-elle attendue, réellement ? Qu'un homme si terrifié par la mort trouverait la force de donner à nouveau son cœur, après l'avoir perdu au décès de sa première épouse ?

— Très bien. Si vous ne voulez plus de moi, je m'en vais.

Elle le vit ouvrir la bouche, comme pour riposter. Mais il la referma aussitôt.

— Mais sachez que je ne fais pas cela pour alimenter votre bêtise. Tout ira bien pour moi, que je réside ici ou ailleurs. Moi aussi, je peux vous montrer une bible de famille : elle contient des naissances et des morts, mais il n'y a rien de surnaturel à enregistrer des faits. Et je n'ai aucune raison de croire que donner la vie prendra la mienne. Comme ma mère ne manque jamais de me le rappeler, je suis robuste.

Seigneur... Que dirait Mrs Harris en voyant Emma revenir vivre sous leur toit, son mariage en ruines ? Après s'être enfin affranchie de l'ingérence et du contrôle de la matrone, l'idée d'y retourner, la queue entre les jambes, après un tel échec, lui était insupportable. Il lui faudrait trouver un autre endroit où résider.

Emma prit une longue inspiration et continua :

— Si vous me laissez partir aujourd'hui, n'allez pas croire que je rentrerai une fois que le bébé sera né.

— Pourquoi cela ? l'interrogea-t-il, et il paraissait sincèrement surpris de ne pas pouvoir lui dicter ses allées et venues, comme il le faisait avec ses domestiques.

Elle gémit de frustration.

— Parce que je refuse de vivre avec un homme qui est incapable d'aimer.

— Nous avons déjà discuté de tout cela, contra-t-il.

— Oh ! vous avez été clair quant à votre conviction qu'une telle émotion n'existait pas, railla-t-elle. Mais je ne pourrais décemment pas appeler cela une discussion.

— Vous êtes injuste.

— Ce qui est injuste, c'est que vous continuez à vous comporter comme un homme qui se moque de son entourage, alors que c'est tout le contraire. Vous aimez votre frère, mais vous l'avez banni de votre vie pendant des années, simplement parce que vous aviez peur de le perdre. Vous aimiez votre première femme et votre bébé, c'est pour cela que vous vous reprochez leur mort. Mais vous préférez vous accrocher à cette charade élaborée impliquant une malédiction plutôt que d'admettre que vous vous infligez des crises de panique pour ne pas avoir à affronter la douleur du deuil, à laquelle nous devons tous faire face un jour.

— Pensez ce qui vous chante, grommela-t-il, visiblement secoué par ses conclusions. Mais je ne veux pas de vous ici tant qu'il y aura un risque que les choses se terminent mal. Quand vous aurez survécu à l'enfantement, vous pourrez rentrer et la vie reprendra comme avant.

— Mais tout le problème est là, cracha-t-elle. Je ne veux pas de cette « vie d'avant ». Je veux plus que cela. Je veux un époux qui m'aime suffisamment pour se tenir à mes côtés dans la joie comme dans l'adversité.

— Et c'est quelque chose que je ne puis vous donner, répondit-il avec un soupir.

L'espace d'un instant, Emma eut presque l'impression qu'il regrettait de ne pas être assez bien pour elle.

— Nous sommes donc d'accord, conclut-elle, malheureuse. Je m'en vais. Vous allez retrouver votre solitude et votre tranquillité d'esprit. J'espère qu'elles vous apporteront plus de bonheur que je n'ai su le faire.

23

Le manoir était à nouveau vide, exactement comme au cours des deux ans qui avaient suivi la mort de Beth.

Puis il avait rencontré Emma. Et brusquement, cette demeure sinistre s'était emplie de joie, de rires... *d'elle*. Peut-être avait-elle eu raison en disant qu'il avait aimé Beth, car elle n'avait jamais vraiment quitté ses pensées. Mais les quatre mois qu'il avait passés en compagnie d'Emma s'étaient envolés dans un tourbillon d'activités, et il en avait oublié son ancienne existence.

La première soirée sans elle lui parut interminable. La deuxième, plus longue encore. Il faillit même changer d'avis et la supplier de rentrer, mais il se souvint que sa vie et celle de leur enfant étaient en jeu. À la simple pensée de ce qu'il risquait de leur arriver, Robert sentait son cœur s'emballer tel un cheval fou, marteler sa cage thoracique comme des coups de sabot.

Il ne parvenait à s'apaiser qu'en se rappelant qu'elle avait juré de ne plus revenir, quoi qu'il fasse, et la convaincre de regagner le manoir nécessiterait plus que ce qu'il était capable de lui offrir. Mais ce soulagement s'accompagnait d'un terrible sentiment de tristesse, plus intense et plus douloureux que tout ce qu'il avait jamais connu.

La savoir en sécurité lui apportait à la fois réconfort et regret. Il regrettait de l'avoir renvoyée dans une demeure dont les habitants avaient brisé son esprit et sa confiance pendant toute sa jeunesse. Était-elle en ce moment même en train de redevenir la jouvencelle hésitante qu'il avait menée devant l'autel ? Ou parviendrait-elle à préserver cette force dont elle avait fait montre au manoir, quand ils vivaient ensemble ?

Mieux valait qu'il n'en sache rien, songea-t-il, pour ne pas être tenté de la ramener de force à la maison, et au diable les conséquences ! si la vérité ne lui convenait pas.

Il décida donc de ne rien faire.

Et certaines choses s'étaient améliorées, quand il y réfléchissait. Le bonheur avait déserté sa vie, mais les crises également. Son cœur battait normalement, bien à l'abri de la peur et de la passion. Ses mains étaient chaudes et ne tremblaient jamais, même si personne ne les serrait le soir, avant de s'endormir. Il vivait sans amour, mais il vivait aussi sans douleur.

Les mois s'écoulèrent paisiblement. Il reprit la lecture. Il fit moins de cheval et dormit davantage. Il cessa de se vêtir pour dîner, puisqu'il n'y avait personne pour le remarquer. Et quand il jouait au tennis, ce qui n'arrivait que rarement, il utilisait le court prévu à cet effet, incapable de mettre un pied dans la salle de bal, laquelle avait recommencé à prendre la poussière.

Il évitait ses voisins, comme il l'avait toujours fait. En retour, personne ne lui rendait visite. Aussi fut-il surpris lorsque le majordome lui annonça la venue de son frère, même si Robert n'avait plus suffisamment d'énergie pour le montrer.

— Faites-le entrer.

Le major Gascoyne pénétra dans la pièce, le dévisagea d'un œil critique, remarqua ses cheveux en bataille et sa barbe naissante, et poussa un soupir.

— Bonjour, Robert.

— Bonjour, Jack, répondit-il. Tu es venu m'emprunter de l'argent ?

Son frère rit.

— Ne va pas t'imaginer que tu pourras m'entraîner dans l'une de nos vieilles querelles si facilement. Même si ton épouse est partie, je continue d'espérer qu'un peu de son influence perdure.

— Qu'est-ce qui te fait croire que mon épouse est partie ? lui demanda Robert en frottant sa joue mal rasée.

Était-il encore possible de garder un secret dans ce fichu comté, ou Emma avait-elle rendu la trahison de son mari publique ?

— Parce qu'elle vit sous mon toit depuis des semaines.

Jack secoua la tête avant d'ajouter :

— As-tu vraiment essayé de la renvoyer chez ses parents ? Tu devais bien te douter que, de tous les endroits sur terre, c'était le dernier qu'elle choisirait.

— Je ne pensais pas qu'elle se tournerait vers toi, répliqua-t-il, surpris.

— Nous sommes sa seule famille, contra Jack. De plus, Lucy et elle se sont beaucoup rapprochées depuis qu'elles sont toutes les deux tombées enceintes.

— Je suis navré de t'avoir imposé mes problèmes, marmonna Robert.

— Et félicitations à toi aussi, grommela Jack, comme

pour lui rappeler que c'était la réponse appropriée à ce genre d'annonce.

— J'accepterai tes félicitations une fois que l'enfant et sa mère seront sains et saufs, répliqua-t-il.

— Oui, j'ai cru comprendre que tu l'estimais en danger sous son propre toit, maugréa Jack en secouant la tête. Et tout cela à cause d'une chose que notre dérangé de grand-père t'aurait racontée ?

Dérangé ? Jack était-il sérieux ou en train d'exagérer ?

Cela lui rappelait ce qu'Emma avait tenté de lui dire, prétendant qu'il ne connaîtrait pas son grand-père tant qu'il n'aurait pas lu ses journaux. Peut-être la folie était-elle de famille ?

Robert opina du chef. Rien d'étonnant à ce qu'il perde la tête lui aussi, dans ce cas.

— Je sais que tu trouves cela ridicule. Mais je n'ai pas oublié ce qui est arrivé à Elizabeth. Je suis prêt à tout sacrifier pour prémunir Emma contre ce destin funeste.

— En l'occurrence, si cela se produit, ce sera sous mon toit, là où tu n'auras pas à y assister, raisonna Jack. Ce n'est pas un sacrifice pour la protéger, c'est de la pure lâcheté de ta part.

— Peut-être, concéda Robert. Mais nous ne sommes pas tous aussi courageux que toi, petit frère.

Jack aboya un rire, sec et amer.

— Le courage est quelque chose de très relatif. Dans ton cas, j'imagine que tu préférerais attaquer une armée à toi tout seul plutôt que de voir ton épouse souffrir. Mais je sais qu'elle refusera de te reprendre tant que tu n'auras pas le courage d'affronter la vie avec elle.

— Dans ce cas, il me faudra apprendre à vivre sans elle, tout comme elle est en train d'apprendre à vivre sans moi.

Et c'était la bonne décision car, à la simple pensée de ce qui attendait sa femme, Robert fut pris de vertiges et sentit ses mains se glacer.

— Je te préviendrai quand l'enfant sera né, grogna Jack, dégoûté, en se levant pour prendre congé. J'espère que, d'ici là, tu seras revenu à la raison. Je te laisse donc seul, exactement comme tu le souhaitais.

Jack reparti, Robert sombra dans ses réflexions, lesquelles lui parurent plus confuses que jamais. Il éprouvait un certain soulagement de savoir Emma en sécurité et heureuse chez Jack, mais de toute évidence son frère ne prenait pas plus au sérieux la malédiction que son épouse.

Cela appelait une question : pourquoi croyait-il en quelque chose dont Jack n'avait apparemment jamais entendu parler ? Robert n'avait que rarement discuté avec leur grand-père, mais le vieil homme s'était toujours montré catégorique : leur famille était maudite. Peut-être était-ce un secret que l'on ne partageait qu'avec l'héritier ? Mais son grand-père n'avait laissé aucune instruction dans ce sens, avant de mourir.

À moins qu'il ne s'agisse que d'une histoire racontée aux enfants pour les effrayer et s'assurer leur obéissance, et dont il aurait perdu le contrôle ? Mais non, grand-père n'avait jamais promis que bien se comporter permettrait d'atténuer les effets de la malédiction. Et cela n'avait certainement jamais fonctionné, car les crises l'avaient souvent frappé plus fort juste après un avertissement de son grand-père, comme pour lui prouver l'existence de la malédiction.

Peut-être était-il temps pour lui d'écouter le dernier

conseil d'Emma et de voir ce qu'elle avait appris dans les écrits de son grand-père. Robert gagna son bureau, où les archives des anciens propriétaires étaient conservées. Si la malédiction existait bel et bien, comme son grand-père l'avait juré, il ne tarderait sans doute pas à trouver le mois ou l'année où cela avait débuté. Il ne saurait jamais comment la briser s'il n'en découvrait pas l'origine.

Son grand-père en avait parlé comme de quelque chose d'immuable, quelque chose qui avait toujours fait partie de leur vie, depuis des générations. Devait-il remonter loin dans le passé ? Cinquante ans ? Cent ans ? Finalement, Robert décida de commencer une génération plus tôt, avec son arrière-grand-père, et de remonter lentement depuis là.

Mais après une soirée entière à éplucher dix ans d'administration du domaine, Robert dut se rendre à l'évidence : il n'y avait aucune mention d'un problème grave. Des événements s'étaient produits, bons et mauvais, et ils avaient tous été décrits d'une main égale, comme si l'auteur ne s'en était guère ému. Et malgré une analyse poussée, Robert n'avait trouvé aucune trace d'une influence surnaturelle.

Il s'attaqua alors aux journaux de son grand-père. Eux aussi commençaient sur le même ton que ceux de son prédécesseur, mais après la mort de sa seconde épouse le récit dérapa peu à peu. Son grand-père s'était mis à consulter les journaux de ses ancêtres, comme Robert le faisait en cet instant, mais il en avait tiré des conclusions bien différentes. Ses remarques se concentraient toutes sur le négatif, à l'exclusion de tout le reste. Ce faisant, il semblait s'efforcer de trouver une raison pour justifier ces malheurs.

Lentement, mois après mois, Robert vit les récits de son grand-père perdre en cohérence et en perspective, il ne parlait plus que des désastres que sa famille avait subis. Les journaux ne contenaient plus la moindre note positive, même à des périodes qui, Robert le savait, avaient été prospères et paisibles pour les Gascoyne.

Robert frémit. Il avait bu les paroles de cet homme pendant les années les plus formatrices de sa vie. Il l'avait ignoré le plus longtemps possible, mais après la mort de Beth chacune de leurs conversations lui était revenue en mémoire, et la malédiction familiale était devenue aussi réelle pour lui que les murs et le sol du manoir.

Mais apparemment, elle n'était que le produit de l'esprit torturé d'un homme accablé par le deuil. Robert s'était noyé dans son propre chagrin, se détournant d'options qui auraient pu réussir parce qu'il s'était convaincu que leur échec était inéluctable.

Pire, il avait chassé la seule femme qui avait offert de changer sa vie. Il pouvait la ramener au manoir et tout arranger. *Maintenant*, se dit-il soudain. *Je vais aller la chercher et lui dire que je me suis trompé.* Mais alors qu'il se dirigeait vers la porte, Robert sentit ses genoux flancher et son sang se glacer dans ses veines. Avant qu'il n'ait eu le temps d'appeler un domestique pour faire seller son cheval, il regagna son bureau, se servit un brandy et s'effondra dans son fauteuil.

Et s'il se trompait ? Quel mal y avait-il à attendre encore quelques mois, pour s'assurer qu'Emma et le bébé demeurent en sécurité ? Et s'ils étaient en danger, même dans la maison de son frère ? Et s'il n'y avait pas de malédiction, mais qu'Emma mourait malgré tout ?

Ce fut alors que son cœur se remit à battre frénétiquement. Robert saisit le bord du bureau entre ses doigts et le serra si fort qu'il fut certain d'y laisser la marque de ses ongles. La seule bonne chose que le départ d'Emma avait engendrée était la disparition de ses épisodes, car il s'était convaincu qu'il agissait au mieux pour elle, qu'il la protégeait.

Mais s'il n'existait aucune malédiction, alors cela signifiait qu'il était impuissant, que rien de ce qu'il ferait ne pourrait influencer l'avenir. Qu'il n'avait pas le moindre contrôle sur ce qu'il se produisait autour de lui. Et quand il atteignit cette conclusion, la terreur s'abattit sur lui avec la force d'un raz-de-marée.

Au bout d'un moment qui lui parut interminable, la peur se dissipa, l'abandonnant dans son fauteuil, faible et sans énergie. Même s'il l'avait voulu, il n'aurait pu se présenter comme cela devant elle. Tant qu'il n'aurait pas appris à vaincre ses démons, il ne serait pas digne d'elle, ni maintenant ni jamais.

24

Son terme était proche. Emma peinait encore à croire que les mois aient pu filer si vite, d'autant plus qu'elle avait passé tout son temps à lire des romans et à attendre un visiteur qui ne s'était jamais présenté.

Le major avait parlé à Robert, mais il n'avait pas eu grand-chose à dire à son retour, à part qualifier son frère d'imbécile entêté. Emma avait été frustrée d'apprendre que la trêve entre eux s'était évaporée en même temps que son mariage. Pire, en se réfugiant ici, elle avait eu l'impression de choisir un camp dans une querelle dont elle ne voulait pas se mêler.

Mais qu'aurait-elle pu faire d'autre ? Elle n'était plus la bienvenue sous son propre toit et, d'après les commentaires de Jack, il était clair qu'elle ne devrait pas s'attendre à ce qu'il vienne la chercher.

Lucy apparut soudain dans l'embrasure de la porte et lui tendit une lettre.

— Elle est de votre mari, dit-elle.

— Vraiment ? soupira Emma en acceptant la missive, sans trop savoir comment réagir après quatre longs mois de silence. Brisant le sceau, elle déplia la feuille et lut.

Chère Emma,

Beaucoup de choses sont arrivées depuis votre départ, et j'ai songé que celles-ci pourraient vous intéresser.

J'ai reçu d'autres nouvelles de notre mine dans les Cornouailles. Si cet investissement était un échec avant notre mariage, la découverte d'un nouveau filon a permis depuis de reprendre la production, à une cadence stupéfiante. Les profits sont bien plus importants que je ne l'avais escompté à l'achat.

De plus, notre ami commun, Hercule, le taureau, est récemment parvenu à trouver une faille dans son enclos et a passé la journée à battre la campagne. Il n'a blessé personne lors de son escapade, mais un troupeau de vaches voisin devrait voir ses effectifs doubler d'ici au printemps. Le fermier ne semble toujours pas savoir s'il devrait s'en plaindre ou m'offrir en échange une somme rondelette.

Le personnel est en train de rénover entièrement la barrière de son enclos, afin d'éviter qu'il reprenne la clé des champs.

Je vous dois des excuses pour avoir parlé de malédiction et de malchance le jour de votre départ. C'était une réaction excessive de ma part, comme pour tout tort que j'aurais pu vous reprocher.

— Que dit-il ? demanda Lucy en se penchant en avant.

— Apparemment, il tenait à m'expliquer combien il s'en

sort mieux sans moi, répondit Emma en reniflant d'un air déçu avant de poursuivre sa lecture.

Comme vous l'aviez suggéré, j'ai lu les journaux de mon grand-père et je comprends à présent ce que vous vouliez dire au sujet de son état d'esprit. De toute évidence, la malédiction n'était qu'une invention d'un homme tourmenté. Hélas, malgré toutes mes tentatives, je peine toujours à m'affranchir des conséquences d'une conviction qui a régi toutes mes pensées pendant tant d'années.

Je croyais que ces épisodes qui m'affectent étaient un effet de la malédiction, mais je sais désormais qu'ils font en réalité partie de moi et que je ne pourrai pas m'en débarrasser d'un revers de main. Je suis navré de vous annoncer que le simple fait de songer à votre délivrance imminente suffit encore à me submerger.

Bien que je m'efforce de m'améliorer, je crains de ne toujours pas être l'homme que vous méritez. Je ne cesse de penser à vous, vous me manquez chaque jour et chaque nuit, mais je n'ose vous rappeler auprès de moi, là où est votre place, de peur de faillir au moment où vous aurez le plus besoin de moi.

Votre dévoué Robert

Emma secoua la feuille, comme s'il était possible d'en changer les mots par ce geste.

— C'est à la fois mieux et pire que ce que j'avais espéré. Il reconnaît enfin que sa malédiction n'était que sottises, mais voilà qu'il ne se sent plus digne de moi.

Elle tourna un regard agacé et chagriné vers Lucy, avant d'ajouter :

— Et il signe avec amitié et non avec amour. Franchement, que suis-je censée faire d'un homme pareil ?

Lucy ne put que hausser les épaules en secouant la tête, navrée pour sa belle-sœur.

Quand les premières douleurs commencèrent, deux semaines plus tard, Emma les perçut à peine. Elle était assise dans le jardin du major Gascoyne et peignait une aquarelle de fleur sans véritable conviction lorsque son corps se rebella. Soudain, les muscles de son ventre devinrent plus durs que de la pierre, et elle eut l'impression de se figer de l'intérieur, comme si le temps lui-même s'était arrêté. Puis, aussi rapidement qu'elle était apparue, la douleur s'évanouit.

Elle allait avoir un bébé. Bien sûr, Emma le savait depuis des mois, mais la réalité de sa situation l'avait brusquement rattrapée, comme si, jusqu'à ce jour, sa grossesse n'avait été qu'un concept abstrait. Comme si son esprit lui avait sournoisement fait oublier que l'enfant ne pourrait naître qu'au terme d'une épreuve difficile. Et quand cette pensée la frappa, Emma ne vit plus qu'une seule chose… Rien n'allait. Peu importe qu'elle ait passé presque autant de temps ici qu'au manoir avec Robert, elle ne se sentait pas chez elle dans la demeure de Jack et de Lucy. Elle ne pouvait pas avoir son bébé dans une maison étrangère. Lucy était devenue une amie chère mais, tout comme elle, elle ignorait encore tout de l'enfantement. Et même si le domaine était plein de gens, Emma savait qu'aucun d'eux ne serait en mesure de l'aider au moment fatidique.

Mais que faire d'autre ? Il était impensable qu'elle retourne chez ses parents pour vivre ces dernières et pénibles heures de grossesse en compagnie de sa mère, qui l'abreuverait sans nul doute d'une litanie de conseils et de critiques pendant qu'Emma s'efforcerait d'accomplir la mission sacrée que Dieu avait confiée aux femmes.

Hélas, elle ne pouvait pas non plus rentrer chez elle. L'homme qu'elle aimait avait refusé de la rappeler auprès de lui, convaincu de ne pas avoir le courage de faire face à cette épreuve avec elle. Il prétendait le faire pour le bien d'Emma, mais la réalité était qu'il l'avait abandonnée. C'était le genre de châtiment que l'on réservait d'ordinaire aux épouses infidèles et aux femmes de petite vertu, tout ce qu'Emma n'était pas. Elle ne méritait pas de se retrouver sans foyer et sans amour alors qu'elle était sur le point de donner naissance à un enfant légitime, peut-être un héritier ! Il disait faire cela pour la protéger, mais ne courrait-elle pas exactement les mêmes risques dans un lit étranger que dans sa propre chambre ? Non, c'était hors de question. Elle n'y avait peut-être pas séjourné très longtemps, mais le manoir Gascoyne représentait tout ce dont elle avait toujours rêvé. Un lieu où elle pouvait vivre libre, à l'abri des critiques. Pour la toute première fois de sa vie, Emma s'était sentie normale, elle n'avait plus eu à changer pour s'adapter au monde. Soudain, le monde s'était adapté à elle. Tout cela grâce à l'homme qu'elle aimait et au bébé qu'elle était sur le point d'avoir. Robert était peut-être convaincu qu'il ne lui serait d'aucune utilité, mais en cet instant Emma n’avait besoin ni de sa mère ni de sa belle-sœur. Elle avait besoin de son mari.

Elle rangea sa peinture, prit une profonde inspiration et attendit l’arrivée d’une nouvelle douleur. Quand rien ne vint, elle se leva et se mit en route.

Il était plus que temps de rentrer chez elle.

25

Robert lisait dans son bureau quand des coups de heurtoir retentirent à la porte d'entrée.

Ils résonnèrent à travers tout le manoir, car ce dernier était redevenu aussi silencieux qu'une cathédrale, comme cela avait été le cas avant qu'Emma s'immisce dans sa vie. À l'époque, il n'avait pas remarqué combien cette ambiance feutrée était déprimante, mais désormais il la trouvait profondément troublante. Ce fut sans doute pour cette raison que ce simple bruit le fit bondir de son fauteuil et se précipiter dans le hall.

Il perçut les éclats de voix et l'agitation avant même d'arriver. Une véritable effervescence régnait dans l'entrée. Valets et bonnes couraient en tous sens jusqu'à ce que le majordome aboie d'un ton autoritaire, leur ordonnant de trouver le maître de maison.

— Je suis là, répondit aussitôt Robert avec force.

Le petit groupe se fendit alors pour révéler Emma, qui venait visiblement de vaciller dans les bras de l'intendante.

Robert se précipita, et la vieille domestique au visage inquiet lui céda sa place pour qu'il puisse enlacer son épouse. À cet instant, tout le corps de la jeune femme se raidit, victime d'une nouvelle douleur.

— Emma ! s'exclama-t-il, confus.

— Je suis rentrée, déclara-t-elle en oscillant à nouveau sur ses jambes, comme si elle avait oublié où elle se trouvait.

— Mais… comment ?

— À pied, grimaça-t-elle. Ce n'est pas très loin. Vous le sauriez si vous aviez seulement pris la peine de me rendre visite, depuis tout ce temps.

Sur ce, elle le repoussa et se plia en deux, les dents serrées, les mains plaquées sur son ventre rond.

— Je voulais vous protéger, répondit-il.

C'était une très mauvaise excuse, surtout qu'une grande part de lui n'y croyait plus. Il n'était pas allé la voir parce que, en sa présence, il… *ressentait* beaucoup trop de choses. Et quand ces sentiments le submergeaient, il ne parvenait pas à le supporter.

— Eh bien, je suis là, à présent, grogna-t-elle. Chez moi.

Robert sentit les premières palpitations de son traître de cœur.

— Vous devriez être à des milles d'ici, au moins jusqu'à ce que le bébé arrive, contra-t-il. Je vais faire préparer la voiture immédiatement.

L'intendante poussa une exclamation scandalisée.

— Sir Robert ! Elle n'est plus en état d'aller nulle part. Gagner sa chambre sera déjà bien assez éprouvant pour elle !

Mais elle ne pouvait pas rester. La simple vue de son énorme ventre transporta Robert des années en arrière, faisant resurgir des souvenirs qu'il avait mis si longtemps à enterrer… Les cris de Beth retentirent à l'intérieur de sa tête, et son cœur s'affola.

Face à son mutisme, l'intendante ajouta :

— C'est son heure, monsieur.

Son ton ne laissait aucune place au doute.

— Non, gémit Robert comme si sa supplique avait le pouvoir de renverser la situation. Elle a marché jusqu'ici depuis la demeure de mon frère. Si le travail avait commencé, elle n'aurait...

Mais l'intendante le réduisit au silence d'un regard noir qui semblait annoncer à la terre entière qu'elle en avait assez de tous ces hommes, et de lui en particulier.

— Les femmes sur le point de donner la vie peuvent parfois se conduire de façon inconsidérée. Elle tenait absolument à accoucher ici, alors elle est venue.

Mais le manoir était le pire endroit pour elle. Cela avait déjà été le pire endroit où la transporter le jour où elle était tombée dans ce fossé ; pourtant, Robert l'avait fait sans réfléchir. Pourquoi ne s'était-il pas montré plus intelligent à l'époque ? Mais il était trop tard désormais.

— Nous allons l'installer confortablement dans sa chambre, insista l'intendante, visiblement décidée à prendre les choses en main face à son absence de réaction.

Elle tendit les bras vers Emma.

— Non, si quelqu'un doit s'en charger, c'est moi, répondit-il, serrant plus fort son épouse contre lui lorsqu'une nouvelle douleur lui tira un gémissement.

Il la cala contre son corps, puis plaça les paumes sur ses épaules et la massa lentement jusqu'à ce qu'il sente ses muscles se détendre. Et à mesure que la respiration de la jeune femme s'apaisait, la sienne en fit autant.

Elle tourna vers lui un regard de soulagement émerveillé.

— Merci.

— Les effets ne seront que temporaires, je le crains, précisa-t-il.

Puis il glissa un bras sous ses genoux et la souleva.

— Je peux marcher, murmura-t-elle.

Mais elle ne montra aucun signe de vouloir descendre.

— Je tiens à vous porter, répondit-il, surpris de constater qu'il disait vrai.

Il avait besoin de la toucher, de s'assurer qu'elle était réelle, maintenant plus que jamais. Sentir son poids contre lui avait quelque chose d'apaisant, et ses forces lui revinrent. Il la transporta jusqu'au sommet de l'escalier, longea le couloir et la déposa sur son lit juste avant qu'une nouvelle douleur la frappe. Le corps grand et musclé d'Emma se recroquevilla en boule sur le matelas.

Robert sentit la pression, légère mais ferme, de la main de l'intendante sur son bras.

— Nous allons faire porter votre repas dans le bureau, dit-elle.

Pourquoi cherchait-elle à l'apaiser avec de la nourriture ? Comment aurait-il pu songer à manger à un moment pareil ?

— Ce ne sera pas nécessaire, rétorqua-t-il en tendant la main pour prendre celle d'Emma.

Les doigts de son épouse se refermèrent si étroitement sur les siens qu'il craignit qu'elle lui brise les phalanges.

— Nous avons prévenu le docteur. Il ne va pas tarder, répondit l'intendante en essayant de l'écarter avec douceur. Il n'y a plus rien que vous puissiez faire, à part attendre.

— Attendre, peina-t-il à articuler, comme si sa propre bouche était devenue une créature étrangère. Combien de temps ?

— Aussi longtemps qu'il le faudra, expliqua-t-elle en esquissant un sourire. Mais puisqu'il s'agit de son premier enfant, sans doute la majeure partie de la journée. Peut-être le début de la nuit.

— La journée, répéta-t-il à nouveau.

À croire qu'il s'était changé en perroquet.

— Nous viendrons vous chercher quand le bébé sera né, promit-elle.

— Je ne veux pas vous quitter, souffla-t-il en croisant le regard inquiet de son épouse et en portant sa main à ses lèvres pour y déposer un baiser.

— Tout ira bien, lui répondit-elle d'un ton étonnamment ferme. Comme je vous l'ai promis. Ils viendront vous chercher quand ce sera terminé.

Puisque sa présence n'était plus désirée dans la chambre, il redescendit dans son bureau par automatisme, l'âme endolorie par le poids de ses mots. Il ne voulait pas que cela se termine. Les mois qu'il avait passés en compagnie d'Emma avaient été les plus merveilleux de sa vie. Et maintenant, il allait devoir attendre ici que son bonheur lui soit de nouveau arraché.

Mais peut-être pas, lui rappela une petite voix à l'arrière de son crâne. Emma n'avait jamais cru à cette malédiction, dont les lambeaux restants continuaient de s'accrocher à l'esprit de Robert en dépit du bon sens. Puisqu'elle n'avait jamais été réelle pour son épouse, peut-être cette dernière serait-elle immunisée ? À moins que sa folle conviction qu'un désastre était sur le point de se produire soit assez puissante pour deux ? Peut-être le simple fait de douter allait-il les mener tous les deux à leur perte ?

L'idée s'enracina dans son cœur telle une mauvaise herbe et se mit à croître. Il devait l'en arracher. Tout comme il avait été stupide de croire à la malédiction inventée par son grand-père, il était absurde d'imaginer que le simple fait de penser à une catastrophe puisse la déclencher.

Il devait absolument changer sa façon de voir les choses, et vite. Pour le bien d'Emma autant que pour le sien. Il s'assit à son bureau et se vida la tête de toutes les idées noires qui y tourbillonnaient, se répétant fermement que la naissance était quelque chose de commun et de naturel. Des femmes accouchaient à travers le monde, chaque seconde.

Il parvint à s'en convaincre plutôt facilement… jusqu'aux premiers cris. Les hurlements de douleur d'Emma retentirent depuis l'étage, se répercutant en écho dans toute la maison. Chacun d'eux lui fit l'effet d'une dague dans le cœur, et il ne put s'empêcher de les comparer aux cris d'une autre femme, priant pour que les choses se déroulent mieux cette fois-ci.

C'était lui qui leur avait infligé cela. Il s'était montré faible et imprudent en s'autorisant à céder à ses pulsions charnelles. Il était trop tard pour Beth, mais peut-être Emma survivrait-elle ? Pourtant… il lui avait déjà fait défaut. Il avait été prêt à la laisser souffrir seule, chez son frère, simplement parce qu'il était trop lâche pour se rendre auprès d'elle.

Pour la première fois de sa vie, il pria. Mais pas comme il le faisait chaque dimanche à la fin des ennuyeux sermons du vicaire. Il s'adressa directement à Dieu, prêt à supplier, à marchander. Il fit tant de promesses qu'il en oublia la moitié, mais il jura de toutes les tenir si, au terme de cette journée, Dieu consentait à leur accorder sa miséricorde.

L'heure du dîner approcha, mais les cris continuèrent. Et s'intensifièrent. Robert convoqua l'intendante et lui demanda des nouvelles, mais elle ne put que lui répéter de faire preuve de patience et que les choses suivaient leur cours. Mais qu'est-ce que cela signifiait-il réellement ? Et était-ce son imagination, ou repéra-t-il une trace de doute sur le visage de la vieille femme ?

— Je veux la voir, déclara-t-il.

— Je ne pense pas que ce soit une bonne idée, contra-t-elle en secouant la tête.

— Je suis le maître de cette maison, je prendrai mes propres décisions, répliqua-t-il fermement en forçant la peur à reculer. Je dois lui dire quelque chose.

— Très bien, soupira l'intendante. Mais je ne puis garantir la réponse qu'elle vous fera.

Cela n'aurait peut-être pas d'importance, songea Robert, car il n'était même pas certain de parvenir au sommet de l'escalier. Mais il devait essayer.

Il réussit à atteindre l'huis de son bureau avant que son cœur commence à battre plus fort. Robert se figea et agrippa l'encadrement de la porte. Il était déjà bien assez rageant de se retrouver prisonnier de ses propres humeurs, il ne les laisserait pas aussi l'enfermer dans une pièce. Il ferma les yeux un instant, s'efforça de ralentir le rythme de sa respiration, comptant entre chaque inspiration et chaque expiration, jusqu'à ce que l'impression de vertige se dissipe, puis il longea le couloir jusqu'au pied de l'escalier.

Les cris d'Emma étaient plus sonores ici et, pendant une minute, Robert perdit à nouveau courage et saisit la rambarde entre ses doigts glacés, luttant contre une nouvelle vague de panique irrationnelle. Puis il fixa son regard sur le sommet des marches et se concentra sur tous les moments heureux qu'il avait vécus en compagnie d'Emma depuis leur rencontre.

Les parties de tennis. Les valses endiablées. Les cavalcades à travers le domaine. Les nuits de passion. Tant de merveilleux instants. À chaque marche, il s'accrocha à un autre souvenir, jusqu'à atteindre l'étage. Le couloir menant à leurs chambres lui parut soudain interminable. Forcer ses pieds à avancer lui coûtait de plus en plus à mesure qu'il approchait de la pièce où son épouse hurlait de douleur. Mais il continua, déterminé à conquérir ses peurs jusqu'à ce que sa paume glacée trouve la poignée de la porte.

Quand il fit pivoter le vantail, il découvrit le beau visage de sa femme trempé de sueur et tordu de douleur.

— Qu'est-ce que vous voulez ? gronda-t-elle d'une voix qu'il ne lui connaissait pas, plus proche d'un feulement de chat sauvage.

Sa réaction le décontenança momentanément. Il s'était battu et avait triomphé pour une femme qui, de toute évidence, ne souhaitait pas de lui ici. Puis il se souvint de sa détermination absurde à rentrer à pied et l'explication que lui en avait faite l'intendante.

— Sir Robert, vous ne devriez pas être là, intervint le docteur.

C'était le même homme qui avait tout tenté pour sauver sa première épouse. Mais cette fois, Robert remarqua l'odeur qui émanait de lui. La même qu'à l'époque où il s'était occupé de Beth. Les paroles de son beau-père, qui l'avaient tant surpris sur le coup, lui revinrent soudain en mémoire : « Tout le monde sait que c'est un ivrogne. » Robert dévisagea le médecin avec plus d'attention ; il était soûl et sentait le gin. Il n'était absolument pas en état d'aider une femme sur le point d'accoucher.

— Moi seul décide si ma présence ici est nécessaire ou

non, contra-t-il d'un ton tel que le praticien baissa les yeux et recula, laissant Robert pénétrer dans la pièce.

Puis il se tourna vers sa femme alitée, rassembla ses forces et son courage, prit une profonde inspiration et déclara :

— Je voulais vous dire que je vous aime.

— Quoi ? rugit-elle.

— Je vous aime, répéta-t-il, un sourire aux lèvres lorsqu'il constata le plaisir que lui procuraient ces trois petits mots.

— Et vous vous décidez à me dire ça maintenant, s'exclama-t-elle avec une hargne effrayante.

Une nouvelle douleur la saisit, étirant son dernier mot en un long bramement.

— Je tenais...

— Vous teniez à me le dire avant que je meure ? le coupa-t-elle avant d'aboyer un rire dément.

— Pas du tout ! insista-t-il. Je n'aurais pas dû attendre aussi longtemps pour vous le dire. J'aurais dû vous le dire avant votre départ. Et je n'aurais jamais dû exiger que vous partiez. Je vous aimais alors et je vous aime aujourd'hui.

— Vous me le redirez une fois que j'aurai accouché de votre enfant, s'exclama-t-elle avec humeur. Je vais avoir ce bébé, et nous serons tous les deux en parfaite santé, conclut-elle avant qu'un nouveau gémissement strident emporte ses paroles. Maintenant, hors d'ici. Et emmenez ce charlatan soiffard avec vous.

Sur ces mots, sa charmante épouse saisit la carafe d'eau posée sur la table de chevet et la jeta à la tête du médecin.

— Milady, je me dois d'insister, couina l'homme.

Robert se tourna vers l'intendante, en quête d'approbation, et cette dernière concéda que la présence du docteur n'était, techniquement, pas nécessaire.

Robert sourit et acquiesça. Au moins, en cela, il pouvait aider sa femme. Il lui dit :

— Je m'en occupe immédiatement.

Il saisit le bras du médecin et l'entraîna dans le couloir avant de régler ses honoraires et de le renvoyer chez lui.

Cela fait, Robert ne prit même pas la peine de regagner son bureau, car il ne supportait plus de patienter en bas pour qu'on lui apporte la nouvelle. Il se mit donc à faire les cent pas à l'étage, s'arrêtant chaque fois qu'il passait devant le vantail pour plaquer une main sur le bois dans l'espoir de transmettre sa force à son épouse.

Petit à petit, les cris se transformèrent en grognements. Puis, alors qu'il atteignait le bout du couloir pour ce qui devait être la millième fois, un silence de plomb tomba sur toute la demeure. Robert se précipita vers la porte mais, avant qu'il ne puisse l'ouvrir, un vagissement de nouveau-né s'éleva dans les airs.

Le cœur de Robert s'emballa de nouveau, fort, puissant, mais cette fois c'était comme s'il était incapable de contenir toute la joie qui venait de s'y déverser. Pourquoi diable avait-il gâché tant d'années à éviter un événement qui lui apportait tant de bonheur ?

Le vantail pivota, et l'intendante lui barra le chemin de tout son corps lorsqu'il tenta de se faufiler à l'intérieur, pressant une main ferme sur son torse pour l'empêcher d'entrer.

— La mère et le bébé vont bien. Accordez-leur quelques minutes, et vous pourrez aller les voir, dit-elle.

— Laissez-le entrer, lança une voix à l'intérieur de la chambre.

Celle d'Emma, forte et triomphante. Et quand Robert

gagna son chevet, il la trouva épuisée, mais le regard clair et le sourire épanoui.

Et là, sur le large matelas, juste à côté d'elle, un petit miracle de chair rose enveloppé dans un lange.

— Sir Robert, permettez-moi de vous présenter votre fille, annonça sa femme, rayonnante.

Il contempla le bébé, avec ses minuscules poings serrés à hauteur de ses oreilles et ses yeux déjà ouverts, à la fois choqué et émerveillé d'avoir participé, même si peu, à la création de quelque chose… non, de *quelqu'un* d'aussi fantastique. Il tendit son index, libérant une menotte coincée dans le tissu du lange, et les phalanges miniatures se refermèrent autour de son doigt.

— Elle s'appelle Rosamunde, annonça Emma.

Robert sentit son cœur bondir à nouveau dans sa poitrine face au ton de sa femme, encore plus autoritaire que lorsqu'elle lui avait crié dessus.

— Puisque vous étiez convaincu qu'elle ne survivrait pas et que vous n'avez fait aucun effort pendant cette grossesse, j'ai pris la liberté de choisir ses prénoms pendant que je séjournais chez le major.

Elle se radoucit quelque peu à la fin de sa phrase, mais très légèrement.

— Vous avez couru d'énormes risques en venant ici, dit-il d'une voix rauque. Et si vous vous étiez blessée sur le chemin ?

— Parce que je suis une grande empotée qui ne regarde pas où elle met les pieds et tend à finir au fond du fossé ? Ou à cause de la malédiction ? contra-t-elle, visiblement décidée à ne plus lui faire de quartier.

— Vous n'êtes pas maladroite, rétorqua-t-il. En vérité,

vous êtes même extrêmement gracieuse lorsque vous vous autorisez à rester vous-même. Quant à la malédiction, je reconnais avoir fait preuve… d'un excès de prudence. Mais vous ne pouvez pas me reprocher d'avoir été terrifié à l'idée de vous perdre.

Il se libéra de la poigne de sa fille et s'assit délicatement au bord du lit, prenant la main de son épouse.

— Que serais-je devenu sans vous ?

— La bête bourrue et hirsute que votre frère m'a décrite quand il est revenu de sa visite au manoir ? C'est encore une possibilité, vous savez.

— Ne me dites pas que vous comptez repartir, maintenant que vous êtes rentrée auprès de moi, la supplia-t-il à moitié.

— Non, je vais rester, marmonna-t-elle d'un ton ferme. Je ne peux cependant pas garantir que je vous survivrai.

— Ne parlez pas de malheur, reprit-il en secouant la tête puis en enfouissant son visage dans les paumes d'Emma pour les couvrir de baisers. Nous mourrons ensemble, dans de très nombreuses années, lorsque nous serons vieux et ridés.

— Qu'en savez-vous ? répondit-elle avec un sourire insolent.

— Je ne puis imaginer notre avenir autrement, admit-il. Si je vous perdais aujourd'hui, je crois que je sombrerais définitivement dans la folie. Vous avez dû le remarquer, depuis le temps : j'ai tendance à danser sur le fil de la démence.

— Oh ! vous recommencez à tout dramatiser, le réprimanda-t-elle, mais avec plus de douceur, cette fois. C'est parce que vous tenez profondément aux gens que vous vous retrouvez parfois submergé par l'émotion. Mais je suppose que je ne peux décemment pas vous blâmer de m'aimer avec trop d'intensité.

— D'ailleurs, puisque vous m'avez demandé de vous le répéter : je vous aime, et vous m'avez terriblement manqué ces derniers mois.

— Hmm, continuez, dit-elle en s'affalant contre son oreiller, épuisée. La journée a été longue, et je suis d'humeur à vous écouter me flatter pendant des heures, ordonna-t-elle avec une assurance toute neuve, si implacable que Robert ne put que l'aimer davantage.

— Votre beauté m'a manqué.

Il embrassa à nouveau ses mains.

— Votre intelligence. Votre éternel optimisme.

Il se pencha vers elle et murmura à son oreille :

— Et m'unir à vous contre cet arbre. Je ne sais ce que je donnerais pour recommencer.

Elle rit. C'était un son puissant et sain, qui chassa les derniers vestiges de terreur de son cœur.

— Je suis l'homme le plus chanceux du monde depuis l'instant où je vous ai trouvée, déclama-t-il.

— Il était temps que vous vous en rendiez compte, murmura-t-elle.

Puis elle l'attira jusqu'à elle et l'embrassa avec ardeur.